MARTIN C. MÄCHLER
ROGER RHYNER

Impressum

Text
Martin C. Mächler & Roger Rhyner

Cover
BroncoKunst GmbH, Alex Hug

Layout & Website
Markus Stadelmann

Korrektur
Babette Leckebusch, München & Brigitte Maniatis, Osterode
Fabienne Leisibach, Glarus

Mit freundlicher Unterstützung der LUZI AG, Dietlikon CH
Die Luzi AG ist ein international tätiges Unternehmen und kreiert und produziert
Duftstoffkompositionen für Parfums, Kosmetika-, Haushalts- und Raumduftprodukte.
Seit über 80 Jahren steht der Name LUZI für höchste Qualität und einzigartige Düfte.

Herzlichen Dank an
Markus Stadelmann, Alex Hug, Jürg Koller, Gaby Ferndriger, Brigitte Bölsterli Dahinden,
Cornelius Nussbaumer, Maurus Bachmann, Patrick Romer

Duftlacke
Schubert International, Utting DE

Druck
Küng Druck AG, Näfels CH

Verlag
Baeschlin, Glarus CH
www.baeschlinverlag.ch

ISBN 978-3-85546-257-5

© 2013 Martin C. Mächler & Roger Rhyner
Alle Rechte vorbehalten.

1. Auflage 2013

Die Inhaltsstoffe der im Buch verwendeten Düfte
sind im Internet unter www.duftkrimi.ch erklärt.
Nach mehrmaligem Reiben an derselben Stelle
lässt der Duft langsam nach.

Vorwort

Der Geruchssinn war für unsere Urahnen elementar und überlebenswichtig. Als unsere Vorfahren noch in Höhlen wohnten, konnten sie anhand eines Duftes z.B. herausfinden, ob eine Beere geniessbar war, oder sie witterten die angeschossene Beute.

Heute werden Duftstoffe meist nur noch für Kosmetika, Reinigungsmittel und Nahrungsmittel benutzt. Doch die Welt der Düfte ist so unglaublich vielfältig. Ein Vergleich: Mit der Zunge kann der Mensch fünf verschiedene Geschmacksstoffe unterscheiden. Mit unserer Nase hingegen können wir 10'000 Düfte erkennen!

Düfte lösen Gefühle aus, rufen Erinnerungen wach, können Freude oder Angst auslösen oder für ein entspanntes Wohlgefühl sorgen. Düfte können uns aber auch warnen: Wenn die Milch überkocht, der Fisch verdorben ist oder der Christbaum brennt.

Und Düfte können noch viel mehr: Eine Brise der Blume *Gardenia jasminoides* hat beispielsweise eine ähnliche Wirkung wie Schlaftabletten oder Stimmungsaufheller. Der Duft dieser Blüte ist etwas ganz Besonderes: Bochumer Forscher haben entdeckt, dass dieser Duftstoff ebenso stark wirkt wie häufig verschriebene Beruhigungsmittel. Dieser einzigartige Duft beruhigt nicht nur, sondern mildert Angstgefühle und fördert den Schlaf. Wissenschaftler können sich künftige Anwendungen dieses Duftes in den verschiedensten Therapien vorstellen.

Dieses Buch erzählt die Geschichte eines Duftes, der die Welt verändern könnte ...

Sämtliche Personen, Handlungen sowie Ereignisse und Begebenheiten in diesem Buch sind frei erfunden und entsprangen der Fantasie der Autoren.

Im Zeitalter der «Wort-Inflation»
ist es immer noch unmöglich,
den Duft einer Rose in Worte zu kleiden.

Willy Meurer
Deutsch-kanadischer Aphoristiker und Publizist,
Member of the Human Race, Toronto

DUFTSEITE
HIER REIBEN

Liebe Leserinnen und Leser,

Sie halten in Ihren Händen den weltweit ersten Duftkrimi!
Im Verlauf der Geschichte finden Sie Duftseiten, die bestimmten Personen zugeordnet werden können. Wenn Sie das Buch aufmerksam lesen, können Sie anhand der Düfte die Lösung des Rätsels herausfinden.
Viel Spass!

Reiben Sie mit einem Finger über diese Seite und riechen Sie an Ihrem Finger oder am Blatt. Der Duft ist jeweils auf der ganzen Seite verteilt. Sie entdecken auf dieser Seite den ersten Duft – **Gardenie.**

Berlin – 14. Juli – Boddinplatz – 02.32 h

Es war heiss in dieser Julinacht. Auch jetzt noch, um halb drei.
Die beiden Polizisten Harald Kuss und Axel Meischner sassen in ihrem Streifenwagen. Beide Seitenfenster waren geöffnet, um wenigstens etwas Abkühlung zu bekommen. Die Wache hatte sie zum Boddinplatz geschickt, nahe beim stillgelegten Flughafen Tempelhof. Ihre Aufmerksamkeit galt dem Ausgang der U-Bahnlinie 8 in der Hermannstrasse.
Oft kamen um diese Zeit Jugendliche von verschiedenen Orten der Stadt zurück. Und genauso oft gab es Probleme. Dieser Stadtteil, Neukölln, hatte einen schlechten Ruf. Hier lebten die unterschiedlichsten Gruppierungen und Menschen aus aller Herren Länder. Konflikte waren an der Tagesordnung. Die Kriminalitätsrate war auffällig hoch: Drogendelikte, Einbrüche, Brandstiftungen, Körperverletzungen und Überfälle, die ganze Bandbreite stand in den Protokollen der Polizei. Ganze Strassenzüge wurden von bestimmten Nationalitäten bewohnt und auch kontrolliert.
So war es nicht verwunderlich, dass kein Polizist hier gerne Dienst schob. Dazu gehörten auch Kuss und Meischner.
«Was meinst du», fragte Kuss, «kriegen wir noch Ärger heute Nacht?»
«Darauf kannst du wetten. Ich habe wieder ein Kribbeln im Magen, und das heisst meistens nichts Gutes», antwortete Meischner.
«Ich hoffe dein Kribbeln kommt von der Currywurst. Ich habe keine Lust auf eine Auseinandersetzung.»
Kuss kniff die Augen zusammen. «Irgendetwas braut sich zusammen.»
Meischner nickte. «Unsere Kollegen, die gestern Dienst hatten, wurden aufs Übelste beschimpft und mit Dosen beworfen».
«Ja, die Übergriffe auf Polizeibeamte häufen sich», ergänzte Kuss.

Meischner atmete tief aus. «Zum Glück wurde bisher noch keiner von uns ernsthaft verletzt.» Er blickte auf den Platz, der im Dunkel der Nacht etwas Bedrohliches an sich hatte.

«Ich kann nicht verstehen, weshalb wir nur zu zweit hier stehen. Was könnten wir zwei schon gegen ein Dutzend gewalttätiger Typen ausrichten? Bis Verstärkung da ist, sind die schon längst über alle Berge.»

Kuss sagte resigniert: «Da magst du recht haben. Wir haben viel zu wenig Polizisten in Berlin. Das ist Fakt. Und daran wird sich so schnell auch nichts ändern.»

Kuss schaute frustriert aus dem Streifenwagen.

Um diese Zeit waren nur wenige Passanten unterwegs, aber das waren umso auffälligere Zeitgenossen. Im Moment war aber alles ruhig.

Kuss nahm das Funkgerät: «Zentrale … hier ist Wagen 32. Wir sind jetzt beim Boddinplatz. Nichts Auffälliges zu sehen.»

«Verstanden», klang eine nette weibliche Stimme aus dem Lautsprecher.

«Wie geht es euch, Jungs? Ich verschmachte hier noch. In der Zentrale ist eine Affenhitze.»

«Hallo, Christiane. Bei uns draussen ist es nicht viel angenehmer, wir können gerne tauschen.»

«Nein danke, auf euren Job kann ich gerne verzichten. Dann sitze ich schon lieber hier, durchschwitzt, im weissen T-Shirt, mit kaputter Klimaanlage. Nur mein Deckenventilator spendet mir ein bisschen Abkühlung. Ich liebe diesen kühlen Wind.»

Auch wenn Kuss und Meischner in diesem Moment kein Wort miteinander sprachen, so wussten sie doch genau, was das Gegenüber dachte: «Wieso gibt es in diesem verdammten Streifenwagen noch kein Bildtelefon?!» Zu gerne hätten sie Christiane in ihrem durchschwitzten T-Shirt gesehen, wie sie sich unter dem kühlenden Wind des Deckenventilators räkelte.

Kuss räusperte sich: «Ähm …, Christiane, wir können uns vorstellen, wie heiss es in deinem Büro ist … Wir melden uns wieder. Wagen 32, Ende.»

Kaum waren seine Worte verklungen, kam aus der U-Bahn eine Gruppe junger Männer. Sie schienen völlig betrunken zu sein und sie kamen direkt auf den Streifenwagen zu. Der erste der Gruppe torkelte über den Strassenrand, stürzte und knallte auf die Kühlerhaube des Streifenwagens. Der Rest der Bande gestikulierte wild mit ihren Bierflaschen und umringte langsam den Streifenwagen.

Kuss schaute zu Meischner. Sein Blick verriet alles. Die beiden Polizisten kontrollierten Tränengasspray, Schlagstock und Dienstwaffe und stiegen aus dem Wagen.

«Hört mit dem Lärm auf und geht nach Hause», sagte Meischner mit ruhiger und freundlicher Stimme. «Es ist schon spät und die Leute hier wollen ihre verdiente Ruhe.»

Einer der Typen kam langsam auf Meischner zu. Ein übel aussehender Zeitgenosse, an dessen Narbengesicht sich wohl kaum ein Schönheitschirurg mehr getraut hätte. Ein Riese von einem Mann. Er roch nach Alkohol, Blut und Urin. Der Gestank war unerträglich.

«Was willst du, Bulle? Hää??? Wir haben nichts getan. Wir wollen nur ein wenig Spass!»

«Wenn ihr Spass haben wollt, dann ist das okay. Aber nicht hier auf der Strasse und nicht um diese Uhrzeit. Es gibt Menschen, die schlafen wollen. Also stellt euer Verhalten bitte ein.»

Der Riese lachte schallend: «Habt ihr das gehört? Wie vornehm sich der Bulle doch ausdrücken kann. Wir sollen unser Verhalten einstellen.»

Der Rest der Gruppe krümmte sich vor Lachen.

Plötzlich wurde der Riese wieder ernst. Er kam auf Meischner zu, kniff die Augen zusammen und tippte mit dem Zeigefinger auf Meischners Brust.

«Wir lassen uns von euch Bullen nicht vorschreiben, wie, wo und wann wir Spass haben dürfen. Und erst recht nicht in unserem eigenen Kiez. Wir brauchen euch hier nicht. Für Ordnung sorgen wir selbst.»

Kuss und Meischner traten einige Schritte zurück. Doch die Bande kam bedrohlich auf sie zu. Meischner bewegte seine Hand ganz langsam zu seiner Waffe und öffnete den Lederriemen. Kuss tat

dasselbe. Sie mussten jetzt um jeden Preis versuchen, eine Konfrontation zu vermeiden und die Situation zu beruhigen.
«Ist ja gut. Ihr sollt ja nur etwas ruhiger sein. Dann ist alles in Ordnung.»
«DU hast hier gar nichts zu sagen, Scheissbulle!», schrie der Riese. «Sei froh, dass wir gute Laune haben. Sonst könntet ihr was erleben.» Der Riese formte mit zwei Fingern eine Pistole und zielte auf Meischner: «Armseliger Bulle», sagte er, wobei sich sein Narbengesicht zu einer lächelnden Fratze verzog. Dann drehte er sich um und winkte den anderen mit der Bierflasche. «Los, lasst uns abhauen!»
Mit schallendem Gelächter verschwanden sie in der nächsten Gasse. Die Erleichterung stand den beiden Polizisten ins Gesicht geschrieben. «Das ist ja gerade noch mal gut gegangen. Ich werde trotzdem das Revier verständigen», sagte Kuss. Er stieg in den Wagen, nahm das Funkgerät und meldete den Vorfall.
Ein solches Ereignis war in dieser Gegend nichts Besonderes. Richtig ruhig war es hier nie. Geräusche von Streit und lauter Musik drangen aus den Wohnungen auf die Strassen hinaus. Und die Nachtschwärmer, die jetzt noch nach Hause kamen, kümmerten sich einen Dreck um Nachtruhe. Neukölln war geprägt von Intoleranz, sozialen Missständen und Arbeitslosigkeit. Daraus entstand Angst bei den Bewohnern. Aus Angst wurde zusehends Wut, diese verwandelte sich in Hass und so entstand schliesslich Gewalt. Und das bekam dann meistens die Polizei zu spüren. Polizisten waren hier so beliebt wie Kellerratten.

Berlin – 14. Juli – Boddinplatz – 04.29 h

Kuss und Meischner sassen immer noch in ihrem Streifenwagen beim Boddinplatz.
Kuss kratzte sich am Kinn. «In gut zwei Stunden ist unsere Schicht zu Ende. Hoffentlich bleibt es jetzt ruhig.»

Meischner wollte gerade etwas erwidern, als drei vermummte Gestalten aus einer seitlichen Gasse stürmten und direkt auf den Streifenwagen zu rannten.
«Los, raus aus dem Wagen!», schrie Kuss.
Nun ging alles sehr schnell. Noch bevor die beiden aussteigen konnten, knallte eine Flasche auf die Heckscheibe. Kuss duckte sich und schützte seinen Kopf. Meischner liess sich seitlich aus dem Wagen fallen und griff nach seiner Waffe. Eine zweite Flasche knallte ans linke Seitenfenster und explodierte. Ein Molotowcocktail. Innerhalb weniger Sekunden stand der Streifenwagen in Flammen. Kuss, der immer noch im Streifenwagen sass, versuchte verzweifelt rauszukommen, doch sein Waffengurt hatte sich am Schalthebel verfangen. Er steckte fest. Und das Feuer breitete sich immer weiter aus. Meischner, der sich neben dem Wagen vor den Angreifern in Sicherheit gebracht hatte, sah, dass sein Kollege in grossen Schwierigkeiten war. Das Feuer drang bereits in den Wagen hinein. Panisch versuchte sich Kuss zu lösen, doch in seiner Hektik zog er den Knoten am Schalthebel nur noch enger. Meischner zog sein Messer aus dem Halfter, stürzte zum Wagen, beugte sich zu seinem Kollegen hinein und schnitt den Waffengurt durch. Brennendes Benzin tropfte auf Meischners Rücken. Meischner schrie und sprang vom Wagen weg. Kuss konnte sich befreien. Er wollte gerade aus dem Wagen springen, als ein Seitenfenster durch die Hitze des Feuers zerbarst. Tausende kleiner Glassplitter schossen wie Pfeile durch die Luft. Kuss riss instinktiv die Hand vor die Augen, um keinen der Splitter abzubekommen. Neben ein paar kleinen Kratzern an der Hand blieb er aber unversehrt. Sie entfernten sich schnell vom brennenden Wagen und brachten sich in Sicherheit. Meischner kümmerte sich um seinen verletzten Kollegen.
Kuss tupfte sich mit einem Taschentuch das Blut von seiner Hand: «Ich bin okay. Danke.»
«Keine Ursache. Wir sind doch Partner», sagte Meischner.
«Danke. Partner.»
Die beiden schauten sich nach den Angreifern um, doch die waren längst verschwunden. So schnell wie sie aufgetaucht waren, hatten

sie sich auch wieder aus dem Staub gemacht. Sie zu verfolgen wäre zwecklos. Meischner nahm sein Mobiltelefon und alarmierte Polizei und Feuerwehr.
Seit dem Angriff war keine Minute vergangen, da versammelten sich bereits die ersten Schaulustigen am Tatort. Der Streifenwagen brannte lichterloh.
Schon nach wenigen Minuten hörten sie das Heulen der Feuerwehrsirenen. Zwei Streifenwagen trafen ein. Die Feuerwehr hatte den Brand schnell gelöscht, aber das Polizeifahrzeug war nur noch Schrott. Viel wichtiger war jedoch, dass niemand verletzt wurde.
Unterdessen waren Polizeischranken rund um den verkohlten Streifenwagen aufgestellt worden. Hinter den Absperrungen spekulierten die Schaulustigen bereits über den Ablauf des Vorfalls. In dieser Menschenmenge stand auch Detlef Stoll. Er wohnte in einem nahegelegenen Häuserblock und war durch den Lärm aufgeweckt worden. Aus dem Fenster seiner Wohnung hatte er den brennenden Wagen gesehen und wollte nun selbst vor Ort erfahren, was geschehen war. Er war nicht besonders überrascht. Ärger gab es in seiner Strasse öfters. Täglich hörte man von Einbrüchen, Diebstählen und sogar Raubüberfällen. Doch dass jetzt sogar ein Streifenwagen abgefackelt wurde, das war neu. Stoll schaute sich um. Einige Gesichter kannte er, andere sah er zum ersten Mal.
Die meisten, die hier lebten, waren Ausländer. Deutsche gab es in diesem Bezirk nur wenige. Und wenn, dann nur die unterste Unterschicht, zu der auch Detlef Stoll gehörte. Stoll bewohnte mit seiner Frau Ute eine kleine Zweizimmerwohnung im Erdgeschoss in der Flughafenstrasse. Die Wohnung war nichts Besonderes, aber sie war billig. Seine Frau war auch nichts Besonderes, aber teuer. Und Geld besass Detlef Stoll schon lange keines mehr. Seit er vor zehn Jahren arbeitslos geworden war, lebte er von der Sozialhilfe. Alle Bemühungen, eine Arbeit zu finden, scheiterten. Kein Wunder, nur ein blinder Bauunternehmer würde einen über fünfzigjährigen Bauarbeiter mit Rückenproblemen einstellen! Eine Weile hatte er sich mit Gelegenheitsjobs über Wasser gehalten. Aber im Moment

hatte er keine feste Arbeit. Nur an den Wochenenden durfte er ab und zu in einer kleinen Gärtnerei aushelfen. Das gefiel ihm ganz gut. Früher hatte er nichts für dieses Grünzeug übrig gehabt. Aber jetzt, jetzt sprach er sogar mit den Pflanzen ... natürlich nur, wenn er alleine im Gewächshaus war. Er liebte vor allem den wunderbaren Duft der Blumen. Der Chef der Gärtnerei, der dies bemerkt hatte, hatte ihm auf Weihnachten ein Parfüm geschenkt, das aus dem Blütenduft einer ganz speziellen GARDENIE hergestellt worden war. Dieser Duft verzauberte Stoll ... Er trug ihn Tag und Nacht auf sich. Und dieser Duft weckte Stolls Interesse so sehr, dass er auch in seiner Freizeit zum leidenschaftlichen Gärtner wurde.

Er hatte im Innenhof seiner Siedlung ein kleines Gewächshaus aufgestellt, sein eigenes kleines botanisches Reich! Eine grüne Oase in der grauen Grossstadt. Dort fand er Trost, wenn es ihm wieder einmal schlecht ging und er sich nutzlos vorkam.

Eigentlich wollte er, bevor er die Sirenen gehört hatte, noch kurz in sein Gewächshaus, aber nun stand er in dieser Menschenmenge und betrachtete den dampfenden Streifenwagen. Er hörte, wie einige seiner Nachbarn aufgeregt diskutierten. Wilde Spekulationen machten bereits die Runde. Doch als sich zwei Polizisten näherten und allfällige Augenzeugen befragen wollten, machten sich die meisten Gaffer aus dem Staub. Niemand wollte etwas mit der Polizei zu tun haben. Auch Detlef Stoll nicht. Er machte sich auf den Heimweg. Als er vor seinem Haus angelangt war, sah er noch, wie der demolierte Streifenwagen abtransportiert wurde.

Berlin – 14. Juli – Polizeirevier Neukölln – 07.49 h

Kuss und Meischner sassen auf dem Polizeirevier und gaben die Ereignisse zu Protokoll. Revierchef Axel Kowalski höchstpersönlich quetschte sie aus. Und er war wütend, dass die zwei den neuen Streifenwagen in den Sand gesetzt hatten. Seine behaarte Faust

donnerte auf den Tisch: «Verdammt noch mal, meine Herren, was ist da draussen passiert?»
Kuss und Meischner schauten sich an, räusperten sich, und als Kuss den Mund öffnen wollte, schrie Kowalski: «Schon wieder einer meiner Streifenwagen im Eimer! Ich will gar nichts hören. Ich will, dass die ganze Mannschaft in zehn Minuten im Sitzungszimmer antrabt! Verstanden? Verdammt! Verdammt!»
Wie sogar die Nachbarn des Polizeireviers bezeugen konnten, war Kowalski ein sehr lauter Polizeichef. Und sein Personal wusste: Es gab Tage, da brannte bei Kowalski eine Sicherung durch, an schlechten Tagen waren es sogar zwei gleichzeitig. Es wurde vermutet, dass er sein Temperament seinen polnischen Wurzeln zu verdanken habe. Aber trotz seiner aufbrausenden Art war Kowalski ein gradliniger und fairer Polizist und arbeitete nun schon über zehn Jahre im Berliner Bezirk Neukölln.
Und auch er verfolgte die Entwicklung der letzten Jahre mit grosser Besorgnis. Die Kriminalitätsrate war unaufhaltsam angestiegen und die Art und Weise der Delikte hatte sich stark verändert. Die Gewaltbereitschaft war erschreckend hoch. Die Täter wurden immer skrupelloser. Und dazu noch diese unerträglich heisse Sommerhitze, die im Moment die Stadt erdrückte. Vielleicht würde das auf den Abend angekündigte Gewitter die Gemüter ein bisschen beruhigen. Kowalskis Gemüt gehörte jedoch sicher nicht dazu.

Berlin – 14. Juli – Sitzungszimmer Polizeirevier Neukölln – 08.00 h

Wirklich sehr, sehr schlecht gelaunt, informierte Revierchef Axel Kowalski im Sitzungszimmer über die Ereignisse der vergangenen Nacht: «Meine Herren, dieser Anschlag stellt die Spitze der Gewalttätigkeiten dar, die in letzter Zeit gegen uns gerichtet wurden. Es darf nicht sein, dass wir Polizisten um unser Leben bangen müssen, nur weil wir zu wenig Personal haben.

Ich habe vor wenigen Minuten mit dem zuständigen Senator gesprochen und ihm dargelegt, dass es so nicht weitergehen kann. Es muss endlich etwas geschehen. Wir kennen die Brennpunkte. Die Gegend um die U-Bahn Station Boddinplatz ist in der letzten Zeit besonders aufgefallen. Als Sofortmassnahme werden wir die Teams dort verstärken. Ab heute sind immer zwei Fahrzeuge mit insgesamt vier Beamten vor Ort. Ich weiss zwar noch nicht, von wo ich diese Männer abziehe, aber vielleicht hat der Senator eine Antwort darauf.»
Plötzlich wurde die Tür zum Raum geöffnet und ein Beamter trat ein.
«Entschuldigen Sie die Störung, aber ich brauche sofort acht Leute. Wir haben einen Raubüberfall und eine Messerstecherei in einer Bar in der Ballusstrasse.»
«Verdammt», fluchte Kowalski.

Berlin – 14. Juli – Flughafenstrasse – 10.15 h

Detlef Stoll war bereits seit dem frühen Morgen in seinem Garten. Nachdem er sich in der Nacht den abgefackelten Streifenwagen angesehen hatte, konnte er nicht mehr einschlafen. Also stand er auf und holte schon am frühen Morgen in der nahegelegenen Bäckerei frische Brötchen. Er wollte seine Frau Ute mit einem herrlich duftenden Frühstück überraschen. Doch Ute war bereits wach, als ihr Mann mit den Brötchen nach Hause kam und hatte gar keine Freude an der Überraschung.
«Da bist du ja. Schleichst dich einfach so aus dem Haus. Du Nichtsnutz. Du solltest dir lieber eine anständige Arbeit suchen, anstatt den gut gelaunten Brötchenkurier zu spielen!»
Ute und Detlef stritten sich fast jeden Tag. Hätte Detlef an jedem Tag, an dem sie sich *nicht* stritten, ein paar Cent in eine Spardose getan, so hätte er vermutlich nicht einmal diese Frühstücksbrötchen damit bezahlen können. Früher, als er noch Arbeit hatte, war ihre

Ehe in Ordnung. Doch als er seinen Job verlor, fingen die Probleme an. Keine Arbeit, kein Geld. Die schöne Wohnung im Berliner Bezirk Schöneberg mussten sie aufgeben und den schicken Wagen veröussern. Ute musste sogar ihre teuren Kleider verkaufen. Das hatte sie nie verkraftet. Nun lebten sie von Harz IV. Und das war zu wenig zum Leben und zu viel zum Sterben. Das wenige Geld, das sie einnahmen, musste Ute mit Putzen verdienen. Und Putzen gefiel Ute gar nicht! Sie träumte noch immer vom Luxus, den sie früher hatten. Und so wurde sie in den letzten Jahren immer unzufriedener. Und diese Unzufriedenheit liess sie an ihm aus.
«Du bist ein Versager, ein richtiger Versager! Einer der nichts auf die Reihe kriegt», sagte sie jeweils. Detlef dachte zuerst, Ute würde sich mit der Zeit daran gewöhnen, arm zu sein. Doch Ute warf ihm jetzt auch noch vor, er würde sich nicht genügend um sie kümmern. Er denke nur noch an seine Pflanzen. Für die Pflanzen wende er mehr Zeit und Geld auf als für seine Frau! Und wenn sie die paar Euro, die sie fürs Putzen bekam, nicht hätten, dann würde das Geld vermutlich nicht einmal fürs Essen reichen!
So ging es Tag für Tag. Und wenn der Haussegen wieder einmal schief hing, verzog Detlef sich in seinen Garten. Er überlegte sich sogar schon, ob er ein Klappbett im Gartenhaus aufstellen sollte.

Nach der vorauszusehenden Streiterei verzog sich Detlef also auch an diesem Morgen in seinen Garten. Er ging ins Gewächshaus, setzte sich auf eine Holzkiste und ass seine frischen Brötchen. Kauend überlegte er, wie und was er tun müsste, um sein Leben zu ändern. Es gab nur eine Lösung: Es musste ein Wunder geschehen.

Nach diesen heissen Sommertagen stiegen die Temperaturen in seinem Gewächshaus schon auf über dreissig Grad. Er nahm eine Handvoll Wasser aus einer Regentonne und spritzte sich ein wenig ins Gesicht. Er öffnete seine Augen und bestaunte seine wunderbaren Blumen. Wie schön sie waren. Und welche Ruhe und welchen Frieden sie ausstrahlten.

Stolls Leidenschaft galt den Gardenien- und den Jasminblüten. Ihr herrlicher Duft hatte ihn, schon beim ersten Mal als er ihn roch, verzaubert. In der Gärtnerei, in der er ab und zu aushalf, hatte er sich in diese Pflanzen verliebt. Immer wenn er bei ihnen war, wurde er ruhig. Vergass alles um sich herum. Es lag tatsächlich etwas Friedliches im Duft dieser Blüten. Stoll hatte sich Bücher über diese Pflanzen besorgt. Darin hatte er gelesen, dass der Duft von Gardenie und Jasmin tatsächlich eine beruhigende Wirkung haben soll. Und dann kam ihm vor knapp einem Jahr die zündende Idee. Er könnte doch versuchen, eine Kreuzung der beiden Pflanzen zu züchten. Denn wenn er beide Düfte miteinander verbinden könnte, dann müsste das eine unvorstellbare Wirkung erzielen. So könnte er vielleicht einen neuen Duft erfinden. Einen noch nie da gewesenen Duft. Damit könnte er bestimmt Geld verdienen.

Aus diesen Büchern hatte er auch erfahren, dass es noch niemandem gelungen war, die beiden speziellen Gardenien- und Jasminpflanzen, die er am liebsten mochte, miteinander zu kreuzen. Das hatte ihn nicht davon abgehalten, es trotzdem zu versuchen. Und tatsächlich ...

Vor wenigen Monaten regte sich plötzlich etwas in seinen Beeten, in denen er die Versuche mit den Kreuzungen machte. Er entdeckte, dass sich ein kleines Pflänzchen aus der Erde gedrückt hatte. Tag für Tag wuchs es und wurde immer grösser und grösser. Es vergingen Monate, bis er sich sicher war, dass sein Experiment gelungen war und er ein Verfahren zur Kreuzung dieser speziellen Jasmin und Gardenie gefunden hatte. Der Durchbruch! Er konnte sich sehr gut an den Moment erinnern, als er zum ersten Mal eine dieser Blüten in seinen Fingern verrieben und daran gerochen habe. Es war wie der Himmel auf Erden. Der Duft war einfach unbeschreiblich. Detlef spürte heute noch das warme Kribbeln, das damals durch seinen Körper geflossen war. Es war etwas Aussergewöhnliches.

Jetzt im Spätsommer des Jahres standen die vielen Pflanzen der neuen Kreuzung in voller Blüte. Vorsichtig zupfte er ein kleines Blütenblatt vom Stängel und roch daran. Himmlisch. Einfach himmlisch! Wenn es ihm gelingen sollte, diesen Duft in grossen

Mengen herzustellen und er einen Abnehmer finden würde, dann wäre er ein gemachter Mann.
Die Hitze im Gewächshaus war unerträglich. Schweiss tropfte über Detlefs Stirn. Doch seine neue Zucht schien die sonnigen Tage zu mögen. Aber zu heiss durfte es im Gewächshaus auch nicht werden. Er schaute durch die schmutzigen Fenster zum Himmel hinauf. Ein bisschen Regen würde jetzt gut tun. Doch noch war der Himmel strahlend blau. Er offenbarte noch nicht, dass bald ein heftiger Sturm über Berlin hinwegfegen würde.

Berlin – 14. Juli – Polizeirevier Neukölln – 14.26 h

Im Westen Berlins bildeten sich immer grössere und dunklere Wolken. Der Wetterdienst hatte für den Wannsee und die Havel bereits Sturmwarnungen herausgegeben. Viele Blicke gingen in diesen Minuten nach oben und sahen das Unheil nahen. Revierchef Kowalski hatte sich zwar ein bisschen Regen gewünscht: «Aber es muss ja nicht gleich ein Sturm sein! Verdammt noch mal! Das gibt wieder zusätzliche Arbeit.» Er griff zum Telefonhörer: «Zentrale. Ich brauche alle verfügbaren Einsatzkräfte. Feuerwehr, Fahrzeuge, um umgestürzte Bäume aus dem Weg zu schaffen, Wasserpumpen, das ganze Pipapo. Ein Sturm zieht auf, ich brauche jeden Mann!»
«Hier Zentrale. Hallo Chef, ich bin's, die Christiane ... ähm ... Chef ... nach der Klimaanlage hat nun auch noch mein Deckenventilator den Geist aufgegeben. Könnten Sie jemanden vorbeischicken, der das repariert?»
Kowalski verdrehte die Augen und biss in den Telefonhörer.
«Hallo Chef, sind Sie noch da?», klang es aus dem Hörer.
Kowalski legte auf. Ein leises «Verdammt, verdammt» kräuselte über seine Lippen.

Berlin – 14. Juli – Flughafenstrasse – 15.49 h

Auch Detlef Stoll schaute zum Himmel. Bei dieser Hitze könnte durchaus ein Hagelsturm entstehen. Sein Blick wanderte nach Westen. Die Wolken waren schon über Potsdam. Noch etwa eine halbe Stunde und das Unwetter hatte Neukölln erreicht. Detlef ging ins Haus und setzte sich an seinen Computer. Er schaute sich die Wetterdaten für die kommenden Stunden an.
«Detleeef …, was machst du wieder?», rief seine Frau Ute aus der Küche.
«Ich schaue mir die Wetterdaten an.»
«Wozu? Das sieht doch jedes Kind, dass da ein Sturm auf uns zukommt. Dazu brauchst du diesen bescheuerten Computer nicht. Du solltest dich lieber nach einer anständigen Arbeit umsehen, anstatt dich nur noch um deine Pflanzen und das Wetter zu kümmern. Mir reicht es, Detlef. Ich habe genug. Alles muss ich alleine machen. Du bist ein Versager, Detlef, hörst du mich? Ein Versaaager.»
«Jaaa, ich weiss», sagte Detlef, obwohl er ihr gar nicht zugehört hatte. «Der Sturm könnte richtig heftig werden. Der Hagel könnte mein Gewächshaus zerstören. Du weisst ja gar nicht, was ich …»
«Ich will gar nichts mehr wissen! Du hängst den ganzen Tag im Gewächshaus herum, wühlst in deinen blöden Blumentöpfen und sprichst mit den Pflanzen in einem Ton, als ob du sie gleich heiraten würdest. Mir reicht's!» Ute knallte die Küchentüre zu und liess Detlef alleine. In der Ferne ertönte ein erstes Donnergrollen. Detlef schaltete den Computer aus und rannte zum Gartenhaus.
Die ersten Regentropfen fielen vom Himmel. Durch den Regen aufgescheucht, rannte eine Katze durch den Garten. Es war Detlefs Kater *Kung-Fu*. Vor Jahren hatte Detlef diese Katze völlig verwahrlost in einer Mülltonne gefunden und sie mit nach Hause genommen. Er sorgte sich wirklich rührend um seine Katze, aber er konnte ihr einfach nicht über den Weg trauen. Der Kater war ein richtiges Biest! *Kung-Fu* machte seinem Namen alle Ehre. Er war alles andere als ein Schmusekater. Er kratzte, biss und seine grosse

Vorliebe war es, Polstermöbel zu zerkratzen. Nun flüchtete *Kung-Fu* vor den Tropfen ins Gewächshaus. Detlef passte das gar nicht. Dieses Tier hatte die Angewohnheit, auf seinen Streifzügen viele Pflanzentöpfe umzukippen. Detlef wollte dem Störenfried folgen, doch er hatte ihn aus den Augen verloren. Das selbst zusammengebaute Gartenhäuschen bot viele Verstecke. Holzkisten, grosse Blumentöpfe, Pappschachteln. Alles hervorragend geeignet, um sich zu verstecken. Der Regen wurde stärker. Detlef schaute nach oben. Schwere Tropfen prasselten auf die Glasscheiben des Dachs. Die Scheiben würden den Regen aushalten. Aber bestimmt keinen Hagel.
Gestärkt durch den Wind, peitschte der Regen immer heftiger gegen Wände und Dach. Detlef musste seine Pflanzen irgendwie schützen. Er wollte gerade eine Holzkiste packen, um sie über die Pflanzen zu stülpen, da schlug im selben Augenblick, ganz in der Nähe, ein Blitz ein. Aufgeschreckt durch den lauten Knall sprang *Kung-Fu* aus seinem Versteck und krallte sich an Detlefs Oberschenkel fest. Die scharfen Krallen des Katers bohrten sich in Detlefs Fleisch. Er schrie vor Schmerz. Als er den Kater von sich reissen wollte, krabbelte dieser noch weiter, über den Rücken hoch bis zu Detlefs Hals, und zerkratzte ihm von hinten das Gesicht. Warmes Blut floss über seine Wangen. Und wieder erhellte ein Blitz den Himmel und kurz darauf ertönte ein lauter Knall. *Kung-Fu* liess von Detlef ab, sprang auf den Boden und verschwand zwischen ein paar Holzkisten. Detlef fluchte wie ein Rohrspatz. Sein Gesicht und sein Bein schmerzten. Und der Sturm wurde immer heftiger. Die Böen, die durch den Hof sausten, rüttelten und zerrten am Gewächshaus. Es donnerte und schepperte unaufhörlich. Das Haus würde diesem Sturm nicht lange standhalten. Noch während Detlef überlegte, was er nun tun konnte, knallte es fürchterlich. Der Blitz schlug in den Baum ein, der direkt neben Detlefs Gartenhäuschen im Hof stand. Detlef stürzte zu Boden. Dabei schlug er mit der Stirn gegen eine Holzkiste. Er verlor das Bewusstsein.
Als er nach ein paar Augenblicken wieder zu sich kam, hatte sich der Regen in Hagel umgewandelt! Detlef versuchte aufzustehen,

doch die Schmerzen hielten ihn zurück. Scheinbar hatte er sich beim Sturz den Arm gebrochen. Und ihm war schwindlig. Er konnte kaum einen klaren Gedanken fassen. Doch er wusste, wenn er hier liegen blieb und der Hagel stärker würde, war er in Gefahr. Vielleicht würde ja Ute nach ihm sehen. Doch das war eher unwahrscheinlich. Als ob er es geahnt hätte, knallten nun Hagelkörner in der Grösse von Golfbällen auf die Scheiben des Dachs. Scheibe für Scheibe ging zu Bruch und die Scherben prasselten auf Detlef nieder. Er versuchte, sich mit einem Pappkarton, so gut es ging, zu schützen. Doch viel nützte das nicht. Selbst die Holzkisten, mit denen er seine Pflanzen abdecken wollte, gingen zu Bruch. Alles, was er sich in den letzten Jahren aufgebaut hatte, würde der Hagelsturm nun zerstören. Seine Pflanzen, seine neue Kreuzung, alles war verloren. Detlef lag am Boden. Die herunterfallenden Scherben und die grossen Hagelkörner hatten ihm schwer zugesetzt. Er hatte starke Schmerzen, im Gesicht, an Armen und Beinen. Aber Schmerzen waren ihm im Moment egal. Alles war ihm egal. Er schloss die Augen und hoffte, dass das alles nun bald ein Ende haben würde. Im selben Moment erhellte erneut ein gewaltiger Blitz den dunklen Himmel und schlug mit einem ohrenbetäubenden Knall ins Dach des Gewächshauses ein. Die Tragkonstruktion geriet ins Wanken und das ganze Haus stürzte in sich zusammen.

Moskau – 14. Juli – 19.25 h

Es war schwül an diesem Abend. Das dunkle Fahrzeug steuerte zügig durch das abendliche Verkehrschaos. Moskaus Strassen ohne Stau waren etwa so häufig anzutreffen, wie ein Russe mit einer Wodka-Allergie.

Aber der Passagier im dunklen Wagen musste sich nicht um Verkehrsprobleme kümmern. Der schwarze Mercedes der S-Klasse folgte in zügigem Tempo einem Polizeifahrzeug, das ihm mit Blaulicht und Sirene einen Weg durch das Chaos bahnte. An den Strassenkreuzungen hielten die Verkehrspolizisten jeweils den Verkehr an, um der Limousine ein möglichst schnelles Vorankommen zu ermöglichen. Eine Szene, die sich in dieser 17-Millionen-Stadt mehrmals täglich abspielte. Der Pöbel wartet an der Kreuzung, während das hohe Tier, dank Polizeibegleitung, vorbeirauscht.

That's Moskau.

Der kleine Konvoi fuhr vom Kreml zur Moskauer Universität. Die Universität gehört zu den eindrücklichsten Bauten Moskaus. Das westlich vom Zentrum gelegene Gelände hat eine Grösse von knapp 2 ½ Millionen Quadratmetern.

Mit kreischenden Reifen hielt der Mercedes vor dem Haupteingang der Universität. Zwei Sicherheitsleute eilten zum Wagen und öffneten die Tür. Aus der Limousine stieg Igor Sigorowitsch, ehemaliger Waffengeneral im Stab der Armee. Er hatte zwar seinen Dienst als General quittiert, trotzdem wurde er immer wieder mit äusserst delikaten Sonderaufgaben betraut.

Sigorowitsch war leidenschaftlicher Zigarrenraucher. Als er aus dem Wagen stieg, wehte ein Schwall starken Tabakrauchs hinter ihm her.

DUFTSEITE
HIER REIBEN

Sigorowitsch schaute auf seine Uhr. 15 Minuten hatte er vom Kreml zur Moskauer Universität gebraucht, wozu ein normaler Mensch weit mehr als eine Stunde benötigt hätte. System sei Dank. Mit schweren Schritten stieg er die Stufen zum Eingang der Universität hoch. Noch bevor er die Hauptpforte erreicht hatte, kam ihm Anatoli Karpow, der wissenschaftliche Leiter der Universität, entgegen. Ein Namensvetter des berühmten Schachgrossmeisters, der in den 70ern und 80ern zehn Jahre lang Schachweltmeister war.
«Ich begrüsse Sie, Genosse General», sagte Karpow und streckte ihm die Hand entgegen. Ohne ihn eines Blickes zu würdigen, erwiderte Sigorowitsch den Händedruck und korrigierte: «Genossen gibt es nicht mehr. Und General bin ich auch nicht mehr.»
«Ja, leider. Die Zeiten ändern sich.»
«Sind alle da?»
«Wie Sie gewünscht haben. Es war nicht leicht, in dieser kurzen Zeit so viele hochtalentierte Wissenschaftler aufzutreiben. Aber nun sind zwölf der besten Experten, die wir für unser Projekt benötigen, hier. Alles exzellente Leute.»
«Das ist zu hoffen.»
Sigorowitsch und Karpow betraten, in Begleitung der Sicherheitsleute, die Universität. In der grossen Eingangshalle waren um diese Tageszeit nicht mehr viele Menschen. Sigorowitsch war das recht. Es musste nicht jeder wissen, dass er wieder einmal hier war. Es wurde schon genug darüber spekuliert, was hinter diesen Mauern alles versteckt war. Es kursierten die wildesten Gerüchte. Von einer geheimen Metrostation unter der Universität war die Rede. Von unterirdischen Bunkern und geheimen Labors. Und auch wenn das alles tatsächlich existieren sollte, dann hatte das trotzdem niemanden zu interessieren.
Sie erreichten den Lift und es ging einige Stockwerke in die Tiefe. Im gewünschten Stockwerk angekommen, verliess Sigorowitsch als Erster den Aufzug und wandte sich nach rechts. Am Ende des langen Ganges blieb er stehen. Er legte seine Hand auf einen blauen Kasten, der neben der Türe hing. Seine Hand wurde gescannt und mit einem Klicken öffnete sich die Tür. Er betrat einen abhörsicheren Raum.

Alle anwesenden Personen erhoben sich von ihren Sitzen. Igor Sigorowitsch erwiderte einige Grüsse und stellte sich breitbeinig ans Rednerpult. Mit einer Handbewegung gab er den Anwesenden zu verstehen, dass sie sich setzen durften.

«Meine Damen und Herren, ich habe heute Nachmittag eine beunruhigende Mitteilung erhalten. Wie Sie wissen, arbeiten wir schon seit Längerem an biochemischen Substanzen, die wir als neue Waffensysteme einsetzen könnten. Doch leider konnten wir bisher noch keine Substanz finden, welche die von uns gewünschte Wirkung hat. Heute erhielt ich die Meldung eines Informanten, dass die Amerikaner mit einer ähnlichen Testreihe begonnen haben, aber ihre Suche geht in eine ganz neue Richtung: Bisher waren biochemische Waffen dazu da, Menschen zu töten oder die Opfer trugen mindestens schwere Gesundheitsschäden davon, wenn sie mit solchen Waffen ausser Gefecht gesetzt wurden. Was ich Ihnen nun sage, wird Sie erstaunen. Die Amerikaner entwickeln Waffen, die nicht töten. Es sind Waffen, welche die Psyche verändern.»

Ratlose Blicke unter den Anwesenden.

«Falls es den Amerikanern gelingen sollte, *vor uns* eine solche Waffe zu entwickeln, ist das sehr besorgniserregend und höchst unbefriedigend. Ich bin heute hierher gekommen, um Sie davon in Kenntnis zu setzen, dass Sie ab sofort und unter höchster Geheimhaltung an einem entsprechenden Projekt für uns arbeiten. Sie haben genau 17 Stunden Zeit, um zu packen und um sich von Ihren Angehörigen zu verabschieden. Sagen Sie ihnen, Sie fahren in die Türkei in den Urlaub. Sie werden morgen um exakt 13.00 Uhr zu Hause von einem Bus abgeholt. Dann werden wir Sie in unser geheimes Forschungslabor bringen.»

Im Konferenzzimmer wurde es unruhig.

«Ich versichere Ihnen, dass Sie in ein paar Monaten unversehrt wieder heimkehren können. Aber von diesem Zeitpunkt an arbeiten Sie für unser geheimes Forschungsprojekt – noch Fragen?»

Sigorowitsch sah in die Runde. Einer der anwesenden Wissenschaftler stand auf und räusperte sich: «Genosse, inwiefern soll diese Substanz die Psyche eines Menschen verändern?»

«Aufgrund meiner bisherigen Kenntnisse kann ich Ihnen nur so viel verraten: Diese neuartige Waffe soll, wenn der Feind sie einatmet, alle Aggressionen vollkommen unterdrücken.»
«Heisst das also», meldete sich der Wissenschaftler erneut, «wenn diese Substanz über einem Einsatzgebiet versprüht wird, dass dann alle Soldaten ihre Waffen wegschmeissen und fröhlich tanzend davonlaufen?»
«Das ist zwar sehr fantasievoll formuliert, aber es trifft den Nagel genau auf den Kopf. In konzentrierter Form angewendet, kann es genau das bewirken.»

Berlin – 15. Juli – am nächsten Morgen

Detlef öffnete langsam seine Augen. Alles was er sah, war eine weisse Decke. Er wusste nicht, wo er war. Er hörte Stimmen. Es fühlte sich an, als wäre eine dicke Schicht Watte um ihn herum. Langsam drehte er seinen Kopf in die Richtung, aus der die Stimmen kamen. Doch er konnte nichts erkennen. Alles war verschwommen, wie die Gedanken in seinem Kopf. Er wollte sich bewegen, doch er hatte keine Kontrolle über seinen Körper. Er spürte weder seine Arme noch seine Beine. Als er unter grösster Anstrengung die Augen öffnen konnte, sah er eine verschwommene Gestalt vor seinem Bett stehen.
«Guten Morgen, Herr Stoll. Können Sie mich verstehen?»
Detlef zwinkerte mit den Augenlidern.
«Schön. Mein Name ist Dr. Schneider. Ich bin Ihr Arzt. Können Sie sich an etwas erinnern? Wissen Sie, was geschehen ist?»
Detlef schloss die Augen und bewegte den Kopf langsam hin und her.
«Das ist völlig normal. Sie waren einige Stunden bewusstlos. Es wird einige Zeit dauern, bis Sie wieder klar denken können. Machen Sie sich darüber keine Sorgen. Sie sind bei uns in guten Händen. Schwester Irmgard wird sich um Sie kümmern. Glücklicherweise

haben Sie keine schweren Verletzungen erlitten. Sie haben viel Glück gehabt. Ausser dem gebrochenen Unterarm, einigen Kratz- und Schnittwunden und ein paar Verbrennungen sind Sie unversehrt geblieben. Es hätte viel schlimmer kommen können.»
Detlef wollte etwas sagen, doch er brachte keinen Ton heraus.
«Ist schon gut, Herr Stoll. Sie brauchen jetzt Ruhe. Wir haben Ihnen Medikamente zur Beruhigung gegeben. Die Wirkung wird noch einige Stunden anhalten. Versuchen Sie zu schlafen, das wird Ihnen gut tun. Morgen werden Sie sich schon viel besser fühlen.»
«Morgen? Warum kann ich mich nicht heute schon besser fühlen», dachte Detlef. Wieder versuchte er sich zu bewegen, doch seine Glieder verweigerten ihren Dienst. Er hatte Kopfschmerzen. Starke Kopfschmerzen. Wenigstens etwas, das er spürte. Alles um ihn herum schien wieder in diesem Wattedunst zu verschwinden.
«Schwester Irmgard», sagte Dr. Schneider. «Schauen Sie des Öfteren nach ihm. Ich rufe noch einmal auf der Polizeistation in Neukölln an. Jemand von seinen Angehörigen muss doch aufzutreiben sein.»
«Ist in Ordnung, Herr Doktor», sagte die Krankenschwester.

Berlin – 15. Juli – Polizeirevier Neukölln – 11.42 h

Auf der Polizeistation Neukölln war erstaunlicherweise nicht viel los. Axel Meischner und Harald Kuss hatten ihren Dienst nach der Feuerattacke von vorletzter Nacht wieder aufgenommen.
Das Telefon klingelte. Kuss nahm den Hörer ab: «Polizeirevier Neukölln, Kuss.»
«Dr. Schneider vom Charité-Krankenhaus in Mitte. Ich rufe noch einmal wegen unseres Patienten an, der gestern eingeliefert wurde. Detlef Stoll ist sein Name. Das konnten wir ja anhand der Ausweise, die wir in seiner Brieftasche gefunden haben, herausfinden. Konnten Sie seine Angehörigen schon benachrichtigen.»
«Guten Tag, Dr. Schneider. Nein, leider wissen wir noch nicht viel mehr. Er wohnt in der Flughafenstrasse und ist verheiratet.

Aber seine Frau konnten wir bisher nicht erreichen, weder am Telefon noch als wir eine Streife bei ihr vorbeigeschickt haben. Sie scheint wie vom Erdboden verschluckt zu sein. Wir werden gleich selbst hinfahren und uns noch einmal umhören. Nach dem Unwetter von gestern war hier einiges los. Feuerwehr und Rettungsdienste waren die ganze Nacht im Einsatz. Aber jetzt hat sich die Lage etwas beruhigt. Sobald wir mehr wissen, melden wir uns bei Ihnen.»
«Besten Dank. Auf Wiederhören.»
Kuss legte den Hörer auf.
«Komische Sache mit diesem Stoll. Seine Frau ist unauffindbar und seine Nachbarn scheinen ihn kaum zu kennen. Ein Wunder, dass überhaupt jemand das Feuer im Hof entdeckt und die Feuerwehr alarmiert hat.»
«Das eigentliche Wunder ist, dass er überlebt hat. Das sah dort ja aus wie nach einem Bombenangriff», sagte Meischner. «Hätte ihn die Feuerwehr nicht so schnell unter den Trümmern entdeckt, wer weiss, was dann passiert wäre. Aber dass seine Frau sich bis jetzt noch nicht gemeldet hat, ist seltsam. Vielleicht werden wir mehr herausfinden, wenn wir noch mal hinfahren.»
«Gut, gehen wir!»
Die beiden machten sich auf den Weg. Überall auf den Strassen waren Menschen, welche die Schäden, die das Unwetter angerichtet hatte, beseitigten. Viele Fenster waren durch den Hagel zerstört worden und Keller durch den Regen überflutet. Laub und Äste, die der Sturm heruntergerissen hatte, lagen auf Strassen und Gehsteigen.

Berlin – 15. Juli – Flughafenstrasse – 12.31 h

Am Haus von Detlef Stoll angekommen, klingelten die beiden Polizisten an der Wohnungstür, doch es rührte sich nichts. Sie gingen in den Hof. Dort hatte die Feuerwehr Stoll unter den Trümmern des Gewächshauses gefunden.

Als sie den Hof betraten, blieb Kuss stehen und atmete tief durch seine Nase ein.
«Riechst du das auch?», fragte er.
Meischner nickte. «Riecht extrem stark. Woher stammt dieser Geruch?»
«Ein eigenartiger Duft. Riecht gar nicht mal so schlecht.»
Meischner hielt inne: «Das riecht irgendwie nach Blumen oder so.»
«Nein, nicht nach Blumen. Eher wie ein Parfüm.»
«Es gibt auch Parfüms, die nach Blumen riechen.»
«Das muss aber eine ziemlich grosse Parfümflasche gewesen sein, die da umgekippt ist. Puah, riecht das intensiv.»
«Schau dir das mal an», sagte Meischner. «Das war mal ein Gewächshaus.»
Der Schaden, den der Sturm angerichtet hatte, war enorm. Dort wo gestern noch ein Gewächshaus gestanden hatte, war jetzt nur noch ein grosser Trümmerhaufen. Verbogene Eisenstangen, verkohlte Kisten, Erde, Pflanzenreste, geschmolzenes Plastik und haufenweise Scherben. Kaum zu glauben, dass jemand lebendig aus diesen Trümmern geborgen worden war. Stoll hatte wirklich riesiges Glück gehabt. Sie schauten sich weiter im Hof um. Da hörten sie ein leises Wimmern. Es klang wie das Klagen eines Tieres. Sie gingen dem Geräusch nach und fanden unter einem Gebüsch eine verängstigte Katze. Sie war völlig durchnässt und sah fürchterlich aus. Kuss näherte sich ihr vorsichtig.
«Ja wer bist du denn? Komm her, ich tu dir nichts.» Kuss streckte seine Hand aus, um sie anzulocken. «Ja, komm her, du bist ja ganz nass.» Geduldig wartete Kuss, bis die Katze sich näherte und an seiner Hand schnupperte. «Ja, du bist ein liebes Tier. Wie heisst du denn?»
«Das wird *Kung-Fu* sein», sagte eine Stimme hinter ihnen.
Meischner und Kuss drehten sich um. Vor ihnen stand ein Mann um die fünfzig. Er roch stark nach Kaffee. «Guten Tag, mein Name ist Herbert Hübner. Was suchen Sie hier?»
«Ich bin Kommissar Meischner und das ist mein Kollege Kuss vom Polizeirevier Neukölln. Wohnen Sie hier, Herr ähm … Hübner?»

«Nein, ich wohne in Schönefeld.» Hübner schaute sich um. «Was ist denn hier passiert? Und was riecht so stark?»

«Das war das Unwetter gestern. Vermutlich hat ein Blitz in das Gewächshaus eingeschlagen. Es ist zusammengestürzt und hat Feuer gefangen. Ein Mensch wurde unter diesen Trümmern begraben».

«Doch nicht etwa Detlef?», fragte Hübner entsetzt.

«Kennen Sie Detlef Stoll?»

«Ja natürlich, wir sind schon seit vielen Jahren befreundet. Was ist mit ihm?»

«Er liegt im Krankenhaus. Er wurde unter den Trümmern dieses Gewächshauses begraben. Glücklicherweise ist ihm nicht viel passiert.»

Kuss nahm einen Notizblock aus seiner Uniformjacke.

«Darf ich Ihnen einige Fragen stellen, Herr Hübner?»

«Klar, doch zuerst sollten wir uns um *Kung-Fu* kümmern», erwiderte Hübner. Kuss kniete sich wieder zu *Kung-Fu* herunter. Hübner warnte ihn: «Seien Sie vorsichtig! Dieses Vieh ist sehr aggressiv. Ich weiss auch nicht, was mit ihm los ist, aber er ist eher eine Bestie als ein Kater.»

«Scheint aber recht lieb zu sein», erwiderte Kuss.

«Dann versuchen Sie doch mal, ihn zu streicheln, aber ich habe Sie gewarnt.»

Kuss war mit seinem Gesicht nur noch einen halben Meter vom Kater entfernt. «Du heisst also *Kung-Fu*. Und streicheln lässt du dich auch nicht. Na, dann wollen wir mal sehen.»

Kuss streckte ihm langsam seine Hand entgegen. *Kung-Fu* schnupperte an der Hand und fing an, sie zu lecken. Er kam näher und rieb sogar seinen Kopf an der Hand. Kuss streichelte den Kater. Keine Spur von Aggression.

Hübner, der interessiert zuschaute, meinte: «Das gibt's doch nicht. Ich kenne dieses Tier schon seit Jahren. Aber das habe ich noch nie gesehen. Normalerweise müssten Sie jetzt schon blutend davon rennen. Der Kater scheint wie verwandelt zu sein. Darf ich mal?»

Kuss trat zur Seite und Hübner näherte sich *Kung-Fu* vorsichtig. Der Kater liess sich auch von Hübner ohne Probleme streicheln und kraulen.

«Das ist äusserst seltsam», meinte Hübner, «Stoll war mit dem Kater schon beim Tierpsychiater und der meinte, er sei ein hoffnungsloser Fall. *Kung-Fu* würde für immer ein Raubtier bleiben und nie ein Schmusekater werden. Und jetzt das. Er lässt sich streicheln. Das ist sehr seltsam. Apropos seltsam ... Was riecht hier eigentlich so eigenartig?»

«Das wissen wir auch nicht. Wir haben uns auch schon gefragt, was es sein könnte. Haben Sie eine Ahnung, was Stoll in seinem Gewächshaus angepflanzt hat?»

«Genau weiss ich es auch nicht. Er hat niemanden in das Gewächshaus hineingelassen. Er machte immer ein grosses Geheimnis um seine Pflanzenexperimente.»

«Na gut, die Pflanzen sind im Moment auch nicht so wichtig», sagte Kuss. «Sie kennen Herrn Stoll schon länger?»

«Eigentlich schon seit der Wende. Er war bei einem Bautrupp, der in unserer Firma Arbeiten ausgeführt hat. Ich hatte damals die Aufsicht über die Arbeiten.»

«Sind Sie Bauleiter?»

«Nein, ich bin Biochemiker. Aber meine Firma hat mich damals beauftragt, die Arbeiten zu überwachen.»

«Was ist das für eine Firma?»

«Die gibt es schon lange nicht mehr. Wissen Sie, ich bin aus dem Osten und habe viele Jahre für den Staat gearbeitet. Für den BSA-Leipzig.»

«BSA?»

«Betrieb für Sonderaufgaben. Hauptsächlich Forschung.»

«Na gut. Und damals haben Sie sich mit Stoll angefreundet?»

«Ja. Ich hatte ihn eines Tages gebeten, bei mir im Haus einige kleine Arbeiten zu erledigen. Ich bin handwerklich nicht so geschickt, müssen Sie wissen. Und er ist auf diesem Gebiet ein Fachmann.»

«Stoll ist also Bauarbeiter?»

«Er war gelernter Maurer. Aber jetzt ist er leider arbeitslos.»

«Kennen Sie seine Frau?»
«Oje ... Ähm ... ich meine natürlich, ja.»
«Was meinen Sie mit ‹oje›?»
«Als wir in Schöneberg Nachbarn waren, war alles noch in Ordnung. Doch dann verlor Detlef seine Arbeit. Die beiden konnten sich ihre teure Wohnung nicht mehr leisten und mussten hierher ziehen. Detlef hält sich mit kleinen Aushilfsjobs über Wasser und seine Frau Ute geht Putzen. Aber davon können die beiden mehr schlecht als recht leben. Und seither hat sich Ute verändert.»
«Wir haben mehrmals versucht, Frau Stoll zu erreichen. Wissen Sie zufällig, wo sie sein könnte?»
«Nein. Ich habe nur sehr wenig Kontakt zu ihr. Ich kenne auch niemanden, der mit ihr befreundet ist. Ich kann Ihnen da leider nicht weiterhelfen.»
«Gut, Herr Hübner, das wär's für den Moment. Wo können wir Sie erreichen, wenn wir noch weitere Fragen haben sollten?»
«Hier ist meine Karte. Ich werde hier ein wenig aufräumen. Es sieht ja fürchterlich aus.»
«Aber passen Sie auf!»
«Was geschieht mit dem Kater?», wollte Hübner wissen.
«Wir nehmen ihn mit auf die Wache, bis wir Frau Stoll finden. Der Kater wird hungrig sein und hier ist er ja alleine. Oder vielleicht wird Stoll ja bald aus dem Krankenhaus entlassen, dann bringen wir ihn wieder hierher.»
«Na, dann viel Spass. Aber ich habe Sie gewarnt vor diesem Tier. Sie werden es schon noch erleben.»
«Keine Sorge», sagte Meischner, «wir sind schon mit ganz anderen Viechern fertig geworden.»
Meischner hatte eine Wolldecke aus dem Streifenwagen geholt und wickelte *Kung-Fu* darin ein. Der nasse Kater liess sich ohne Gegenwehr hochheben. Hübner staunte, was sich die Katze alles gefallen liess.
«Noch etwas, Herr Hübner. Könnten Sie vielleicht nachher bei Stoll vorbeischauen? Er liegt im Charité-Krankenhaus in Mitte. Er würde

sich bestimmt freuen, wenn ihn jemand besucht. Melden Sie sich in der Chirurgie bei Dr. Schneider!»
«Gut. Werde ich machen.»
Kuss und Meischner machten sich auf den Rückweg zum Polizeirevier. Als sie auf die Strasse hinaustraten, kamen ihnen zwei junge Männer entgegen. Die beiden Raufbolde waren ihnen wohlbekannt. Schon des Öfteren hatten sie mit ihnen und ihrer Bande zu tun gehabt. Meischner bereitete sich schon auf eine Konfrontation vor, doch er staunte nicht schlecht, als die beiden sie freundlich grüssten, ihnen einen schönen Tag wünschten und weiterspazierten.
«Was war das jetzt? Wollen die uns verarschen?»
«Sei froh», meinte Kuss. «Die beiden machen uns früh genug wieder Ärger.»

Berlin – 15. Juli – Polizeirevier Neukölln – 13.17 h

Zurück auf dem Polizeirevier gingen Kuss und Meischner mit dem Kater in ihr Büro. Revierleiter Kowalski sass bereits an ihrem Schreibtisch und erwartete sie.
«Na endlich. Ich warte schon seit einer Stunde auf euch. Und was wollt ihr mit einer Katze hier auf meinem Polizeirevier?»
«Das ist ein Kater und keine Katze. Und er heisst *Kung-Fu.* Er gehört Detlef Stoll, dem Gärtner, der unter seinem Gartenhäuschen begraben wurde. Wir waren dort. Aber es gibt nicht viel Neues. Ausser, dass wir einen Bekannten von ihm getroffen haben und seinen Kater. Wir werden uns ein wenig um das Tier kümmern, bis Stoll wieder zu Hause ist.»
«Ist euer neuer Streifenwagen noch ganz?»
Meischner und Kuss schauten sich fragend an: «Ja.»
«Gut», sagte Kowalski erleichtert. «Das ist gut. Sehr gut sogar. Alles läuft im Moment sehr gut! Ihr glaubt es kaum.»
«Wieso bist du so fröhlich, Chef?»

«Ich? Tja, ich habe hier nichts mehr zu tun. Ihr glaubt es nicht, aber seit heute Morgen ist hier auf dem Revier tote Hose. Entweder sind alle Telefone kaputt, oder ein grosser Teil des Bezirks ist in eine Art Dornröschenschlaf versunken. Niemand ruft mehr an. Es gibt zwar ein paar Aufräumarbeiten nach dem Sturm von gestern, aber sonst nichts. Ich kann mich nicht erinnern, dass es jemals so friedlich war. Niemand braucht unsere Hilfe. Schon auf meinem Weg zur Arbeit waren alle, denen ich auf der Strasse begegnet bin, scheissfreundlich zu mir. Da geht doch etwas nicht mit rechten Dingen zu. So etwas habe ich noch nie erlebt.»

«Und was ist daran so schlimm?», wollte Kuss wissen.

«Weil es so etwas einfach nicht gibt! Seit mehr als zehn Jahren schiebe ich hier Dienst. Aber es hat noch keinen einzigen Morgen gegeben, an dem *nichts* los war. Und heute? Nichts. Überhaupt nichts! Der ganze Bezirk scheint von Prinz Valium verzaubert worden zu sein! Ein weiteres Beispiel gefällig? Ihr kennt doch unseren schwierigsten Fall hier, unseren eigenen Hausmeister. Ein Miesepeter wie er im Buche steht. Eine sabbernde Hyäne, die sich am Leiden anderer weidet. Und was geschieht heute? Bringt der Hausmeister mir doch heute Morgen tatsächlich eine Tüte Croissants und wünscht mir einen schönen Tag. Erst hatte ich das Gefühl, er wolle mich verarschen. Doch so viel Freundlichkeit kann man nicht spielen. Ich weiss auch nicht, was los ist, aber irgendwie beunruhigt mich das sehr.»

«Es liegt was in der Luft», sagte Meischner, «vielleicht hat jemand einen Freundlichkeitsduft versprüht.»

«Apropos versprühen: Wonach riecht es hier eigentlich? Seid ihr zwei in eine Parfümflasche gefallen?»

«Riecht man das immer noch», fragte Meischner. «Dieser Duft stammt aus dem Garten von Stoll. Er hat Pflanzen gezüchtet, die so stark riechen. Riecht aber nicht schlecht, oder?»

«Für mich riecht das nach Ärger. Wir müssen herausfinden, wieso sich in meinem Bezirk plötzlich alle wie Friedenstauben benehmen!»

Berlin – 15. Juli – Charité-Krankenhaus – 13.48 h

Herbert Hübner erkundigte sich am Eingang des Krankenhauses nach Dr. Schneider, der kurze Zeit später auftauchte und ihn zu Stoll führte.
«Danke, dass Sie gekommen sind. Herrn Stoll geht es den Umständen entsprechend gut. Die äusseren Verletzungen sind nicht gravierend, aber um seine Psyche mache ich mir ein wenig Sorgen. Stoll ist vor wenigen Minuten aufgewacht. Er ist ansprechbar, aber er scheint sehr verwirrt zu sein. Ich bitte Sie, behutsam mit ihm umzugehen, und bleiben Sie nicht allzu lange. Er braucht jetzt vor allem viel Ruhe.»
Sie erreichten Stolls Zimmer. Hübner verabschiedete sich von Dr. Schneider, klopfte an Stolls Tür und trat ein. Stoll war alleine im Zimmer. Er lag auf dem Rücken und hatte die Augen geschlossen.
«Detlef, alter Kämpfer! Bist du wach?», flüsterte Hübner.
Stoll öffnete seine Augen: «Herbert, du bist es. Ich dachte schon, mich kommt gar keiner besuchen.»
«Aber natürlich, mein Freund. Ich lasse dich doch nicht im Stich. Ich war bei dir zu Hause. Dort hat mir die Polizei erzählt, dass du hier bist. Wie geht es dir?»
«Ich fühle mich beschissen. Alles tut mir weh. Von Kopf bis Fuss. Und den Arm haben sie mir auch eingegipst.»
«Weil du ihn dir gebrochen hast. Erinnerst du dich, was passiert ist?»
«Null Ahnung. Ich weiss nicht einmal, wie lange ich schon hier im Krankenhaus bin.»
«Du wurdest gestern nach dem Sturm eingeliefert. Deine Rübe scheint auch etwas abbekommen zu haben. Du hast eine ziemlich hässliche Schramme an deinem Schädel.»
«Was für ein Sturm?»
«Du erinnerst dich nicht an den Sturm?», fragte Hübner erstaunt.
«Sage ich doch die ganze Zeit. Ich weiss nichts mehr.»
«Mann, dich hat es aber richtig erwischt. Also ... Gestern Nachmittag ist ein heftiger Sturm über Berlin hinweggefegt. Mit Blitz, Donner

und Hagel. Neukölln hat es am schlimmsten erwischt. Umgefallene Bäume, überflutete Keller ... und dein Gewächshaus sieht auch gar nicht gut aus.»
«Ja, richtig, ich glaube ich wollte ins Gewächshaus. Aber ab dann habe ich einen Filmriss. Was ist passiert?»
«Was wolltest du bei diesem Wetter im Gewächshaus?»
«Wahrscheinlich nach meinen Pflanzen sehen.» Detlef richtete sich im Bett auf. «O Gott. Du hast Recht. Meine Pflanzen! Was ist damit? Ich muss sofort nach Hause.» Stoll wollte aufstehen, doch Hübner drückte ihn wieder aufs Bett zurück.
«Du musst überhaupt nichts, ausser wieder gesund werden. Deine botanische Welt werden wir schon wieder hinkriegen.»
«Was heisst hier wieder hinkriegen? Wie schlimm ist es?»
«Nun ja, wie soll ich es dir sagen? Von deinem Gewächshaus ist nicht mehr viel übrig. Deine Pflanzen sind nur noch Müll.»
Detlef wurde noch bleicher, als er ohnehin schon war. Irgendwie schien ihm diese Nachricht gar nicht gut zu bekommen. Er starrte mit grossen Augen an die Decke. Herbert schüttelte ihn.
«Detlef! Ich werde dir helfen, alles wieder aufzubauen.»
«Müll», sagte Detlef geistesabwesend, «alles nur noch Müll.»
«Ja, leider. Ich war heute Mittag da und habe ein wenig aufgeräumt. Die Stadtreinigung wird den Schutt und die Tonne mit dem Grünzeug morgen abholen. Und *Kung-Fu* ist auf der Polizeiwache. Du glaubst nicht, wie zahm das Tier war. Die beiden Polizisten konnten ihn einfach so streicheln und haben ihn mitgenommen.»
«Langsam, langsam. Was wird die Stadtreinigung morgen abholen?»
«Den Schutt und das Grünzeug.»
«Das heisst, du hast die Pflanzen weggeschmissen?»
«Ich habe alles in die grosse Tonne geworfen, die im Hof stand.»
«Nein, nein, nein!», schrie Stoll, «und was soll mit meinem Kater sein? Er ist auf der Polizeiwache? Das glaube ich nicht. Niemand kann *Kung-Fu* hochheben, geschweige denn mitnehmen.»
«Ist aber so. Ich habe es mit eigenen Augen gesehen.»

Wieder wollte sich Detlef aufrichten. Doch mit nur einem gesunden Arm war das relativ schmerzhaft. «Ich muss nach Hause. Ruf sofort den Arzt!»
«Gar nichts werde ich tun. Du bist verletzt und hast eine Meise. Du gehörst hierher.»
«Mein Gott, du verstehst nicht. Wenn ich nicht schnellstens nach Hause komme, ist möglicherweise alles verloren.»
«Nun beruhige dich erst mal! Wieso sind diese Pflanzen denn so wichtig?»
Stoll wurde unruhig. Nach einer kurzen Pause sagte er: «Okay, es geht nicht anders, ich muss dich in das Geheimnis einweihen. Aber du musst mir versprechen, niemandem davon zu erzählen. Versprich es mir! Bei allem, was dir heilig ist!»
«Gut. Ich verspreche es», sagte Hübner etwas erstaunt.
Detlef Stoll legte sich wieder hin und starrte zur Decke.
Herbert Hübner setzte sich auf den Besucherstuhl neben dem Bett.
Stoll holte tief Luft und erzählte Hübner von seiner Entdeckung: «Seit einigen Jahren versuche ich, eine spezielle Pflanze zu züchten. Eine bisher einzigartige Kreuzung. Niemand weiss etwas davon. Auch Ute nicht. Sie hat sich ohnehin nie für meine Pflanzen interessiert. Doch diese Kreuzung schien mir einfach nicht zu gelingen. Ich hatte die Hoffnung schon fast aufgegeben, bis mir vor einigen Monaten der Durchbruch gelang. Es handelt sich um eine Kreuzung von Gardenien- und Jasminpflanzen. Diese Kreuzung ist bisher noch keinem gelungen!»
Stoll rann eine Träne über die Wange.
«Und jetzt, als es zu klappen schien, macht mir dieser Scheisssturm alles zunichte. All die Jahre, die ich daran gearbeitet habe, sind jetzt für die Katz. Ich hatte gehofft, durch diese Züchtung einen neuen Duft erfinden zu können. Vielleicht hätte ich damit ein bisschen Geld verdienen können ...»
Herbert Hübner legte seine Hand auf Stolls Schulter.
«Als ich mit den beiden Polizisten in deinem Hof stand, ist uns ein sehr eigenartiger Duft aufgefallen. Sehr blumig. Und extrem

intensiv. Ich habe draussen noch nie einen so starken Duft wahrgenommen. Könnte das von deiner Züchtung sein?»
«Du konntest es riechen? Aber es wurde doch alles zerstört?»
«Wie auch immer. Es riecht in deinem Garten, wie im siebten Blumenhimmel!»
Detlef Stoll strahlte: «Und *Kung-Fu* war wirklich zahm wie ein Lamm? Mein Gott, das könnte bedeuten, dass mein Experiment funktioniert! Das wäre eine bahnbrechende Erfindung!»
«Ich verstehe nicht, was du meinst. Was ist an einem Blumenduft schon bahnbrechend?», fragte Hübner irritiert.

Moskau – 15. Juli – Franskij Prospekt – 13.50 h

Bei Vasilij funktionierte gar nichts mehr. Fluchend versuchte der Busfahrer, sein liegen gebliebenes Gefährt wieder flottzukriegen. Die Passagiere waren über den ungeplanten Stopp nicht sonderlich beunruhigt. Busse, die mitten auf der Strasse stehen blieben, waren in Moskau so häufig wie korrupte Beamte.
Aber für einen halbwegs begabten Russen wie Vasilij gab es eigentlich nichts, was er nicht reparieren oder umbauen konnte. Gab man ihm einen Backofen, machte er daraus einen Kühlschrank. Oder aus einem Fernseher einen Mikrowellenherd. Und so war es für Vasilij auch kein Problem, den klapprigen Trolza wieder zum Laufen zu bringen.
Er dachte an seine Passagiere. Es mussten wichtige Personen sein, und die würden eine Verspätung nicht so einfach hinnehmen. Als gestern dieser grimmige General bei ihm auftauchte und ihm den Auftrag gab, diese Leute ohne grosses Aufsehen an den Flughafen zu bringen, lief ihm ein kalter Schauer über den Rücken. Und jetzt dieser Zwischenfall. Diese Karre brachte ihn noch um den Verstand. Wütend schlug er mit seinem Werkzeug auf die Zündvorrichtung. Das Teil brach auseinander. «Gut», dachte er sich, «wenn du nicht anders willst.» Er verband das Zündkabel mit einem

Kupferdraht und steckte diesen in den Zündverteiler. Noch ein wenig Spucke drauf, das war`s. Er setzte sich abermals hinters Steuer und versuchte, den Motor zu starten. Nach einem leichten Stottern startete der Motor tatsächlich. Na also. Geht doch. Mit einer halben Stunde Verspätung ging es weiter. Weit war es nicht mehr zum Flughafen Bykowo südöstlich von Moskau. Nur noch gut 20 Kilometer und er konnte die geheimnisvolle Fracht abliefern. Er schaute immer wieder in den Rückspiegel. Nicht um den Verkehr zu kontrollieren, sondern um seine Fahrgäste im Auge zu behalten. Ein paar von ihnen mussten Sicherheitsbeamte sein. Das erkannte Vasilij an den kleinen Funkgeräten in ihren Ohren. Soweit er einschätzen konnte, waren es drei Sicherheitsbeamte, elf weitere Männer und eine Frau. Alle sehr gut gekleidet und mit Koffern und Aktentaschen ausgerüstet. Eine beängstigende Stille lag im Bus.
17 Minuten später näherten sie sich dem Flughafengelände.
Fünf Minuten zu spät. Vasilij fluchte: «Проклятье!»
Einer der Sicherheitsbeamten im Bus stand auf, kam zu Vasilij und gab ihm weitere Anweisungen: «Wir fahren nicht zum Hauptterminal. Nehmen Sie die Ausfahrt zum Frachtgebäude. Dort biegen Sie rechts ab und halten vor dem grossen Tor!»
«Проклятье», dachte Vasilij erneut, ohne es jedoch auszusprechen. Doch ohne zu Murren, tat er, was ihm befohlen worden war.
Nach einer kurzen Fahrt, näherten sie sich einem grossen eisernen Tor. Aus dem Wachgebäude neben dem Tor kam ein bewaffneter Soldat. Er hob seine Hand und gab Vasilij zu verstehen, dass er anhalten soll. Mit klopfendem Herzen hielt Vasilij den Trolza an.
Der Sicherheitsbeamte stieg aus dem Bus und sprach mit dem Wachsoldaten. Zu gerne hätte Vasilij ihnen zugehört. Aber vielleicht war es besser, wenn er nichts wusste.
Einen Augenblick später kehrte der Sicherheitsbeamte zurück in den Bus. Vasilij schloss die Tür hinter ihm. Der Sicherheitsbeamte erteilte ihm weitere Instruktionen: «Gleich kommt ein Militärjeep. Dem folgen Sie bis zum Flugzeug! Sie lassen alle Fahrgäste aussteigen und bleiben im Bus. Haben Sie verstanden?»

Vasilij nickte: «In Ordnung.» Ihm war heiss. Er hatte ein ungutes Gefühl. Was war hier los? Doch er hatte keine Zeit, sich lange Gedanken darüber zu machen. Der Soldat hatte bereits das Tor geöffnet und vom Flugfeld her kam ein Jeep angerast.

Sie folgten dem Jeep und fuhren auf das Vorfeld. Nach etwa 500 Metern näherten sie sich einem Flugzeug. Es hatte keine Beschriftung und keine Erkennungsnummer. Es war einfach nur weiss. Doch Vasilij kannte den Flugzeugtyp: eine Tupolev TU-154.

Der Jeep wurde langsamer und hielt schliesslich vor der Maschine an. Ein Soldat sprang aus dem Jeep und winkte den Bus zur Einstiegstreppe, die an das Flugzeug angedockt war.

Der Trolza hielt an und die Fahrgäste stiegen aus. Trinkgeld durfte Vasilij heute wohl keines erwarten. Ihm war nicht ganz wohl bei dieser Sache. Aus den Augenwinkeln sah er, wie jemand aus dem Flugzeug stieg und die Passagiere begrüsste. Es war der General, der ihm diesen Auftrag gegeben hatte. Nun kam er auf den Bus zu. Vasilij begann zu schwitzen. Er öffnete die geschlossene Tür des Busses und wartete.

Der General stieg in den Bus, zückte aus der Tasche seines Anzugs einen Umschlag und legte ihn vor Vasilij auf das Lenkrad: «Zählen Sie nach!», raunte der General.

Vasilij öffnete mit zittrigen Händen den Umschlag und zählte das Geld.

Ein dickes Bündel Noten. Ein sehr dickes Bündel Noten!

Als Vasilij gerade anfing sich auszumalen, was er mit so viel Geld alles anstellen könnte, hörte er ein leises Klicken einer Makarow PB, der schallgedämpften Version der Standardpistole der ehemaligen Sowjetunion. Das war das letzte Geräusch, das Vasilij in seinem Leben hörte.

Sigorowitsch nahm den Umschlag mit dem Geld, stieg aus dem Bus und sagte zum Soldaten im Jeep.

«Lassen Sie den Bus samt Inhalt verschwinden.»

Berlin – 15. Juli – Charité-Krankenhaus – 13.51 h

Herbert Hübner hatte staunend zugehört, was ihm Detlef da erzählt hatte. Er schaute seinen Freund ungläubig an und sagte: «Geht es dir gut? Du sprichst in Rätseln. Ich glaube, ich hole jetzt lieber den Arzt.»
«Untersteh dich», sagte Detlef, «du wirst niemanden holen. Du hast ja selber gesagt, dass du es riechen konntest.»
«Ja, aber das war bloss ein ganz normaler Blumenduft. Was soll daran schon so aussergewöhnlich sein?»
«Genau das ist es, wonach ich jahrelang gesucht habe. *Kung-Fu* ist der Beweis!»
«*Kung-Fu?*», fragte Hübner erstaunt.
«Ja, *Kung-Fu.*»
«Jetzt hat es dich tatsächlich erwischt. Ich hole den Arzt.»
Herbert stand auf und ging Richtung Tür.
«Verdammt noch mal! Bleib hier! Ich erkläre es dir.»
Zögernd kam Herbert zurück und setzte sich wieder auf den Stuhl.
«Na dann schiess los! Aber ohne Umschweife!»
«Ich habe dir doch von meiner Pflanzenzucht erzählt. Die zwei seltenen Jasmin- und Gardenienarten, mit denen ich experimentiere, sind Heilpflanzen. Beide Pflanzen haben eine sehr beruhigende Wirkung. Aber die ist natürlich bei den einzelnen Pflanzen nur schwach vorhanden. Niemand hat bisher versucht, diese beiden speziellen Spezies zusammenzubringen. Alle Versuche einer Kreuzung waren erfolglos. Bis jetzt. Diese Pflanzen, die du weggeschmissen hast, *sind* diese Kreuzung. Und wie es scheint, sind Wirkung und Stärke ihres Duftes enorm. Verstehst du jetzt?»
«Noch nicht ganz. Das Einzige was ich festgestellt habe, ist der intensive und angenehme Geruch. Sonst nichts.»
«*Kung-Fu* war doch noch bis gestern ein aggressives Tier. Niemand konnte ihn streicheln, geschweige denn auf den Arm nehmen. Und du hast mir gesagt, die Polizisten konnten ihn streicheln und hochheben. Er war ganz zahm.»
«Ja und?»

«Mein Gott, bist du schwer von Begriff. Das ist dieser Duft, der das ausmacht. Der Duft hat den Kater verändert. Diese Substanz wirkt wie eine psychedelische Medizin. Alle die diesen Duft einatmen, werden ruhig und friedlich. Das ist eine Sensation! Verstehst du jetzt, weshalb ich sofort zu meinen Pflanzen muss?»

Herbert überlegte einen Moment. Wenn das wirklich wahr wäre, was ihm Detlef da erzählte, dann wäre das wirklich eine Sensation. Und das Argument mit *Kung-Fu,* der sich vom Biest in ein zahmes Lämmchen verwandelt hatte, war einleuchtend. Doch es müsste zuerst wissenschaftlich untersucht und bewiesen werden. Sofort kam in ihm der alte Forschergeist auf. Als Biochemiker besass er das Wissen und die Fähigkeit, eine solche Substanz genauer zu untersuchen. Aber das müsste geheim bleiben. Streng geheim! Vorerst zumindest. Doch konnte alles vielleicht auch nur ein Zufall sein?

«Detlef, vielleicht hast du tatsächlich eine bahnbrechende Entdeckung gemacht. Aber bevor wir das mit Sicherheit wissen, würde ich gerne eine Probe der Substanz analysieren. Wenn wir Gewissheit haben, um was es sich genau handelt, können wir immer noch überlegen, was zu tun ist. Aber es ist besser, wenn du vorläufig hier im Krankenhaus bleibst. Du bist noch zu schwach. Der Arzt lässt dich nicht gehen. Ich versuche, Ute zu finden. Sie soll sich um dich kümmern. Wenn sie erfährt, dass du mit deiner Erfindung vielleicht viel Geld verdienen wirst, dann ist sie vermutlich ein bisschen milder gestimmt.»

«Das ist zu hoffen. Aber du musst mir versprechen, dass du sonst niemandem etwas von den Pflanzen erzählst.»

«Versprochen. Und jetzt werde ich die Tonne mit den Pflanzen in Sicherheit bringen. Und du wirst schnell wieder gesund. Also, mach's gut. Ich halte dich auf dem Laufenden!»

«Und vergiss nicht, was du mir versprochen hast! Zu niemandem ein Wort!»

Herbert Hübner nickte und verliess das Krankenzimmer. Zurück blieb nur ein leiser Hauch von Kaffeeduft.

Stoll kannte diesen Duft von Hübner. Herbert Hübner hatte ständig ein paar Kaffeebohnen in seiner Hosentasche. Wenn er nervös war, zermalmte er die Bohnen mit seinen Fingern, sodass in seinen Hosentaschen jeweils nur Kaffeepulver zurückblieb. Und dieses Gespräch hatte Hübner nervös gemacht. Das konnte man im ganzen Zimmer riechen.

DUFTSEITE
HIER REIBEN

Berlin – 15. Juli – Polizeirevier Neukölln – 13.55 h

Seit sich dieser Duft von der Flughafenstrasse her auf ganz Neukölln ausgebreitet hatte, war nichts mehr wie vorher. Kein einziger Anruf wegen Sachbeschädigung. Kein einziger Anruf wegen einer Schlägerei. Kein einziger Anruf wegen eines Einbruchs. Kein einziger Anruf überhaupt! Sogar Polizeichef Kowalski selbst fühlte sich heute eigenartig friedlich gestimmt. Etwas ging nicht mit rechten Dingen zu. Was bewirkte dieses blumige Parfüm, dass überall in der Luft lag? Kuss und Meischner mussten her. Die hatten als Erste diesen merkwürdigen Duft mitgebracht, als sie von diesem Gewächshaus zurück aufs Revier gekommen waren. Also liess Kowalski die beiden in sein Büro beordern. Als Kuss und Meischner kurz darauf an seine Tür klopften und eintraten, hatten sie ein überfreundliches Lächeln auf ihren Gesichtern.
«Was ist Chef, du wolltest uns sprechen?»
«Allerdings. Pah ... jedes Mal wenn ihr in mein Büro kommt, bringt ihr wieder einen Schwall dieses Duftes mit. Die ganze Stadt riecht schon danach. Wascht euch gefälligst und zieht neue Uniformen an.»
«Nützt nichts», kicherte Meischner.
«Haben wir alles schon versucht», bestätigte Kuss mit einem Grinsen.
«Na gut. Ihr macht euch jetzt auf die Socken und untersucht diese Geschichte mit diesem Geruch», sagte Kowalski. «Das Zeugs verbreitet sich ja wie eine Droge in den Strassen. Wart ihr schon draussen und habt eure Ohren gespitzt? Wisst ihr was man draussen hört? Nichts. Man hört nichts. Keinen Lärm, keinen Streit. Einfach nichts. Sogar die Musik aus den Lokalen ist leise. Alles ist so friedlich. Es ist, als sei der ganze Kiez bekifft.»
«Ist doch super», lächelte Meischner. «Ähm Chef, hast du eigentlich noch Croissants von der Hyäne, also ich meine vom Hausmeister?»
Kuss hielt sich die Hand vor den Mund, um einen Lachanfall zu verkneifen.

«Finger weg von meinen Croissants», brummte Kowalski. «Vielleicht kriegt ihr später welche. Aber jetzt sollt ihr herausfinden, was es mit diesem Duft auf sich hat. Ich erteile euch hiermit den Sonderauftrag ‹Katze›.»
«Und warum ‹Katze›?»
«Weil ihr diesen Kater bei der Duftquelle gefunden habt. Ein süsses Kerlchen übrigens, dieses verschmuste Kätzchen.»
«Bei dir Chef scheint der Duft auch zu wirken. Du magst es, wenn wir hier auf dem Revier Katzen haben?», bemerkte Kuss und lächelte.
«Bei mir wirkt der Duft nicht», sagte Kowalski und kratzte sich am Kinn.
«Nein bestimmt nicht», sagte Kuss zynisch. «Deshalb hast du heute auch noch nie ‹Verdammt› gesagt.»
«Ihr habt recht. Ich bringe dieses Wort wirklich kaum mehr über meine Lippen. Verda... Ich ... ähm ... Ha ha haaa...» Kowalskis Augen wurden immer grösser und er konnte den über ihn kommenden Lachanfall nicht mehr verhindern. Auch Kuss und Meischner krümmten sich vor Lachen.
Als sie sich nach einer Weile beruhigt hatten, wies Kowalski mit der Hand Richtung Tür und lächelte: «Und jetzt macht, dass ihr wegkommt. Ich habe noch viel zu tun. Vermutlich. Oder vielleicht auch nicht.»
Er hielt seinen Bauch, der vor lauter Lachen schmerzte.
Kuss und Meischner verliessen kichernd das Büro. Sie hatten jetzt also ihren Sonderauftrag «Katze» und machten sich als Erstes auf den Weg zu Stolls Wohnung. Doch vorher wollten sie noch irgendwo frische Croissants auftreiben.

Berlin – 15. Juli – Flughafenstrasse – 14.28 h

Je näher sie zur Flughafenstrasse kamen, umso stärker wurde der Geruch. Er war unterdessen noch viel intensiver. Sie parkten ihren

neuen Streifenwagen genau vor dem Häuserblock von Detlef Stoll. Als sie ausstiegen, kam ihnen eine Frau entgegen.
«Die Polizei. Immer da, wenn man sie braucht. Gut, dass Sie kommen. Ich vermisse meinen Mann. Er ist seit gestern verschwunden. Bitte helfen Sie mir ihn wiederzufinden. Ich mache mir grosse Sorgen.»
«Mal schön langsam, liebe Frau. Wie heissen Sie denn?»
«Stoll, Ute Stoll. Ich wohne hier im Erdgeschoss mit meinem Mann. Und er ist verschwunden.»
«Sagen Sie, heisst Ihr Mann mit Vornamen Detlef?»
«Ja genau, Detlef heisst er. Woher wissen Sie das?»
«Weil wir vor zwei Stunden schon einmal hier waren. Sie dürfen sich jetzt nicht aufregen, Frau Stoll. Ihrem Mann geht es den Umständen entsprechend gut.»
«Was heisst das?», fragte sie aufgeregt.
«Ihr Mann liegt im Charité-Krankenhaus in Mitte. Er hatte einen Unfall.»
«Um Gotteswillen, was ist denn passiert?»
«Das wird er Ihnen am besten selbst erzählen. Gehen Sie ihn doch gleich besuchen. Melden Sie sich bei Dr. Schneider auf der Chirurgie. Ich werde ihn anrufen und ihm sagen, dass Sie kommen.»
«In der Charité, sagten Sie?»
«Ja. Sein Freund Herbert Hübner, den wir hier angetroffen haben, ist vermutlich schon bei ihm.»
«Danke», sagte Ute Stoll leicht verwirrt, «ich danke Ihnen vielmals. Das war wirklich sehr nett von Ihnen. Ich werde gleich zu Detlef gehen. Vielen Dank.» Sie verabschiedete sich von den beiden Polizisten und lief zu ihrer Wohnung.
Verwundert bemerkte Meischner: «Ich weiss nicht, was dieser Hübner gemeint hat. Die Stoll scheint doch recht nett zu sein. Komm, lass uns nochmals im Hof nachschauen! Vielleicht haben wir etwas übersehen.»
Sie gingen zum Hof. Der Geruch war hier so intensiv, dass sie sich die Arme vor die tränenden Augen halten mussten. Die Überreste des Gartenhäuschens lagen einigermassen geordnet auf einem Haufen.

Eine grosse Plastiktonne stand an der Hausmauer. Und der Duft schien von dort zu kommen.

Als die beiden Polizisten sich der Tonne näherten, war der starke Geruch kaum mehr auszuhalten. Nicht unangenehm, aber unglaublich intensiv.

«Ich schlage vor, wir nehmen mal eine Probe davon mit und lassen sie vom Labor untersuchen. Wer weiss, was dieser Stoll in seinem Gewächshaus alles zusammengebraut hat.»

Meischner hielt sich die Nase zu: «Pack etwas von den Pflanzen in diese Tüte und lass uns von hier verschwinden! Mir ist schon ganz schwindlig.»

Berlin – 15. Juli – Flughafenstrasse – 14.47 h

Als Hübner mit seinem VW-Bus in die Flughafenstrasse einbog, sah er gerade noch, wie zwei Polizisten in einen Streifenwagen stiegen und losfuhren. Hübner parkte seinen Wagen und blieb einen Moment sitzen. Die Gedanken in seinem Kopf überschlugen sich.

Als Biochemiker hatte er lange für die DDR geforscht. Unter anderem suchten sie damals auch nach Substanzen, welche die gleiche Wirkung haben sollten, wie Stoll bei seinen Pflanzen vermutete. Und wenn Detlef Stoll diese Entdeckung wirklich gelungen war, wäre das eine Revolution. Nicht auszudenken, was man damit ausrichten konnte. Der Duft könnte in der Verbrechensbekämpfung eingesetzt werden. Oder in der Medizin, zur Beruhigung von Patienten. Aber das Bedeutendste wäre bestimmt der Einsatz für kriegerische Zwecke. Wenn man diese Substanz über einem Einsatzgebiet versprühen würde, könnten damit ganze Truppen lahmgelegt werden.

Und was das für eine Militärmacht bedeuten würde, brauchte man nicht lange zu erklären. Jede Armee wollte diese Substanz haben. Jede ... auf der ganzen Welt! Und das war Hübners Trumpf. Aber zuerst musste er die Substanz analysieren.

Hübner beeilte sich. Als er auf dem Weg zum Gartenhaus war, stiess er mit einer Frau zusammen. «Herbert, was machst du denn hier?»
«Ute, entschuldige, ich habe dich in der Eile gar nicht gesehen. Ute, die Polizei sucht nach dir, und Detlef ist im Krankenhaus. Wo warst du?»
«Die Polizei war eben hier und hat mir alles erzählt. Du warst schon bei Detlef im Krankenhaus? Wie geht es ihm?»
«Er hatte unglaubliches Glück. Geh doch zu ihm, er würde sich bestimmt über deinen Besuch freuen. Ich habe jetzt leider keine Zeit, ich bin sehr in Eile.»
«Ich werde ihn gleich besuchen gehen. Und was machst du hier?», fragte Ute Stolle erstaunt.
«Ähm ..., ich räume hier ein bisschen auf. Sieht ja schrecklich aus.»
«Na, dann viel Spass und melde dich mal wieder!»
Hübner nickte kurz und lief an Ute Stoll vorbei in den Hof.
Schon nach wenigen Schritten ging ihm ein Licht auf. Nach dem Kater war Ute Stoll Beweis Nummer zwei. Ute war in letzter Zeit nur noch eine grantige und unzufriedene Frau gewesen. Und jetzt war sie auf einmal sehr nett? Zu nett für seinen Geschmack. Es schien, als würde sich die Vermutung von Detlef bewahrheiten. Der Duft veränderte die Persönlichkeit eines Individuums. Er musste jetzt, so schnell wie möglich, diese Tonne mit den Pflanzenresten und der Flüssigkeit in Sicherheit bringen.
Hübner roch schon von Weitem, dass alles noch da war. Die Stadtreinigung, die den Schutt und die Tonne entsorgen sollte, war zum Glück noch nicht hier gewesen. Er rollte die Tonne aus dem Hof und hievte sie mit Mühe in seinen Bus. Eilig setzte er sich hinters Lenkrad und fuhr Richtung Westen.
Hübner besass in der Nähe von Belzig, etwa 90 Kilometer südöstlich von Berlin, ein kleines Anwesen. Niemand wusste davon. Er hatte dieses Haus kurz nach der Wende zu einem günstigen Preis gekauft. Der ideale Ort, um die Tonne zu verstecken. Nicht weit entfernt von seinem Haus, im nahegelegenen Belzig, war auch das ZEGG. Ein Forschungs- und Bildungszentrum. Ab und zu durfte Hübner dort die Einrichtungen und Labors benutzen.

Als anerkannter Biochemiker war er im ZEGG immer sehr willkommen und gab dort manchmal auch Vorlesungen und Kurse. Es würde also nicht weiter auffallen, wenn er in diesen Labors den Inhalt der Tonne untersuchen würde.

Berlin – 15. Juli – Charité-Krankenhaus – 14.48 h

Detlef war völlig überrascht, als plötzlich Ute in seinem Zimmer auftauchte. Sie hatte in einem nahen Geschäft in der Luisenstrasse einen Blumenstrauss für ihn besorgt. Er hatte noch nie Blumen von ihr bekommen. Mit strahlendem Gesicht ging Ute auf ihren Mann zu, überreichte ihm die Blumen und küsste ihn auf die Stirn.
«Mein Liebster, was macht du bloss für Sachen? Dr. Schneider hat mir alles erzählt. Ein Glück, dass du überhaupt noch lebst. Es hätte viel schlimmer kommen können. Hast du starke Schmerzen, Liebling?»
«Ute. Das ist aber eine Überraschung. Mit dir habe ich nicht gerechnet.»
«Und warum nicht? Ich bin schliesslich deine Frau.»
Ja. Das war sie. Seine Frau. Doch davon hatte er in den letzten Jahren nicht viel gemerkt. Aber er freute sich trotzdem. Auch wenn Detlef wusste, dass Utes Verhalten vermutlich auf die Wirkung des Pflanzendufts zurückzuführen war. Sie hatte zu Hause bestimmt viel von diesem Duft eingeatmet. Erstaunlich, wie stark der Duft seiner neuen Kreuzung wirkte.
Er zog seine Frau an sich und genoss diesen friedlichen und überglücklichen Moment. Ein Moment für die Ewigkeit.
Und als er sie umarmte, umschmeichelte der wunderbare Duft ihres Parfüms seine Nase.

DUFTSEITE
HIER REIBEN

Berlin – 15. Juli – Polizeilabor – 18.13h

Meischner und Kuss sassen auf unbequemen Holzstühlen im Gang des Polizeilabors und warteten gespannt auf das Untersuchungsresultat der Pflanzenprobe.
«Stell dir vor», sagte Kuss, «wenn dieses Zeugs nun wirklich etwas Besonderes ist. So etwas wie ein Wundermittel. Dann wären wir beide Helden. Verstehst du? Wir haben es entdeckt. Es würde vielleicht sogar nach uns benannt. Der Meischner-Kuss-Duft! Das wär doch was.»
«Jetzt bleib mal auf dem Boden! So viel Glück haben wir nicht. Und was für ein Wunder soll dein Duft vollbringen?»
«Was weiss ich. Wir könnten ihn vielleicht bei der Polizei einsetzen?»
«Genau, wir füllen den Duft in Sprühdosen ab und bei der nächsten Schlägerei sprühen wir dann ein bisschen herum und alle haben sich wieder lieb.»
Der Spezialist aus dem Labor kam um die Ecke und lief keuchend zu Meischner und Kuss. «Wo habt ihr das her», fragte er mit ernster Miene.
«Aus einer Mülltonne», antwortete Meischner.
«Aus einer Mülltonne?»
«Genauer gesagt: Es war eine Biomülltonne.»
«Und wo ist diese Biomülltonne jetzt?»
«Vermutlich noch bei Stoll zu Hause, in der Flughafenstrasse. Warum?»
«Das kann ich noch nicht genau sagen, aber ihr müsst diese Biotonne umgehend sicherstellen.»
«Sicherstellen?», fragte Meischner. «Weshalb? Ich habe noch nie eine Biomülltonne verhaftet!»
«Wie schon gesagt. Es bedarf weiterer Untersuchungen, um abschliessend sagen zu können, woraus diese Substanz genau besteht.»
«Wir holen dir diese Tonne. Und wohin sollen wir das Zeugs bringen?», fragte Meischner.

«Am besten hierher, ins Labor. Aber seid vorsichtig damit und verschüttet nichts! Und tragt diese Schutzmasken!»

Berlin – 15. Juli – Polizeirevier Neukölln – 18.16 h

Revierchef Kowalski hatte ganz andere Probleme. Unzählige Journalisten wollten von ihm wissen, weshalb in Neukölln in den letzten 36 Stunden kein einziger Polizeieinsatz mehr stattgefunden hatte. Normalerweise verfasste das Pressebüro der Berliner Polizei alle sechs Stunden einen Bericht, in dem alle Einsätze aufgelistet waren. Rund ein Viertel dieser Berichte kamen aus dem Bezirk Neukölln. Doch seit über einem Tag gab es in Neukölln keinen einzigen Polizeieinsatz mehr. Kowalski trieb die Meute der informationshungrigen Presseleute in den Aufenthaltsraum.
Der Polizeichef räusperte sich und trat ans Rednerpult: «Meine Damen und Herren, wie Sie ja bereits selbst festgestellt haben, werden keine Polizeieinsätze mehr aus Neukölln gemeldet. Das ist ganz einfach so, weil es nichts zu melden gab. Punkt. Die Ursache für diese eigenartige Ruhe in unserem Bezirk ist Teil einer Untersuchung, die zurzeit noch im Gange ist. Meine Leute sind trotzdem noch auf der Strasse unterwegs und fahren ganz normal Streife. Auch wenn sie im Moment genauso gut zu Hause bleiben könnten. Das ist zwar sehr aussergewöhnlich, gleichzeitig aber auch sehr erfreulich aus unserer Sicht. So sollte es eigentlich immer sein. Ich bitte Sie also, keine voreiligen Rückschlüsse über dieses Phänomen zu ziehen. Es kann auch alles nur ein Zufall sein.»
Konsternierte Blicke im Saal.
Kowalski machte eine kleine Pause und fuhr dann fort: «Wie ich schon von einigen gehört habe, macht ein skurriles Gerücht die Runde. Angeblich soll ein Duft in der Luft liegen, der dies alles hervorgerufen hat. Das ist Quatsch. Es gibt überhaupt keine Beweise dafür. Dieser Duft, der tatsächlich fast überall in Neukölln zu riechen ist, kommt mit grosser Wahrscheinlichkeit von einem Kleingärtner,

der seine Gartenabfälle in eine Tonne gekippt hat. Das hat diesen Geruch ausgelöst. Also nichts Aussergewöhnliches»
Stirnrunzeln bei den Journalisten.
«Mehr gibt es im Augenblick nicht zu sagen. Wenn Sie noch mehr wissen wollen, dann wenden Sie sich bitte an unsere Pressestelle!»
Kowalski wollte gehen, doch einige Journalisten hielten ihn auf.
«Reimer, von der BZ. Wie kann ein einzelner Gärtner einen Duft über ganz Neukölln verbreiten?»
Kowalski kniff die Augen zusammen: «Kein Kommentar.»
«Noch eine Frage: Sie glauben tatsächlich an einen Zufall? Das würde bedeuten, dass zufällig alle Gewaltbereiten in Neukölln gleichzeitig einen freien Tag einziehen? Oder wie sollen wir das verstehen?»
«Keine Ahnung. Wie gesagt, es sind Abklärungen im Gange. Entschuldigen Sie mich jetzt bitte!»
«Einen Moment noch! Müller, von der Morgenpost. Sie können doch nicht abstreiten, dass es eine Verbindung zwischen dem Duft und dem Verschwinden der Gewalt geben muss. Nachdem der Duft aufgetaucht war, hat sich auch das Verhalten der Menschen verändert. Könnte es irgendeine Droge sein, die versprüht wurde?»
«Das sind alles haarsträubende Theorien, die Sie da in die Welt setzen. Ich sage Ihnen noch einmal: Bevor keine Resultate der Untersuchung vorliegen, ist alles reine Spekulation. Und hiermit beende ich diese Pressekonferenz. Ich danke Ihnen für Ihr Verständnis.»
Kowalski verschwand aus dem Aufenthaltsraum und ging schnell in sein Büro. Er hasste solche Situationen. Als er sich auf seinen Bürostuhl gesetzt hatte, dachte angestrengt nach.
Wie liess es sich erklären, dass die Menschen in seinem Bezirk plötzlich alle so friedlich waren? Das Strassenbild war an diesem Tag geprägt von Strassenfesten, von singenden und tanzenden Menschen, die miteinander feierten und sich gegenseitig beistanden.

Kowalski griff zum Telefonhörer. Er rief den Hausmeister an. Er bedankte sich für die Croissants und bat ihn, in der Zentrale bei Christiane den Ventilator zu reparieren.

«Aber natürlich, Herr Kowalski. Ventilator reparieren. Ist praktisch schon erledigt. Klar. Kein Thema. Noch einen schönen Tag, Herr Kowalski.»

«Das Wünsche ich Ihnen auch. Sie sind wirklich ein guter Hausmeister.»

Als Kowalski den Hörer aufgelegt hatte, wurde ihm definitiv bewusst, dass auch er vom Duft verändert worden war. Er ballte die Faust und drückte sie ganz sanft auf seinen Bürotisch ... Wie gerne hätte er jetzt ‹verdammt› gesagt ... Da klingelte sein Telefon. Gab es endlich wieder Etwas zu tun?

«Kowalski.»

«Hallo Axel. Hier Rösler vom kriminaltechnischen Labor. Vor Kurzem waren zwei deiner Leute hier und haben mir eine Flüssigkeit zur Analyse gebracht. Du weisst davon?»

«Natürlich, ich bin hier der Chef. Ich weiss alles.»

«Das ist gut. Hör zu! Bei der ersten kurzen Schnellanalyse der Flüssigkeit habe ich festgestellt, dass dieser Duft von grosser Bedeutung sein könnte. Deine Männer sind bereits unterwegs, um die Tonne mit den Pflanzen sicherzustellen. Sie werden alles hierher zu mir in die Humboldt-Universität am Kaiserdamm bringen.»

«Okay. Eine Frage noch: Ich hatte gerade eine sehr unangenehme Pressekonferenz. Dürfte ich erfahren, was genau du festgestellt hast?»

«Das kann ich dir leider nicht sagen. Oder besser gesagt, ich darf es nicht. Tut mir leid.»

«Und was sage ich Innensenator Schiller, wenn er mich bei der Krisensitzung in einer Stunde befragen wird?»

«Kowalski. Ich muss verhindern, dass zu viele Menschen von dieser Entdeckung erfahren.» Kowalski wollte noch etwas erwidern, aber aus dem Telefonhörer kam nur noch ein Summton.

Also gab es tatsächlich eine Verbindung zwischen dem Duft und der friedlichen Stimmung in seinem Bezirk ...

Belzig – 15. Juli – ZEGG, Forschungs- und Bildungszentrum
19.20 h

Hübner fuhr mit seinem VW-Bus auf das Gelände des Forschungszentrums in Belzig. Bevor er losgefahren war, hatte er im Labor angerufen und sich angemeldet. Er steuerte den Bus über den Vorplatz und schaute immer wieder nach hinten, ob mit seiner Fracht alles in Ordnung war. Seine Augen tränten vom kräftigen Geruch im Bus und er musste immer wieder nach frischer Luft schnappen. So einen intensiven Geruch hatte er noch nie zuvor erlebt. Um diese Uhrzeit waren nicht mehr viele Forscher in den Labors, sodass er die Nacht ungestört dazu nutzen konnte, die Flüssigkeit zu analysieren.

Berlin – 15. Juli – Flughafenstrasse – 19.44h

Meischner und Kuss überquerten den Boddinplatz. Sie fuhren an genau der Stelle vorbei, wo sie angegriffen worden waren. Doch jetzt war alles ruhig und friedlich. Die vielen Menschen auf dem Platz feierten, lachten und diskutierten miteinander. Menschen, die sich früher kaum in die Augen geschaut hatten.
Auch in der Strasse, in der Stoll wohnte, schien die ‹neue heile Welt› Einzug gehalten zu haben. Als sie vor Stolls Häuserblock anhielten und ausstiegen, wurden sie von einigen Nachbarn freundlich begrüsst. Tische standen auf der Strasse und von einem Grill duftete es herrlich nach gebratenem Fleisch. Lauter fröhliche Stimmen waren zu hören. Den beiden Polizisten kam es so vor, als wäre diese Szene für ein Filmset aufgebaut worden. Doch es war weit und breit keine Kamera zu sehen. Es war das echte Leben auf den Strassen von Neukölln. Zumindest im Moment. Was hätten sie dafür gegeben, wenn es immer so sein könnte. Polizist wäre plötzlich ein Traumjob!

Als die beiden den Hof betraten, suchten sie die Tonne, aber sie konnten sie nicht finden. Die Tonne und somit auch die Pflanzen waren verschwunden! Zumindest waren sie nicht mehr da, wo sie noch vor wenigen Stunden gestanden hatten. Sie suchten den ganzen Hof ab, schauten in die Keller, klingelten an Türen und befragten die Nachbarn, ob sie wüssten, wo die Tonne hingekommen sei. Einer von ihnen meinte gesehen zu haben, dass sie abgeholt wurde. Doch von wem konnte er nicht sagen. Meischner nahm sein Mobiltelefon und meldete Kowalski, dass die Tonne verschwunden war. Kowalski war gar nicht erfreut. Diese Tonne musste her. Egal wie. Eine Rückfrage bei der Stadtreinigung, die solche Aufträge normalerweise ausführte, brachte auch nichts. Die Tonne war nirgends zu finden. Vielleicht wusste dieser Hübner, wo sie hingekommen war. Hübner hatte Kuss und Meischner ja heute Morgen gesagt, er werde sich um die Entsorgung der Trümmer und der Tonne kümmern. Doch unter den zwei Telefonnummern, die auf Hübners Karte standen, war er nicht zu erreichen. So blieb Meischner und Kuss nichts anderes übrig, als wieder auf die Wache zurückzukehren. Kowalski erwartete sie schon.
«Keine Spur von der Tonne. Das Labor wird nicht erfreut sein.»
«Wen interessiert hier das Labor? Das *Verteidigungsministerium* will von mir wissen, ob wir ‹das Objekt›, wie sie es nannten, schon sichergestellt haben. Es gibt aber noch mehr unerfreuliche Nachrichten: Soeben haben mich unsere Kollegen von den Bezirken Kreuzberg, Schöneberg und auch Grunewald angerufen. Der Duft ist jetzt auch bei ihnen aufgetaucht. Es ist wie eine Seuche, die sich ausbreitet. Quer durch Berlin. Wenn das so weitergeht, können wir unseren Job bald an den Nagel hängen. Wenn sich alle nur noch lieb haben und fröhlich herumtanzen, haben wir hier nichts mehr zu tun. Verdammt noch mal, was ist hier eigentlich los?»
«Da ist es wieder», sagte Kuss.
«Was?»
«Du hast ‹verdammt› gesagt.»
«Hab ich, echt?»
«Die Wirkung des Duftes scheint allmählich nachzulassen ...»

Moskau – 15. Juli – Flughafen Bykowo – 22.52 h

Die Tupolev TU-154 hob scheppernd von der Piste ab und stach in den Moskauer Nachthimmel. An Bord waren 16 Personen. Zwei Piloten, ein Flugbegleiter, General Igor Sigorowitsch und zwölf Wissenschaftler. Unter ihnen war auch Olga Petrowa. Sie war die einzige Frau, die an diesem Forschungsprojekt teilnahm. Mit ihren erst 37 Jahren hatte sie bereits eine tolle Karriere hinter sich: Studium an der russischen Eliteuniversität, dem staatlichen Moskauer Institut für internationale Beziehungen, einst die Kaderschmiede im Herzen der Sowjetunion. Dann war sie als Spionageagentin in den USA und zuletzt erhielt sie eine angesehene Kaderposition bei der militärischen Spionageabwehrverwaltung. Olga Petrowa war eine sehr interessante Frau. Mit ihrem ausserordentlichen Wissen und ihrem umwerfenden Aussehen brachte sie die Männer reihenweise um den Verstand. Und Olga wusste auch, wie sie diese Waffe einsetzen konnte. Wenn sie ihr schwarzes, schulterlanges Haar langsam hin und her schwang, der Duft ihres Haars den Raum erfüllte und sie dann noch ihren unwiderstehlichen Blick aufsetzte, zog sie jeden Mann in ihren Bann, auch Sigorowitsch. Russische Männer lieben es, wenn eine Frau sich im richtigen Moment in Szene setzen kann. Doch keiner würde das jemals zugeben.

Als die Maschine die Reiseflughöhe erreicht hatte, stand Sigorowitsch auf und augenblicklich wurde es still im Flugzeug.

«Liebe Olga, meine Herren, vielen Dank für Ihre Aufmerksamkeit. Das Ziel unserer Reise ist ein geheimes, abgelegenes Forschungslabor. Wie ich Ihnen bei unserem Meeting in der Moskauer Universität bereits gesagt habe, handelt es sich um eine neuartige Substanz, die Sie in diesem Labor herstellen sollen. Und das alles unter strengster Geheimhaltung. Nichts darf nach draussen gelangen. Ich danke Ihnen für Ihre Kooperation.»

Sigorowitsch liess sich in seinen bequemen First-Class-Sessel fallen und zündete sich genüsslich eine Havanna an. Das Rauchverbot existierte nicht für Sigorowitsch. Erstens war er General, zweitens war dies ein Flugzeug der Regierung und drittens fand er diese Antirauchergesetze sowieso einen Schwachsinn. Nach angespannten Situationen brauchte er eine Zigarre. Genüsslich zog er also an seiner Havanna und blies kleine weisse Ringe aus blauem Dunst zur Flugzeugdecke. Es stank fürchterlich, doch niemand wagte, ihn darauf anzusprechen. So sassen also alle stumm auf ihren Sitzen und hörten gespannt zu, als Sigorowitsch sich leise flüsternd an Anatoli Karpow wandte.

«Ich habe Informationen aus sicherer Quelle. Die Amerikaner haben in den letzten Wochen eine Testreihe durchgeführt. Und diese Testreihe beinhaltet genau den Stoff, nach dem wir suchen. Karpow, Sie wissen wie wichtig es ist, dass wir VOR den Amerikanern Resultate erzielen, positive Resultate! Verstanden? Nach der Landung werden wir einige Stunden mit dem Bus unterwegs sein. Den Bestimmungsort werden wir erst morgen früh erreichen. Es ist also besser, wenn Sie sich noch ein wenig Schlaf gönnen. Es liegen anstrengende Tage vor uns.»

Olga schaute zum Fenster hinaus. Um diese Jahreszeit wurde es nie richtig dunkel. Sie sass in einem Flugzeug und wusste nicht, wohin sie flogen. Sie konnte auch nicht orten, wo sie war, denn alle Mobiltelefone und Laptops mussten vor dem Abflug abgegeben werden. Was war noch mal ihr Ziel? Ein Forschungslabor der Armee? In Russland gab es rund ein Dutzend solcher Aussenstationen. Forschungsstationen für alles Mögliche. Östlich des Urals waren die meisten militärischen Anlagen. Im Westen des Landes waren die Anlagen für zivile Zwecke. Aber sie flogen nach Osten. Der helle Horizont war nicht zu übersehen. Doch auf einer Höhe von 10'000 Metern konnte sie am Boden nichts erkennen. Keinen Fluss, keine Stadt, keinen See, an dem sie sich hätte orientieren können.

Olga nahm aus ihrer Handtasche den Haarspray. Sein Duft war atemberaubend: Ein Hauch von herrlichen Orchideen. Sie sprühte ein wenig auf ihr Haar und schwang sanft ihren Kopf hin und her. Der angenehme Orchideenduft breitete sich im ganzen Flugzeug aus und übertönte sogar den Tabakqualm von Sigorowitsch.

DUFTKRIMI
MIT 14 DUFTENDEN SEITEN

DUFTSEITE
HIER REIBEN

Nach etwa vier Stunden Flugzeit spürte Olga Petrowa, wie die Motoren gedrosselt wurden und das Flugzeug in den Sinkflug überging. Es war drei Uhr morgens. Die Maschine verlor schnell an Höhe und nach 20 Minuten Sinkflug setzte sie bereits zur Landung an. Olga meinte in der Dämmerung einen breiten Fluss gesehen zu haben, doch von denen gab es in Russland viele. Das Flugzeug setzte unerwartet sanft auf der Piste auf und Olga erkannte einen abgelegenen Militärflugplatz. Auch davon gab es in Russland einige. Sie rollten über die Landebahn, kamen zum Stehen und stiegen aus dem Flugzeug aus. Unten an der Treppe stand ein Militärbus mit abgedunkelten Scheiben bereit. Sigorowitsch stieg als Letzter in den Bus, wie immer mit einer qualmenden Zigarre im Mund.

Nach drei Stunden Fahrt durch hügeliges Gelände, und in dichten Zigarrenrauch gehüllt, hielt der Bus ruckartig an. Sigorowitsch bat alle auszusteigen. Draussen schien die Sonne, die Luft war frisch und der Himmel strahlend blau. Sie befanden sich in einer weiten Waldlandschaft mit vielen kleinen Hügeln, hohem Gras und wuchernden Büschen. Auf einer Lichtung vor ihnen stand eine kleine Holzhütte.

«Ein bisschen klein für ein Forschungszentrum», sagte Petrowa.

Sigorowitsch lächelte und blies einen Ring aus Zigarrenrauch in den Morgenhimmel.

Die Wissenschaftler holten ihre Koffer aus dem Bus und folgten Sigorowitsch Richtung Holzhütte. Als Sigorowitsch die Tür der Hütte geöffnet hatte, erkannte Olga, was das für eine Hütte war. Ein getarnter Eingang in eine unterirdische Forschungsstation! Olga kramte in ihrer Handtasche, nahm den Haarspray und besprühte damit ihr Haar. So konnte sie sich an den Schluss der Gruppe zurückfallen lassen. Niemand bemerkte, wie Olga ihre Brosche, die sie an ihrer Bluse trug, in die Hand nahm, auf einen kleinen Knopf drückte und sie ins hohe Gras warf. Die lange Prozession der Wissenschaftler verschwand gehorsam im kleinen Holzhüttchen. Petrowa eilte hinterher.

Ein kleiner Hirsch, der am Waldrand stand, beobachtete staunend, wie 13 Personen in der kleinen Holzhütte verschwanden.

Washington D.C. – 15. Juli – Pentagon – 21.55 h

«Wir haben ein Signal, Sir», rief Sergeant Miller aufgeregt.
«Von wem?»
Sein Vorgesetzter Broderick kam an Millers Arbeitsplatz.
«Von ‹Mondschein›, Sir.»
«Konnten Sie das Signal schon lokalisieren?»
«Es dauert nur noch einige Sekunden. Jetzt. Wir haben es geortet.»
Gespannt schauten die beiden auf den Monitor, auf dem die Koordinaten aufblinkten.
Der Sender übermittelte: 55° 21' 14.90" Nord // 88° 07' 10.20" Ost.
Broderick kratzte sich am Kinn: «Um Himmels willen, wo ist das?»
«Kommt gleich», sagte Miller, der die Koordinaten eintippte.
Der Bildschirm zeigte zuerst eine Satellitenaufnahme der gesamten Welt und wenig später blinkte ein kleines rotes Fadenkreuz, das die exakte Lage des Senders lokalisierte.
«Zoomen Sie mal näher ran ...»
Broderick fuhr mit der Hand durch sein Haar.
«Mein Gott, das ist ja in Sibirien.»
«Südwest-Sibirien genauer gesagt, Sir.»
«Und wie weit weg sind unsere Einsatztruppen?»
Miller lud eine weitere Satellitenaufnahme auf seinen Bildschirm und verband zwei Punkte mit einer Linie.
«Etwa 1000 Kilometer, Sir. Aber es ist schwieriges Gelände.»
«Zoomen Sie noch näher ran.»
«Ja, Sir.»
«Was ist das?»
«Sieht aus wie ein Hirsch, Sir.»
«Nicht das, Sie Trottel. Das daneben?»
«Das ist eine Holzhütte, Sir.»
«Wie passen so viele Forscher in eine kleine Holzhütte?»
Miller zuckte mit den Schultern. Beide überlegten.
«Und wie sieht die nähere Umgebung aus?»
«Wald. Viel Wald, Sir. Und ziemlich hügelig. Ich vermute, die Wälder rund um den Zielort sind mit modernster Überwachungstechnik

ausgestattet. Das ist mit unseren Satelliten jedoch leider nicht zu erkennen.»
«Ich werde umgehend mit dem verantwortlichen Commander unserer Einsatztruppe Kontakt aufnehmen. Gute Arbeit, Miller. Wir behandeln die Aktion vorerst vertraulich, ‹Top Secret›.»
«Verstanden, Sir.»
John Broderick verliess das Büro und ging zügigen Schrittes zum Aufzug. Er fuhr ins fünfte Untergeschoss des Pentagons. Zu diesem Stockwerk hatten nur wenige Menschen Zutritt. Überall standen bewaffnete Soldaten.
Von hier aus wurde die Welt regiert. Hier hatte Sicherheit oberste Priorität.
Broderick ging einen langen, grauen Gang entlang. Am Ende des Ganges blieb er vor einer schwarz-gelb gestreiften Stahltür stehen. Auf beiden Seiten waren Soldaten postiert und salutierten. Broderick nickte nur. Mit einer Chipkarte öffneten die Soldaten die schwere Stahltür.
Broderick gelangte in einen Raum, den man hier unten nicht erwartet hätte. Nicht etwa Stahl und Beton beherrschten die Atmosphäre, sondern edles Holz, Teppiche, gediegene Schreibtische und Sitzgruppen aus hochwertigem Leder. Die Leitstelle für Einsatzgruppen, die im Ausland operierten. An den Wänden zeigten überdimensionale Bildschirme Satellitenaufnahmen aus aller Welt. In einer Ecke des etwa 200 Quadratmeter grossen Raumes stand ein halbrunder Tisch mit Monitoren und Telefonen.
«Ich will sofort eine sichere Verbindung mit der Einsatztruppe Ost!», rief Broderick, als er den Raum betrat. «Und rufen Sie auch den Generalstab im Weissen Haus an!»
Broderick setzte sich an einen schweren, aus dunklem Edelholz gefertigten Schreibtisch. Ungeduldig trommelte er mit seinen Fingern auf dem teuren Möbel herum.
«Wird's bald! Stehen die Verbindungen schon? Oder bin ich mit Trommeln und Rauchzeichen schneller?!»
Broderick war ein unangenehmer Zeitgenosse. Ungeduldig, herrschsüchtig und dermassen von sich selbst überzeugt, dass er keine

Widerrede duldete. Wer seine Befehle nicht augenblicklich ausführte, hatte schlechte Karten. Broderick war einer der besten Strategen, die das Pentagon jemals hatte. Seine brillanten Einfälle und Ideen, besonders in heiklen Situationen, waren legendär. Broderick trommelte immer lauter auf dem Schreibtisch. Unter den Kommunikationsverantwortlichen brach Hektik aus, wie in einem Bienenstock, in den ein Bär gerade seine Tatze hineingestreckt hatte. Schliesslich kam ein bleicher Jüngling in Uniform und mit Hornbrille angerannt. Er atmete tief durch und meldete dann:
«Die Leitung zum Weissen Haus ist jetzt bereit für Sie, Sir.»
«Wer sind *Sie* denn? Sind Sie neu hier?»
Der Jüngling nickte und schob nervös die Hornbrille auf seiner Nase nach oben.
Da ertönte aus dem Lautsprecher eine heisere Stimme: «Hier spricht der Leiter des Generalstabs. Was gibt's Broderick?»
«Sir, wir haben ein Signal von Agentin ‹Mondschein›. Die Operation ‹Mad Doc› könnte eingeleitet werden. Ich warte noch auf die Verbindung zur Einsatztruppe Ost. Ich denke innerhalb von 24 Stunden könnte die Operation ausgeführt werden. Der Präsident muss nur noch sein Einverständnis geben.»
«Und Sie denken, das wird ohne Blutvergiessen über die Bühne gehen?»
«Wir haben zwei Teams. Insgesamt zwölf Mann. Sie haben die nötige Ausrüstung dabei, die sie für einen solchen Einsatz brauchen. Das Einsatzgebiet liegt nur zwölf Stunden von ihrem aktuellen Standort entfernt.»
«Gut. Ich werde den Präsidenten umgehend davon in Kenntnis setzen. Einsatztruppe Ost soll sich bereithalten.»
Es knackte in der Leitung.
Broderick schrie: «Hornbrille, hierher!»
Der junge Soldat kam angerannt: «Ja, Sir.»
«Wo bleibt die Verbindung mit der Einsatztruppe Ost? Ich muss mit Elvis sprechen!»
Zitternd sagte der junge Mann: «Die Verbindung ist bereits da, Sir. Elvis kann Sie hören.»

Broderick nickte anerkennend mit dem Kopf: «Guter Mann. Aber Ihren Namen merke ich mir doch nicht. Klar, Hornbrille?»
«Sir, jawohl, Sir.»
«Elvis …, Einsatztruppe Ost, könnt ihr mich hören?»
«John, du alter Haudegen», klang es aus dem Lautsprecher, «wie ist die Lage an der Heimatfront?»
«Beschissen, wie immer. Mir fehlt dein Hüftschwung», lächelte Broderick. «Elvis, hör zu! Die Operation ‹Mad Doc› wird vermutlich in den nächsten 24 Stunden stattfinden. Wir brauchen nur noch grünes Licht vom Präsidenten.»
«Verstanden.»
«Ich bleibe während der Operation hier in der Zentrale und bin jederzeit erreichbar.»
«Dann kann uns ja nicht viel passieren», schmunzelte Elvis, «wir halten uns bereit und warten auf euer OK. Ende.»
Die Verbindung wurde unterbrochen.
Broderick fuhr mit dem Zeigefinger über seine Oberlippe und überlegte.
Dieser Einsatz war riskant, das wusste er. Ziel der Operation ‹Mad Doc› war es, den Entwicklungsstand der Waffe, die in diesem russischen Labor hergestellt wurde, aufzuklären und dabei menschliche Verluste auf beiden Seiten zu vermeiden.
15 Minuten später bekam Broderick das OK aus dem Weissen Haus. Er informierte die Einsatztruppe Ost, dass mit der Operation ‹Mad Doc› begonnen werden konnte. Im Nordosten von Kasachstan quittierte Elvis den Befehl und zwölf Soldaten machten sich auf den Weg zum Zielobjekt in Sibirien.

Berlin – 16. Juli – Polizeirevier Neukölln – 07.30 h

Kowalski musste sich an diesem frühen Morgen erneut gegen aufdringliche Journalisten beweisen, die ihn mit Fragen überhäuften. Doch Kowalski hatte immer noch keine Antworten.

Stoll würde heute Morgen aus dem Krankenhaus entlassen und musste umgehend vernommen werden. Vielleicht könnte Stoll ein bisschen Licht ins Dunkel bringen, denn die Suche nach der Tonne mit dem seltsamen Inhalt blieb bisher erfolglos.
Kowalskis Telefon klingelte.
«Revierchef Kowalski am Apparat.»
«Guten Morgen, Kowalski. Hier Innensenator Schiller. Weshalb haben Sie unsere Unterredung gestern Abend abgesagt?»
«Weil ich immer noch keine neuen Informationen hatte, Senator Schiller. Rösler vom kriminaltechnischen Labor scheint mehr zu wissen. Wir könnten uns mit ihm hier in meinem Büro treffen, um das weitere Vorgehen zu besprechen.»
«Ich bin in etwa einer Stunde bei Ihnen.»
«Ich werde Rösler informieren. Danke, Herr Innensenator.»
Als Kowalski auflegte, öffnete sich die Tür zu seinem Büro und Rösler trat ein, ohne anzuklopfen. Unter seinem Arm trug er eine dicke Aktenmappe.
«Hallo, Herr Revierchef.»
«Ich wollte dich eben anrufen, dass du hierher kommen sollst.»
Rösler strahlte: «Ich kann es nicht länger für mich behalten. Ich muss dir erzählen, was ich über den Duft herausgefunden habe. Du wirst es nicht glauben, Axel ...»
Kowalski unterbrach Rösler, indem er einen Zeigfinger erhob: «Bevor du irgendetwas sagst, brauche ich zuerst einen starken Kaffee.»
«Mach gleich zwei. Ich brauche auch einen. Und einen Cognac.»
«Alkohol im Dienst. Das geht nicht, Rösler.»
«Den wirst du aber brauchen, wenn ich dir erzähle, was wir im Labor herausgefunden haben.»

Belzig – 16. Juli – ZEGG, Forschungs- und Bildungszentrum 07.58 h

Hübner hatte die ganze Nacht im Labor verbracht. Nachdem er die Flüssigkeit analysiert hatte, war klar: Das war eine Sensation! Etwas wonach viele Wissenschaftler jahrelang geforscht hatten. Und eines war Hübner auch klar: Wenn diese Entdeckung in die falschen Hände geraten sollte, könnte das unermessliche Folgen haben.
Noch bevor an diesem Morgen die ersten Wissenschaftler ihre Arbeit aufnahmen, liess Hübner alle Hinweise in den Labors verschwinden und fuhr zu seinem Haus in Belzig. Er war müde. Etwas Schlaf würde ihm bestimmt nicht schaden. Doch zuerst musste er die Tonne mit dem brisanten Inhalt irgendwo verstecken, auch wenn der intensive Duft langsam nachliess.

Berlin – 16. Juli – Polizeirevier Neukölln – 08.35 h

In Neukölln hatte sich der Duft allmählich verflüchtigt. Die Normalität kehrte wieder in den Bezirk zurück. Die Polizei hatte wieder alle Hände voll zu tun.
Kowalski sass mit Laborleiter Rösler in seinem Büro. Die beiden tranken Kaffee und Cognac.
Als Kuss und Meischner ins Büro kamen, liess Kowalski mit einer geübten Bewegung die Cognacflasche in seinem Schreibtisch verschwinden. Gerade noch rechtzeitig, denn Kowalski erkannte aus seinem Bürofenster, dass draussen ein schwarzer Mercedes anhielt. Innensenator Schiller stieg aus dem Wagen.
«Achtung! Die Regierung rollt an», meinte Kowalski. «Jetzt geht's los. Anschnallen und festhalten!»
Innensenator Schiller war seit mehr als 30 Jahren in der Politik. Er war klein und drahtig. Als er Kowalskis Büro betrat, wollten sich die Anwesenden erheben.

«Sitzen bleiben!», sagte Schiller. «Meine Zeit ist kostbar. Also, worum geht's?» Kowalski bot Schiller seinen Chefsessel an. Er selbst nahm auf der klapprigen Holzbank unter dem Fenster Platz.
«Danke», sagte Schiller.
«Herr Innensenator», begann Rösler.
«Schiller. Einfach nur Schiller.»
«Herr Schiller, ich versuche, es kurz zu machen. Wir konnten eine Probe des Duftes, der Neukölln eingehüllt hatte, analysieren. Es handelt sich dabei um eine biochemische Verbindung, die unter bestimmten Voraussetzungen eine nicht zu unterschätzende Wirkung bei Menschen auslöst.»
«Ich verstehe nur Bahnhof. Reden Sie Klartext. Was für eine Wirkung?»
«Wer die sich verflüchtigende Lösung einatmet, verliert jegliche Aggressionen! Man sucht schon lange nach dieser Substanz.»
«Ich verstehe immer noch nicht», sagte Schiller, «was ist das für ein Zeugs?»
«Es ist der Duft einer Blüte, der alles verursacht hat. Es handelt sich dabei um eine Pflanze, die wir bisher noch keiner uns bekannten Art zuordnen konnten. Vermutlich ist es eine Kreuzung aus Jasmin- und Gardenienblüten. Kommt diese Blüte mit Feuchtigkeit in Verbindung, fängt sie an zu gären. Das setzt einen sonderbaren chemischen Prozess in Gang. Die Flüssigkeit beginnt zu kochen. Aber nicht so, wie wir es kennen. Sie kocht in kaltem Zustand. Es bilden sich kleine Gasbläschen, die aufsteigen, ähnlich wie bei Kohlensäure. Dieses Gas steigt in die Luft und in einer gewissen Höhe platzen diese Gasbläschen und der duftende Inhalt der Bläschen fällt wieder auf die Erde zurück. Aber das Unglaublichste an der ganzen Sache ist: Dieses Gas löst beim Einatmen im Gehirn Sinnestäuschungen aus.»
«Sinnestäuschungen? Also ist es eine Droge?»
«Das könnte man so sagen. Sie unterbindet jede Art von Aggression», meinte Rösler.
Schiller überlegte: «Eine Droge, die Aggressionen ausschaltet. Damit könnte man die ganze Welt verändern.»

Rösler nickte: «Die Substanz wäre vielseitig anwendbar: In Gefängnissen zum Beispiel: Die Gefängniswärter könnten jeden Morgen ein paar Tröpfchen dieses Dufts versprühen, und die Häftlinge würden sich wie in einem Pfadfinderlager benehmen. Bei Fussballspielen könnten gewaltbereite Anhänger in Schach gehalten werden. Bei Demonstrationen könnten Ausschreitungen verhindert werden. Der Duft könnte sogar im Strassenverkehr eingesetzt werden.»

Kowalski träumte vor sich hin: «Was für eine schöne Vorstellung, wenn plötzlich alle Autofahrer nett zueinander wären ...»

Schiller kratzte sich in den Haaren: «Und ein Irrtum ist ausgeschlossen?»

Rösler nickte erneut: «Wir haben einige voneinander unabhängige Tests durchgeführt. Die Wirkung konnte eindeutig nachgewiesen werden. Aber leider konnten wir die Substanz nicht vollständig analysieren.»

«Was meinen Sie damit?»

«Neben den neuartigen Pflanzen und dem Wasser, muss es noch eine weitere Komponente geben, damit sich der Duft derart schnell verbreiten kann. Wir konnten bisher nicht herausfinden, was das ist. Aber wir arbeiten daran.»

Schiller fasste zusammen: «Sie wissen also, was der Duft bewirkt. Aber Sie wissen noch nicht, wie er hergestellt werden kann?»

«Das ist richtig.»

«Und wie ich gehört habe, ist diese Tonne mit der besagten Flüssigkeit verschwunden?»

«Auch das ist richtig. Dazu kommt noch, dass sich unsere Probe der Flüssigkeit verflüchtigt hat und wir kaum noch Zeit haben, um die Untersuchungen abzuschliessen.»

«Und wie lange hält dieser ‹friedliche› Zustand bei Menschen an?»

«Wir vermuten, dass die Wirkung nach ungefähr 24 Stunden deutlich nachlässt.»

Schiller wandte sich an Kowalski. «Wie gehen Sie vor, um die vermisste Tonne zu finden?»

«Ich versichere Ihnen, wir werden alles unternehmen, damit wir sie finden, Herr Innensenator. Detlef Stoll, der Gärtner, der mit seinen

Pflanzen alles ausgelöst hat, wird heute Morgen aus dem Krankenhaus entlassen. Er ist im Moment unser wichtigster Zeuge. Er wird uns verraten müssen, was er in seinem Gewächshaus zusammengebraut hat. Und wir suchen auch nach seinem Freund Herbert Hübner, der die Tonne eventuell entsorgt hat.»

«Meine Herren», fuhr Schiller fort, «das ist eine hochbrisante Angelegenheit! Ich muss Sie zu grösstem Stillschweigen verpflichten. Wie viele Leute kennen diese Untersuchungsergebnisse?»

Rösler meldete sich: «Meine zwei Mitarbeiterinnen vom Labor, die an der Analyse gearbeitet haben. Und ich natürlich.»

«Wie vertrauenswürdig sind Ihre beiden Mitarbeiterinnen? Können Sie sich auf sie verlassen?»

«Ich denke schon. Ich kenne sie schon lange.»

«Sprechen Sie sobald als möglich mit ihnen», bat Schiller.

«Dann sind auch noch Meischner und Kuss informiert und ich natürlich», ergänzte Kowalski.

«Sonst niemand?»

«Nein.»

«Gut», sagte Schiller und stand auf. «Kein Sterbenswort zu niemanden! Verstanden! Wenn die Presse von der ganzen Sache Wind bekommt, dann ist der Teufel los. Ich werde mich unverzüglich mit den nötigen Stellen in Verbindung setzen. Wir werden entscheiden, was als Nächstes zu tun ist. Falls es Neuigkeiten gibt, muss ich umgehend informiert werden.»

Schiller verabschiedete sich und verliess das Büro.

Kowalski ging zur Garderobe und nahm seine Jacke: «Ich fahre ins Krankenhaus und bringe Stoll hierher. Ich will mir diesen Hobbygärtner mal so richtig vorknöpfen. Übrigens, wo ist eigentlich sein Kater?»

«Der ist immer noch bei uns drüben. Und wie es scheint, lässt die Wirkung des Duftes tatsächlich auch bei ihm nach.» Meischner schob seinen Hemdärmel zurück und ein blutig zerkratzter Unterarm kam zum Vorschein. «Dabei wollte ich ihn nur streicheln.»

«Geschieht dir recht. Du hättest ihn ja nicht hierher bringen müssen.»

«Ich habe eben ein Herz für Tiere.»
«Das habe ich auch», sagte Kowalski. «Sonst würdet ihr beide nicht bei mir arbeiten.»

Belzig – 16. Juli – 09.47 h

Hübner war vom Forschungs- und Bildungszentrum zurück in sein Haus gefahren und musste jetzt die Tonne verstecken. Nach langem Überlegen entschied er, den Behälter im Wald hinter seinem Haus zu vergraben. Aber die Tonne war dafür zu gross. Also füllte er die Flüssigkeit mit den Pflanzenresten in drei kleine Kanister ab. Mit Hacke und Schaufel ausgerüstet, ging er ein paar Meter in den Wald, der direkt hinter seinem Haus lag. Als er einen geeigneten Platz gefunden hatte, vergrub er die Kanister. Er deckte alles mit Erde zu und verstreute Laub und Äste darüber. Nichts deutete darauf hin, dass unter der Erde sein Schatz lagerte. Die leere Tonne wusch er mit Wasser, bis sie komplett sauber und völlig geruchlos war. Dann stellte er sie wieder hinten in seinen Bus. Die Tonne würde er später entsorgen. Zufrieden mit seiner Arbeit kehrte er ins Haus zurück und legte sich schlafen. Noch wusste er nicht, in welcher Gefahr er bereits schwebte.

Irgendwo über Russland – 16. Juli – 16.52 h

In Gefahr begab sich auch das Team ‹Mad Doc›, als es mit seinen zwei Kampfhubschraubern im Tiefflug die Grenze von Russland überflog. Der MH-60 Black Hawk Hubschrauber war für solche Einsätze wie geschaffen. Er verfügte über ein hervorragendes Navigationssystem, das dem Piloten erlaubte, extrem tief zu fliegen. So konnte er vom gegnerischen Radar nicht erfasst werden. Noch gut zwei Stunden Flug und sie würden das Zielgebiet erreichen. Anschliessend mussten sie den Rest zu Fuss zurücklegen.

15 Kilometer durch dichten Wald, mit einer Ausrüstung, die über 20 Kilogramm wog. Doch dieses Team war genau für solche Einsätze ausgebildet worden. Jeder wusste, was er zu tun hatte. Noch bevor sie über die russische Grenze flogen, mussten sie den Funkkontakt abbrechen, um nicht abgehört werden zu können. Von nun an waren sie auf sich alleine gestellt. Sie hatten den «*Point of no return*» erreicht.

Südwest-Sibirien – 16. Juli – 14.59 h

Im russischen Geheimlabor, tief in den dichten Wäldern von Sibirien, wurde fieberhaft gearbeitet. Im Wechsel von zwölf Stunden forschten immer jeweils sechs Wissenschaftler nach der gesuchten Substanz. Natürlich immer unter der Aufsicht von Sigorowitsch. Sein Auftrag, den er vom Kreml bekommen hatte, war klar. Er durfte nicht ohne ein positives Resultat zurückkehren. In regelmässigen Abständen schlenderte er durch die Laborräume. Nur selten genehmigte er sich einige Minuten an der frischen Luft. Dann setzte er sich jeweils auf die klapprige Holzbank, die an der Südseite der Baracke stand, und rauchte eine Zigarre. Er fühlte sich sicher. Das ganze Gebiet um das Labor war mit Bewegungssensoren versehen. Kilometerlange Leitungen, die unsichtbar im Boden vergraben worden waren, führten zu Alarmzentralen des russischen Militärs im ganzen Land.

Berlin – 16. Juli – Verteidigungsministerium – 10.32 h

Der deutsche Verteidigungsminister Per Seidler rutschte unruhig auf seinem Sessel hin und her. Er war ein Berg von einem Mann. Mit seinen fast zwei Metern Grösse und dem schwarz gestriften Massanzug gab er ein imposantes Bild ab. Seine tiefe, raue Stimme tat ihr Übriges. Aber als er den Anruf von Senator Schiller bekam, fiel Seidler aus allen Wolken. Wenn dieser ‹Friedensduft› tatsächlich existieren sollte, würden grosse Probleme auf ihn zukommen. Ein Gas, eine Droge, die für militärische Zwecke eingesetzt werden konnte. Entwickelt in Deutschland. Das wäre ein Skandal und ein klarer Verstoss gegen die Biowaffenkonvention der Vereinten Nationen. Auch wenn die Substanz nur zufällig entdeckt wurde, würde das Konsequenzen haben. Das Wichtigste war, das Ganze möglichst geheim zu halten.

Per Seidler hatte Senator Schiller ins Verteidigungsministerium zitiert. Als Schiller ankam, wurde er sofort in Seidlers Büro geführt.

«Setzen Sie sich, Herr Innensenator», sagte Verteidigungsminister Seidler. Sichtlich nervös setzte sich Schiller und kramte in seiner Aktenmappe.

«Warum haben Sie mich nicht unverzüglich informiert, als die Resultate der Untersuchungen feststanden?», sagte Seidler sichtlich verärgert.

«Ich weiss es auch erst seit heute Morgen», verteidigte sich Schiller.

«Aber die Untersuchungen haben, nach Ihren Angaben, schon vor 24 Stunden begonnen. *Dann* hätten Sie mich informieren sollen. Nicht erst jetzt.»

«Wir konnten ja nicht ahnen, dass ein Duft aus einem Gewächshaus eine halbe Stadt ausser Gefecht setzen kann!»

«Ab sofort werde *ich* die Sache in die Hand nehmen», befahl Seidler. «Und sollte von all dem irgendetwas an die Presse gelangen, mache ich *Sie* persönlich dafür verantwortlich. Haben Sie verstanden?!»

Schiller wurde immer bleicher.

Seidler goss sich einen Whisky ein und fuhr fort: «Ich will, dass alle Beteiligten in dieser Sache heute Abend um 18 Uhr bei mir antraben. Ich werde eine Sonderkommission einberufen. Und sollte sich herausstellen, dass irgendjemand bei dieser Sache geschlampt hat, dann werden Köpfe rollen. Das versichere ich Ihnen. Und jetzt machen Sie, dass Sie hier rauskommen!»
Schiller war heilfroh, als er gehen durfte.
Er ging zu Fuss zu seinem Büro zurück, das nur wenige hundert Meter vom Brandenburger Tor entfernt lag. Es war etwas kühler geworden. Und doch schwitzte Schiller unter seinem Anzug, als wäre er bei Kilometer 39 eines Marathons. Während er die Strasse «Unter den Linden» entlangging, telefonierte er mit Kowalski. Der sollte sich darum kümmern, dass alle um 18 Uhr bei Seidler waren.

Belzig – 16. Juli – Wochenendhaus von Hübner – 16.48 h

Als Hübner am späten Nachmittag aufwachte, hatte er schreckliche Kopfschmerzen. Es war ein Gefühl, wie wenn ein Bienenschwarm in seinem Kopf umherschwirrte. Ihm war schwindlig und übel. Mühsam schleppte er sich zum Medikamentenschrank im Bad. Doch ausser einer Schachtel Aspirin fand er nichts. Nachdem er drei Aspirin geschluckt hatte, ging er in die Küche und machte sich einen starken Kaffee. Er setze sich an den Küchentisch und liess in Gedanken die letzten Tage und Stunden noch einmal Revue passieren. Wusste er eigentlich, was er da machte? War das nicht eine Nummer zu gross für ihn? Doch er konnte jetzt nicht mehr zurück.
Er musste diese Entdeckung verkaufen, doch das war nicht ganz einfach. Durch seine langjährige Tätigkeit in der DDR hatte er gewisse Kontakte, die er jetzt vielleicht gebrauchen konnte. Zusätzlich musste er sich auch noch überlegen, wohin er nach dem Verkauf der Erfindung fliehen wollte. Hier in Deutschland konnte er nicht bleiben. Irgendwann würde die Polizei dahinterkommen, was er getan hatte. Und dann war es besser, wenn er weit weg war.

Sehr weit. Es würde ihm nicht schwerfallen, alles hinter sich zu lassen. Er hatte keine Familie. Und viele Freunde hatte er auch nicht. Nur Detlef tat ihm leid. Seinen Freund so zu hintergehen, war nie sein Ziel gewesen.

Berlin – 16. Juli – Verteidigungsministerium – 18.00 h

Die Tür zum Konferenzraum im Verteidigungsministerium öffnete sich. Verteidigungsminister Per Seidler, diesmal in Uniform, wodurch seine Gestalt noch viel furchteinflössender wirkte, trat ein. Im Konferenzraum, wo Innensenator Schiller, Rösler vom kriminaltechnischen Labor, Kowalski, Meischner und Kuss sich bereits lebhaft unterhielten, wurde es plötzlich ruhig.
Seidler schaute in die Gesichter der Anwesenden und brummte in einem Befehlston, der einem durch Mark und Bein ging: «Wieso sind nicht alle hier, die über den Fall Bescheid wissen? Meine Herren, ich glaube, Sie haben den Ernst der Lage nicht wirklich erkannt. Wieso hört denn hier niemand auf das, was ich anordne? Erstens: Wo sind die zwei Mitarbeiterinnen von Rösler und wo ist Detlef Stoll? Zweitens: Wo ist diese verdammte Tonne?»
Niemand der Anwesenden traute sich, etwas zu erwidern.
Seidler fuhr fort: «Ab sofort werden zwei Beamte des Bundeskriminalamts BKA die Untersuchungen übernehmen. Olaf Brent und Dieter Kleist leiten die Ermittlungen. Oberste Priorität hat die Geheimhaltung. Es darf nichts an die Öffentlichkeit gelangen. Das wäre eine Katastrophe. Im Weiteren muss diese Tonne gefunden werden. Übrigens Herr Rösler: Hat diese geheimnisvolle Substanz schon einen Namen?»
«Wir nennen es MRB14.»
«Und was heisst das?»
«MRB ist eine Abkürzung für Membranbioreaktor. Mit Hilfe des MRB fanden wir wichtige Hinweise für unsere Untersuchungen. Und die 14 steht für das Jahr der Entdeckung.»

«Na gut. Eigentlich ist es ja egal, wie diese Droge heisst. Herr Kowalski, ist Detlef Stoll immer noch auf dem Polizeirevier?»
«Ja, Herr Verteidigungsminister.»
«Gut. Er soll vorläufig auch dort bleiben.»
Kowalski hob fragend einen Zeigefinger: «Aber wir können ihn doch nicht einfach einsperren. Er hat doch nichts getan.»
«Er wird in Gewahrsam genommen. Zu seinem eigenen Schutz. Die ganze Welt möchte wissen, wie man diesen Duft herstellt. Es ist nur eine Frage der Zeit, bis sie wie Hyänen über Stoll herfallen werden. Im Übrigen ist er der Hauptzeuge in diesem Fall. Er weiss als Einziger, wie man dieses MRB14 herstellt.»
Es klopfte an der Türe.
Seidler schrie: «Ich habe doch gesagt, dass wir nicht gestört werden wollen!»
Seidlers Sekretärin trat ein und fuchtelte mit einem Bündel Zeitungen.
Seidler kochte vor Wut: «Frau Kleinert, ich habe jetzt wirklich keine Lust, Zeitungen zu lesen!» Er wies mit seinem Zeigefinger unmissverständlich zur Tür.
«Ich glaube, das hier wird die Herren bestimmt interessieren.»
Sie legte den ganzen Zeitungsstapel vor Seidler auf den Tisch und verliess den Raum.
Zuoberst auf dem Stapel lag die Abendzeitung. Seidler warf einen kurzen Blick auf die Frontseite. Seine Gesichtszüge veränderten sich schlagartig.
FRIEDENSDUFT ÜBER BERLIN!
Seidlers Augen wurden grösser. Er hob die erste Zeitung vom Stapel und las die nächste Schlagzeile:
NEUES WUNDERMITTEL ENTDECKT
Auf der nächsten Zeitung stand:
BERLIN DUFTET NACH FRIEDEN. UND DIE GANZE WELT SCHAUT ZU.
Seidler schlug mit der Faust auf den Tisch: «So eine verfluchte Sch...! Was zum Teufel soll das?! Jetzt ist die Kacke am Dampfen. Welcher Idiot hat mit den Journalisten gesprochen?!»
Die Anwesenden zuckten mit den Schultern.

Seidler knallte die Zeitungen auf den Tisch.
«Hiermit ist diese Besprechung beendet.»
Ohne sich zu verabschieden, schritt er erhobenen Hauptes zur Tür, drehte sich noch einmal um und sagte: «Wenn das alles vorbei ist, können sich einige von Ihnen nach einem neuen Job umsehen.»

Berlin – 16. Juli – Polizeirevier Neukölln – 18.33 h

Kowalski war aufs Polizeirevier zurückgekehrt. Es war schon wieder ordentlich viel los. Zwei Einbrüche, mehrere Körperverletzungen, Schlägereien und Ruhestörungen.
«Wir haben also wieder Normalzustand», dachte Kowalski. Als er sich gerade in seinen Chefsessel fallen lassen wollte, kamen Kuss und Meischner in sein Büro. Sie salutierten und Kuss sagte: «Stoll ist im Haftraum 1.»
«Warum im Haftraum?», fragte Kowalski erstaunt.
«Wo sollen wir ihn sonst unterbringen? Es hiess, dass er uns auf keinen Fall entwischen darf.»
«Bringt ihn her! Ich habe einiges mit ihm zu besprechen.»
Kuss und Meischner entfernten sich und kurze Zeit später brachten sie Stoll in Kowalskis Büro. Ihnen beiden fiel auf, dass Stoll ein ganz starkes Parfüm aufgetragen hatte, dass tatsächlich ähnlich roch, wie der Duft seiner Pflanzen im Gewächshaus.
«Ah, da sind sie ja. Herzlich willkommen, Herr Stoll. Bitte setzen Sie sich! Vielen Dank, Jungs. Ich möchte mich gerne mit Herrn Stoll unter vier Augen unterhalten.»
Kuss und Meischner verliessen das Büro.
Stoll war sichtlich nervös. Er setzte sich auf den Stuhl gegenüber von Kowalski. «Warum sperren Sie mich ein? Ich habe nichts getan. Warum darf ich nicht nach Hause?»
«Wie sperren Sie nicht ein, Herr Stoll. Sie sind zu Ihrer eigenen Sicherheit hier. Haben Sie schon die Abendzeitungen gelesen?»
«Nein.»

Kowalski stand auf, holte eine Zeitung aus dem Zeitungsständer und legte sie vor Stoll auf den Tisch.
Es war das Berliner Abendblatt.
In grossen Buchstaben stand auf der Titelseite:
FRIEDENSDUFT ÜBER BERLIN
Und in kleinen Buchstaben stand darunter:
Rätselhafter Duft lässt Gewalt verstummen!
Stoll strahlte wie ein kleines Kind, als er die Zeilen las.
Kowalski fand die Situation nicht so amüsant: «Das haben wir Ihren Pflanzen zu verdanken, Herr Stoll.»
«Das ist doch ziemlich unwahrscheinlich, denken Sie nicht auch?», log Stoll.
«Die Schlagzeilen treffen den Nagel auf den Kopf. Sie müssen uns alles über Ihre Pflanzen erzählen. Einfach alles. Zu Ihrer eigenen Sicherheit. Wenn die Welt erfährt, dass SIE diesen Duft entwickelt haben, dann wird man Sie suchen! Deshalb werden wir Sie vorübergehend in einer geschützten Wohnung unterbringen.»
«Und was ist mit meiner Frau?»
«Ihre Frau hat scheinbar nicht die geringste Ahnung, was Sie da in Ihrem Gewächshaus gezüchtet haben. Für sie besteht keine Gefahr.»
«Aber ich darf sie doch sehen?»
«Das kann arrangiert werden. Aber wie ich gehört habe, ist Ihr Verhältnis zu Ihrer Frau nicht gerade das Beste.»
«Was erlauben Sie sich? Als Ute mich gestern im Krankenhaus besucht hatte, brachte sie mir sogar Blumen mit. Wir vertragen uns wieder viel besser. Sie hat sich tatsächlich Sorgen um mich gemacht!»
«Herr Stoll ich vermute, Sie wissen selber, dass das MRB14 vermutlich auch Ihre Frau verändert hat.»
«MRB14?»
«So nennen die Wissenschaftler den Duft. Aber bitte. Wir können ja ein kleines Experiment machen. Sie mögen ja Experimente, stimmt's?»
Als Stoll nickte, entlockte er Kowalski ein Lächeln.

«Hier ist mein Telefon. Rufen Sie Ihre Frau an und überprüfen Sie, wie sie reagiert, jetzt wo das MRB14 nicht mehr wirkt.»
Kowalski schob das Telefon zu Stoll und drückte auf den Lautsprecherknopf. Stoll schaute verwirrt. Doch er wollte es versuchen. Er wählte seine Nummer. Es klingelte zwei Mal.
«Stoll.»
«Hallo, Ute! Ich bin es. Detlef.»
«Verdammt noch mal, Detlef! Wo bist du, du Nichtsnutz? Wo treibst du dich die ganze Zeit herum? Zum Teufel noch mal! Du wurdest aus dem Krankenhaus entlassen und tauchst hier gar nicht mehr auf? Detlef, langsam hab ich die Schnauze voll. Echt. Und falls du dich doch nach Hause getrauen solltest, dann glaub ja nicht, dass ich dich pflegen werde. Ich muss morgen früh zur Arbeit, damit wir wenigstens etwas zu Essen haben. Ich geh jetzt schlafen. Und Tschüss!»
Aus dem Lautsprecher ertönte der Summton.
Enttäuscht legte Stoll auf.
«Und? Was sagen Sie jetzt?», fragte Kowalski.
«Ich glaube, es ist besser, wenn Sie mich ein paar Tage in diese Wohnung bringen.»
«Ihren Kater dürfen Sie natürlich mitnehmen. Sonst habe ich hier auf dem Revier mehr verletzte Beamte als draussen.»
Stoll liess den Kopf hängen. Dicke Tränen kugelten über seine Wangen. «Ich wollte doch nur eine Pflanze züchten, die besonders gut riecht. Und jetzt das.»
«Haben Sie eine Ahnung, wo dieser Hübner steckt?»
«Nein», schniefte Stoll, «vielleicht ist er in seiner Wohnung in Schöneberg.»
«Dort ist er nicht. Die Wohnung wird überwacht. Hübner wäre ein wichtiger Zeuge. Er weiss vielleicht, wo die Tonne mit dem MRB14 hingekommen ist.»
Detlef Stoll konnte keinen klaren Gedanken mehr fassen. Weshalb war Herbert verschwunden? Was wurde nun aus seiner Erfindung? Wohin würde man ihn jetzt bringen?

Berlin – 16. Juli – Friedrichstrasse – 18.58 h

Zwei Beamte brachten Detlef Stoll in eine Wohnung in der Nähe des Bahnhofs Friedrichstrasse. Das Zweizimmer-Appartement lag in der vierten Etage eines Altbaus und war einfach, aber gemütlich eingerichtet. Die Beamten liessen Stoll in die Wohnung, schlossen die Tür und postierten sich im Hausflur und beim Hauseingang.
Stoll stellte die Katzenbox auf den Küchenboden. Langsam öffnete er das Türchen. Fauchend liess *Kung-Fu* seine Pranken über Stolls eingegipsten Arm fahren. Stoll zuckte zwar zusammen, aber die Kratzer auf seinem Gips taten schliesslich nicht weh. Er setzte sich aufs Bett, nahm ein Beruhigungsmittel, das er im Spital erhalten hatte, und legte sich hin. Noch während die Gedanken in seinem Kopf kreisten, schlief er ein.

Südwest-Sibirien – 17. Juli – 03.21 h

An Schlaf war bei der amerikanischen Spezialeinheit nicht zu denken. Sie hatten ihr Zielgebiet erreicht und waren jetzt die letzten Kilometer zu Fuss unterwegs. Es war anstrengend. Sie marschierten seit Stunden durch dicht bewaldetes Gebiet. Noch hüllte die Nacht die Landschaft in ein dunkles Kleid, aber schon bald wurde es hier um diese Jahreszeit wieder hell. Sie würden das Labor nicht vor Sonnenaufgang erreichen. Sie müssten das Zielobjekt also bei Tageslicht stürmen. Sie konnten nur hoffen, dass die russischen Wissenschaftler in dieser kurzen Zeit bereits schon einige brauchbare Resultate erzielt hatten.
In drei Vierergruppen bewegten sie sich vorwärts. Als sie noch einen Kilometer vom Labor entfernt waren, nahm Brown eine Karte aus seinem Rucksack und ging mit seinen Soldaten noch einmal Punkt für Punkt Ihren Einsatz durch. Zuerst mussten sie die Stromversorgung der Anlage finden. Mit einem starken Störsender könnten sie die Stromverbindung für einige Zeit ausschalten, damit

allfällige Alarmsignale nicht zur nächsten russischen Militäranlage übermittelt werden konnten. Wie viele Soldaten die Anlage schützten, wussten sie nicht. Doch es konnten nicht viele sein. Auf den Satellitenaufnahmen war nichts zu erkennen. Als zweiter Schritt galt es, die Lüftungsanlage zu finden. Dort konnten sie Reizgas in das Labor einströmen lassen. Die natürliche Reaktion der Personen, die sich im Bunker befinden, war klar. Raus an die frische Luft. Das war der Zeitpunkt, an dem sie zuschlagen konnten. Agent Elvis Brown schaute durch seinen Feldstecher. Von der Anhöhe aus, die er gewählt hatte, konnte er die Baracke und das nähere Umfeld gut überblicken. Es war jetzt 03.45 Uhr. Ihnen blieben, bis zum vereinbarten Angriff, noch 30 Minuten Zeit.

Südwest-Sibirien – 17. Juli – Geheimlabor – 03.48 h

General Sigorowitsch war wach. Ein Telefonanruf hatte ihn aus dem Schlaf geweckt. Ein Mitarbeiter des Geheimdienstes schilderte Sigorowitsch am Telefon, dass in Berlin vermutlich eine Substanz entdeckt worden sei, die mit ihrem Forschungsziel identisch sei. Sigorowitsch war wütend. Wenn es die Substanz schon gab, nach der sie hier forschen, machte dieses Projekt hier überhaupt keinen Sinn mehr. Er musste nach Berlin. Und Olga sollte mit ihm nach Berlin fliegen. Sie würde sein Trumpf sein, wenn es darum ginge, dem Feind Informationen entlocken zu müssen.
Sigorowitsch hatte alle Wissenschaftler geweckt und ihnen erklärt, dass sie das Labor noch heute Morgen verlassen würden. Er und Olga würden schon früher abreisen. Sigorowitsch sah auf sein Mobiltelefon. Ihr Transportmittel zum Flughafen müsste gleich da sein. Aber wo zum Teufel steckte Olga?

Südwest-Sibirien – 17. Juli – 04.12 h

Elvis Brown schaute auf seine Uhr. Noch drei Minuten.
Sie hatten den Stromgenerator und auch den Lüftungsschacht gefunden. Alle Männer waren in Position. Brown aktivierte den Störsender. Aus einem Stromkasten an der Baracke sprühten Funken. Brown nahm seinen Feldstecher und fokussierte die Holzhütte.
Noch zwei Minuten.
Alles war ruhig. Ab und zu hörte man einen Zweig knicken. Doch das waren nur Tiere, die in der Dämmerung auf Nahrungssuche waren.
Noch eine Minute. Brown schaute gespannt auf seine Uhr.
Sekunde um Sekunde verging.
Da hörte er plötzlich ein unnatürliches Geräusch. Nur kurz. Dann war es wieder weg ... Brown wurde unruhig.
Einige Sekunden herrschte absolute Stille.
Doch dann hörte er das Geräusch erneut, und es wurde immer lauter. Ein Hubschrauber! Er kam direkt auf sie zu.
Noch 30 Sekunden bis zum Angriff.
Brown musste blitzschnell entscheiden. Waren sie entdeckt worden? Hatte dieser Hubschrauber ihre Spur aufgenommen? Nur noch wenige Sekunden bis zum Angriff. Doch ein Angriff zu diesem Zeitpunkt war ein grosses Risiko.
Noch zehn Sekunden.

Belzig – 16. Juli – 18.12 h

Herbert Hübner hatte einige Stunden geschlafen. Als er aufwachte, fuhr er mit dem Bus zur nächsten öffentlichen Telefonzelle, um von dort aus seine Kontakte anzurufen, die ihm vielleicht beim Weiterverkauf der Substanz helfen konnten. Nach einigen Telefonaten hatte er drei Adressen, die ihm eventuell behilflich sein konnten.

Er fuhr nach Lübnitz, einem kleinen Ort vier Kilometer westlich von Belzig. Dort kannte er eine Bäckerei. Als er sich an einen freien Tisch in der Ecke des kleinen Lokals setzte, fiel ihm die Titelseite der Abendzeitung auf, die auf dem Tisch neben ihm lag. Er las die Schlagzeile:
Wundermittel in Berlin entdeckt
MRB14
Der Friedensduft
NEIN! Sogar die Presse wusste schon Bescheid? MRB14? Aufmerksam las er alle Artikel zu diesem Thema. Anschliessend war ihm klar, dass er seine Informationen so schnell wie möglich verkaufen musste, noch bevor die genaue Zusammensetzung anderweitig publik wurde. Bei der Analyse der Flüssigkeit im Labor konnte er die genaue Zusammensetzung des Duftes nicht feststellen. Zwei Komponenten kannte er, aber die dritte fehlte ihm. Er musste noch einmal mit Stoll sprechen, vielleicht würde ihm Stoll einen Hinweis auf die fehlende Komponente geben. Zuerst musste er aber die leere Tonne, die er immer noch hinten in seinem Bus hatte, loswerden. Er erinnerte sich an eine Baustelle auf der Autobahn A9, die von Berlin nach Nürnberg führt. Dort konnte er die Tonne unbemerkt wegschaffen. Eine Tonne mehr oder weniger würde auf dieser Baustelle nicht weiter auffallen.

Berlin – 16. Juli – Verteidigungsministerium – 21.13 h

Diesen Abend würde Verteidigungsminister Seidler in seinem Leben nie mehr vergessen. Er hatte die ganze Welt am Telefon! Amerika, Russland, China, Indien, Israel und viele mehr. Die jeweiligen Militärattachés wollten alle dasselbe wissen: Woher nahm Deutschland die Frechheit, eine solches Gas herzustellen, obwohl dies die Biowaffenkonvention der Vereinten Nationen verbietet! Seidler erklärte den empörten Anrufern, dass eine Privatperson den

Duft hergestellt habe und nicht der Staat. Er vertröstete sie auf eine vertrauliche Sitzung, die noch heute stattfinden sollte.

Seidler war ausser sich: «Was verdammt noch mal soll ich der ganzen Welt sagen? Und wieso kriege ich jetzt den Schwarzen Peter, obwohl die meisten dieser Länder selbst an solchen biochemischen Waffen herumbasteln. Aber niemand gibt es zu! Und genau DIE machen nun den grössten Aufstand.»

Seidler lief wie ein Tiger in seinem Büro hin und her.

Südwest-Sibirien – 17. Juli – 04:15:59 h

«*Stop*! Aktion abbrechen! Stop!», sprach Agent Brown in letzter Sekunde in sein Funkgerät. Gespannt sah er durch seinen Feldstecher und hoffte, dass seine Meldung bei allen Teams rechtzeitig angekommen war. Doch seine Soldaten rührten sich nicht und verharrten regungslos an ihrer Position. Nur wenige Augenblicke später flog der russische Hubschrauber vom Typ Kamow KA-25 direkt über Browns Kopf hinweg und landete zielgenau auf der schmalen Strasse, die von der Baracke weg in den Wald hinein führte. Als die Maschine gelandet war, ging die Tür zur Baracke auf.

Elvis Brown verfolgte durch seinen Feldstecher gespannt, was geschah. Zwei Soldaten kamen aus der Baracke und sicherten die Umgebung. Kurz darauf folgten zwei Zivilpersonen, die von den Soldaten von der Baracke zum Hubschrauber begleitet wurden. Brown erkannte Olga Petrowa und auch General Sigorowitsch. Diese Tatsache veränderte die Ausgangslage seiner Mission. Denn neben den Erkenntnissen aus dem russischen Labor war für den amerikanischen Geheimdienst vor allem wichtig, dass ihre Agentin «Mondschein» – mit bürgerlichem Namen Olga Petrowa – nach der Stürmung des Labors in Sicherheit gebracht wurde.

Petrowa und Sigorowitsch stiegen in den Hubschrauber, er hob ab und flog Richtung Westen davon. Die nächste grössere Stadt in

dieser Richtung war Kemerowo, dort war auch der nächstgelegene Flughafen, wie Brown wusste. Seiner Meinung nach machte es jetzt keinen Sinn mehr, wenn sie das Labor angreifen würden. Die Zielperson war nicht mehr da und Sigorowitsch auch nicht. Brown würde abwarten müssen. Wenn Olga Petrowa nicht innerhalb von ein paar Stunden zurückkehren würde, wäre Brown gezwungen, den Rückzug einzuleiten.
Die Soldaten, die Sigorowitsch und Olga zum Hubschrauber begleitet hatten, waren wieder in der Baracke verschwunden. Alles war ruhig. Brown forderte per Funk seine Soldaten auf, in ihren Stellungen zu bleiben und weitere Befehle abzuwarten.

Sigorowitsch und Olga Petrowa landeten nach einer Stunde in Kemerowo. Dort stand schon eine kleine Maschine für sie bereit, die sie nach Novosibirsk brachte. Eilig stiegen sie in eine Zivilmaschine der Aeroflot um, die sie nach Berlin bringen sollte. An Bord dieser Maschine befanden sich einige eigenartigen Zeitgenossen. Sigorowitsch kannte sie alle. Keiner von ihnen flog nach Berlin, um Urlaub zu machen. Sie alle hatten nur ein Ziel: MRB14.

Südwest-Sibirien – 17. Juli – 10.17 h

Brown wartete schon sechs Stunden, doch Agentin «Mondschein» war nicht zurückgekehrt. Seine Leute harrten noch immer auf ihren Positionen aus. Am frühen Nachmittag meldete einer der Gruppenführer, dass sich ein Fahrzeug aus Richtung Osten näherte. Es war ein klappriger Bus, der schon bessere Zeiten erlebt hatte, und er fuhr direkt auf die Baracke zu.
Minuten später hielt der Bus mit rauchendem Motor neben der Baracke an. Kurz darauf kamen mehrere Personen mit Gepäck aus dem Gebäude. Brown erkannte niemanden. Sie verluden ihre Koffer und Taschen, stiegen ein und schon setzte sich der Bus wieder in

Bewegung. So laut und von Rauch begleitet wie er aufgetaucht war, verschwand er wieder im Wald.

Brown kam sich irgendwie albern vor.

Jetzt waren sie in diese gottverlassene Gegend aufgebrochen, um ein Labor zu stürmen und Wissenschaftlern ein Geheimnis zu entlocken, doch bevor sie zuschlagen konnten, sind alle Bienchen aus dem Bienennest ausgeflogen ...

Und die Russen waren bestimmt nicht so nachlässig, Beweise in den Labors zurückzulassen ... Brown gab den Befehl zum Rückzug.

Als sie drei Stunden später die beiden Black Hawks über den Baumwipfeln auftauchen sahen, waren sie froh. Es war ein langer, nervenaufreibender Einsatz gewesen.

Eine weitere Stunde später überflogen sie die Grenze zu Kasachstan. Nun konnte Brown endlich zur Leitstelle in Washington Kontakt aufnehmen. Broderick wartete bereits unruhig auf seinem Sessel. Auch er hatte, wie die Russen, von der Entdeckung in Berlin erfahren. Und er hatte alle Hebel in Bewegung gesetzt, um die Aktion ‹Mad Doc› zu stoppen. Doch solange die Funkverbindung im feindlichen Gebiet unterbrochen war, konnte er nur hoffen, dass Brown die richtigen Entscheidungen treffen würde. Als er endlich den Anruf von Brown erhielt, war er erleichtert, dass niemand verletzt worden war. Die Aktion ‹Mad Doc› verlor, angesichts der Entdeckung in Berlin, an Wichtigkeit. Broderick verliess das Pentagon und steuerte mit seinem Dienstfahrzeug Richtung Kapitol. Der Präsident erwartete ihn bereits.

Berlin – 17. Juli – Verteidigungsministerium – 11.00 h

Verteidigungsminister Seidler war sauer. In seinem Konferenzzimmer sassen Botschaftsvertreter aus aller Herren Länder. Interessiert hörten sie seinen Ausführungen zu. Er versuchte klarzustellen, dass die Interpretationen der Medien völlig übertrieben seien: «Meine Damen und Herren: Das zufällig entdeckte MRB14 ist *keine* chemische oder biologische Waffe. Gemäss den Analysen unseres kriminaltechnischen Labors handelt es sich lediglich um eine neue Pflanzenart, die im günstigsten Fall als Beruhigungsmittel eingesetzt werden könnte. Dies haben erste Tests ergeben. Die genaue Zusammensetzung von MRB14 konnte jedoch noch nicht vollständig analysiert werden. Ich wiederhole: Die wilden Gerüchte, die im Umlauf sind, es handle sich um eine Droge, die bei Mensch und Tier eine starke psychische Veränderung hervorrufe, sind völlig aus der Luft gegriffen und haltlos.»
«Und wie erklären Sie sich die Vorkommnisse in halb Berlin», rief ein braungebrannter Botschafter dazwischen. «Nach meinen Informationen ist die Kriminalität, nachdem sich der Duft über Neukölln verbreitet hatte, beinahe auf null gesunken. Das ist doch merkwürdig, oder nicht?»
«Zufall. Es kann sich NUR um einen Zufall handeln», erklärte Seidler. «Alle Mutmassungen über einen Zusammenhang zwischen dem Duft und der ausbleibenden Gewalt sind reine Spekulation. Sobald sich neue Erkenntnisse ergeben, werden wir Sie informieren. Ich danke Ihnen für Ihr Verständnis.» Mit diesen Worten beendete Seidler die Konferenz und verliess zähneknirschend den Raum. Sein persönlicher Berater folgte ihm. Kaum waren sie um die Ecke gebogen, packte Seidler seinen Berater am Kragen und schrie: «Ich will umgehend mit diesem Rösler sprechen. Sollte sich herausstellen, dass dieses MRB14 sich tatsächlich für militärische Zwecke einsetzen lässt, sitzen wir ganz tief in der Scheisse!»

Belzig – 17. Juli – 13.23 h

Hübner wurde unterdessen klar, dass er seine Vermittler, die er kontaktieren wollte, vergessen konnte. Wenn bereits die Öffentlichkeit davon wusste, würden sie die Finger von dieser Angelegenheit lassen. Er brauchte jemanden, der kaltblütig genug war, um jetzt die richtigen Schritte zu planen. Und er musste dieser Person vertrauen können. Ihm fiel nur ein Name ein: Marianne Kaltenbach. Sie war die Tochter eines sehr guten Freundes aus DDR-Zeiten. Hübner kannte Marianne schon, als sie noch ein kleines Mädchen war. Sie verbrachte ihre ganze Freizeit bei ihrem Vater und bei Hübner im Labor in Leipzig. Und sie war von Ihrer Arbeit so fasziniert, dass auch sie selbst Biochemikerin wurde.

Marianne Kaltenbach war eiskalt und berechnend. Wenn jemand einen so heiklen Deal über die Bühne bringen konnte, dann war sie es.

Hübner fuhr zu einer Telefonzelle und rief Marianne an. Sie nahm ab und hatte tatsächlich Zeit, ihn zu treffen. Kurze Zeit später sassen die beiden in einem kleinen Lokal in Berlin und Hübner schilderte ihr die unglaublichen Vorkommnisse der letzten Tage.

Marianne staunte nicht schlecht. Und Hübner musste ihr nicht erklären, wie viel Geld sie für eine solche Entdeckung verlangen konnten. Hübner wusste auch, dass die wirtschaftliche Situation von Kaltenbach nicht die Beste war. Gemeinsam arbeiteten sie einen Plan aus. Hübner sollte anonym die Russen und die Amerikaner kontaktieren und ihnen mitteilen, wo sie seine Vermittlerin treffen könnten.

Berlin – 17. Juli – Russische Botschaft – 16.00 h

Die Russische Botschaft in Berlin ist ein sehr imposantes Gebäude und hat die wohlklingende Adresse «Unter den Linden 63-65». Mit Ausnahme der beiden Weltkriege war es immer Sitz der russischen

Vertretung. Legendär und sehr beliebt sind die Anlässe in den prächtigen Gärten der Botschaft. Doch zum Feiern war heute niemandem zumute.

Ein Konvoi schwarzer Limousinen, mit Sigorowitsch und Olga im vordersten Wagen, fuhr in den Hof der Botschaft. Nach einer kurzen Begrüssung fand die erste Besprechung statt. Sigorowitsch stellte sich, in seiner gewohnt imposanten Art, vor die Anwesenden und begann mit seinen Ausführungen.

«Meine Damen und Herren, liebe Genossen: Sie sind, wie ich annehme, über die Ereignisse der letzten Tage hier in Berlin informiert. Ich will nicht lange um den heissen Brei herumreden. Auf der Fahrt hierher habe ich die Erklärung vom deutschen Verteidigungsministerium gelesen, die unser Nachrichtendienst erhalten hat. Wenn eine Pflanze eines Hobbygärtners eine halbe Stadt lahmlegen kann, dann hat dieses Zeugs das Potenzial zu noch viel mehr! Die Deutschen versuchen den Ball flach zu halten, so viel steht fest. Und vermutlich sind wir nicht die Einzigen, die so denken. Die Amerikaner werden bestimmt schon alle Hebel in Bewegung gesetzt haben, um an diese Substanz heranzukommen. Wir müssen dieses MRB14 als Erste finden! Wir werden nicht in unsere Heimat zurückkehren, ehe wir diese Substanz in den Händen halten.»

Die Genossen klatschten Beifall.

Sigorowitsch bat Olga zu sich: «Darf ich Ihnen meine wissenschaftliche Mitarbeiterin vorstellen: Olga Petrowa. Sie ist der Meinung, MRB14 müsse ein extrem konzentriertes Narkotikum sein, mit stark hypnotisierender Wirkung. MRB14 ist also genau *die* Substanz, nach der wir schon lange suchen. Wir müssen dieses MRB14 kriegen. Um jeden Preis der Welt!»

Berlin – 17. Juli – Amerikanische Botschaft – 16.15 h

Eine fast identische Krisensitzung ereignete sich nur wenige hundert Meter entfernt bei den Amerikanern.

Die Botschaft der USA befindet sich unmittelbar neben dem Brandenburger Tor. Ein Neubau, der nach der Wende errichtet wurde. In einem abhörsicheren Raum diskutierte eine Gruppe amerikanischer Agenten. Sie hatten soeben einen anonymen Anruf erhalten. Der Informant behauptete, dass er im Besitz der Substanz sei. Seine Vermittlerin wolle sich in einer knappen Stunde mit einem amerikanischen Agenten im Hotel Adlon Kempinski treffen.
«Und woher wissen wir, dass das kein Trittbrettfahrer ist?», fragte William Shatner, Leiter der CIA-Sondereinheit, die einberufen wurde.
Shatner war ein Top Agent, aber das sah man ihm nicht an. Er war klein und unscheinbar. Er hatte nicht viel Ähnlichkeit mit einem Agenten wie James Bond. Nur sein Name war genauso prominent: William Shatner. Er war Namensvetter des amerikanischen Schauspielers, der Captain Kirk vom Raumschiff Enterprise verkörpert hatte. Die Reaktionen auf seinen Namen waren oft die gleichen: «Ja genau. Und ich bin Lieutenant Spock. Ha ha ha ...» Doch wer auch immer sich diesen Spruch erlaubte, sollte erfahren, dass auch ein so unscheinbarer Mann wie Shatner explodieren konnte. Shatner hatte einen Plan: «Ich will persönlich mit dieser Vermittlerin des Informanten sprechen. Was wissen wir über diesen Informanten?»
Ein Agent mit einer hässlichen Narbe am Kinn schilderte, was die bisherigen Ermittlungen ergeben hatten: «Sir. Laut seinen Angaben heisst er Kurt Koch. Er war Mitarbeiter der Staatssicherheit in der ehemaligen DDR. Wir haben das überprüft. Es gab einen Kurt Koch in der Stasi. Aber der Informant könnte uns natürlich auch einfach eine falsche Identität angegeben haben. Sir.»
«Verdammt. Wir müssen das MRB14 kriegen, bevor es uns jemand vor der Nase wegschnappt!»
Nervös kramte Shatner in seiner Hosentasche und zog seinen süssen Nasenspray heraus. Er sprühte sich reichlich davon in seine Nase und atmete tief durch. Ein süsslicher Duft verbreitete sich im Raum.

DUFTSEITE
HIER REIBEN

«Und was will dieser Typ?»
«Geld natürlich. Was sonst?»
«Na gut. Ich werde mich mit dieser Dame im Hotel Adlon unterhalten. Ich will das hinter mich bringen, bevor Broderick hier eintrifft.»
«Broderick kommt hierher?», fragte Agent Miller erstaunt.
«Was dachten Sie? Der Präsident höchstpersönlich hat ihn hierher beschickt.»
Shatner sah, wie der Unterkiefer des Agenten langsam nach unten klappte. «Wie wollen Sie dem Feind ins Auge schauen, wenn Sie sich vor Ihrem eigenen Vorgesetzten in die Hose machen?»
Shatner schüttelte den Kopf und verliess den Raum. Er machte sich auf den Weg zum vereinbarten Treffpunkt mit der Vermittlerin.

Berlin – 17. Juli – Hotel Adlon Kempinski – 16.48 h

Das Hotel Adlon liegt direkt neben der Amerikanischen Botschaft. Shatner setzte sich ins Strassencafé des Hotels. So konnte er unauffällig erkennen, wer das Hotel betrat und wer es verliess. Noch wenige Minuten bis zum vereinbarten Treffen. Shatner beobachtete aufmerksam seine Umgebung und registrierte alles, was ihm auffällig vorkam. Solche Treffen waren heikel. Er betrat das Bistro im westlichen Teil des Hotels und schaute sich nach einem freien Platz um, obwohl er bereits wusste, wo die Vermittlerin sass. Am vorgesehenen Tisch sass eine äusserst attraktive Frau. Sehr gepflegt und elegant gekleidet. Shatner schätzte sie auf Mitte vierzig. Ihr schwarzes, schulterlanges Haar glänzte im Licht. Und wie herrlich frisch sie duftete. Shatner konnte ihren Duft auf mehrere Meter Distanz riechen. War das ein Hauch von ... Limette?

DUFTSEITE
HIER REIBEN

Die elegante Lady machte nicht den Eindruck, als ob sie nervös war. Sie sass da und schaute zum Fenster hinaus.
Shatner näherte sich dem Tisch.
«Ist dieser Platz noch frei?», fragte er.
«Nur wenn Sie mir einen koffeinfreien Kaffee und ein Stück Kuchen offerieren», antwortete sie.
«Möchten Sie Apfelkuchen? Der Apfelkuchen schmeckt hier ausgezeichnet.»
«Dann dürfen Sie sich setzen.»
«Die Codeworte stimmten alle», dachte Shatner. Koffeinfreier Kaffee und Apfelkuchen. Korrekt. Shatner bestellte bei der Kellnerin ein Glas Wasser und für die Dame den koffeinfreien Kaffee und ein Stück Apfelkuchen. Als die Kellnerin verschwand, beugte sich Shatner über den Tisch und flüsterte: «Ihr Informant hat mir gesagt, Sie hätten uns etwas anzubieten.»
«Möglicherweise», sagte die Dame kühl.
«Was genau können Sie mir anbieten?»
«Das hängt davon ab, wie grosszügig Sie mit mir sind», sagte die Lady und legte dabei ein Bein über das andere, so, dass der Saum ihres kurzen Rocks leicht nach oben rutschte und ihre unendlich langen Beine zum Vorschein kamen.
Shatner quittierte diese Bewegung mit einem Lächeln: «Sind Sie im Besitz der Substanz?»
«Ich kann sie besorgen.»
«Gut. Reden wir über die Bedingungen. Was verlangen Sie?»
«Geld. Viel Geld. Und zwei amerikanische Pässe.»
«Und was bedeutet ‹viel Geld›?»
Die Dame lächelte und strich sich mit ihren langen Fingern über ihre blutroten Lippen: «Wie viel ist Ihnen das Produkt denn wert?»
«Sie werden verstehen, dass ich Ihnen jetzt keine genaue Summe nennen kann. Zuerst muss ich mich von der Qualität des Produktes überzeugen. Eine kleine Probe müssten Sie mir schon auftreiben.»
Die Lady schüttelte den Kopf und lächelte: «Damit Sie dann gleich mit der Kostprobe verschwinden können. Nein, nein, so läuft das nicht. Sie wissen wie viel Macht Ihnen dieses MRB14 bringen

könnte. Sie *wollen* es haben. Sie *müssen* es haben. Um jeden Preis!»
Marianne Kaltenbach rührte in ihrem Kaffee, trank einen Schluck, lehnte sich in ihren Sessel zurück und sagte ausdruckslos: «Und wie Sie sich vielleicht denken können, gibt es noch andere Interessenten, die diese Substanz haben wollen.»
«Sie haben bereits konkrete Angebote erhalten?», fragte Shatner erstaunt.
Die Frau lächelte: «Ich sage Ihnen nur: Beeilen Sie sich und nennen Sie mir eine Summe. Mein Auftraggeber und ich haben nicht viel Zeit.»
«Na gut. Wann brauchen Sie eine Antwort?», fragte Shatner.
Die Dame schaute auf ihre goldene Armbanduhr. «Sagen wir in zwölf Stunden. Ich werde mich wieder bei Ihnen melden. Wenn wir uns einigen, kann das Geschäft abgewickelt werden.»
Shatner schaute zum Tisch gegenüber, wo sich ein etwas ungleiches Paar an den Tisch setzte. Die beiden sprachen Russisch. Das war in diesem Hotel nichts Ungewöhnliches. Viele reiche Russen stiegen hier ab. Doch Shatner kannte die beiden. General Sigorowitsch und Olga Petrowa, die Doppelagentin «Mondschein». Shatner kannte Olga aus den USA. Er war überrascht sie hier zu sehen, aber er liess sich nichts anmerken.
Auch Marianne Kaltenbach kannte die beiden. Noch vor einer halben Stunde hatte sie sich mit ihnen getroffen und Ihnen dieselben Bedingungen wie Shatner gestellt. Mit einem kleinen Unterschied. Sigorowitsch bot 20 % mehr, egal was andere bieten würden. Auch Sigorowitsch und Olga Petrowa erkannten Shatner. Amerikas CIA-Spitzenagent in Deutschland, getarnt als Kulturbeauftragter.
Shatner verlangte die Rechnung. Nachdem er bezahlt hatte, stand er auf und fragte Marianne Kaltenbach: «Verraten Sie mir Ihren Namen?»
«Barbara. Und wie heissen Sie?»
«Bill.»
«Schön. Dann bedanke ich mich bei Ihnen, Bill, für den Apfelkuchen und den koffeinfreien Kaffee.»

«Sobald Sie die Probe haben, rufen Sie uns an. Dann werde ich Ihnen eine Summe nennen. Ich wünsche Ihnen einen angenehmen Abend.»
Shatner verabschiedete sich mit einer kleinen Verbeugung und ging in Richtung Hotelausgang.
Kurz darauf verliess auch Marianne Kaltenbach das Bistro des Hotel Adlon.
«Was bildet sich dieser Shatner eigentlich ein», sagte Sigorowitsch zu Olga. «Aber diese Suppe werde ich ihm gehörig versalzen. Wir sind am längeren Hebel. Wir zahlen jeden Preis für das MRB14! Aber ich weiss nicht, ob man dieser Frau trauen kann. Unsere Agenten sind ihr bereits auf der Spur. Vielleicht führt sie uns zu ihrem Auftraggeber, dann könnten wir vielleicht direkt an die Substanz kommen. Sonst hätte ich noch einen anderen Plan, wie wir uns dieses MRB14 beschaffen können. Anscheinend gibt es ein Labor, das die Substanz bereits analysiert haben soll ...»

Berlin – 17. Juli – Friedrichstrasse – 17.23 h

Detlef Stoll sass noch immer nachdenklich in der gesicherten Wohnung. Sein Kater *Kung-Fu* leistete ihm Gesellschaft. Er biss und kratzte wieder wie zu seinen besten Zeiten.
Die beiden Beamten, die Stoll bewachten, kamen regelmässig zu ihm und stellten ihm Fragen. Vor allem über Herbert Hübner. Stoll wusste nicht, was das zu bedeuten hatte. Er wunderte sich sowieso, weshalb Herbert sich nicht mehr gemeldet hatte. Dass Ute nicht aufkreuzen würde, war ihm klar.
Die Beamten wollten auch wissen, woraus dieses MRB14, wie sie es nannten, hergestellt wurde? Sie hatten doch Proben im Labor analysiert? Konnten sie vielleicht nicht alles genau entschlüsseln? Was könnte denn, ausser der Kreuzung, sonst noch in diesem MRB14 drin sein? Auch Detlef Stoll hatte nicht die geringste Ahnung. Doch niemand wollte ihm glauben.

Er nahm sein kleines Parfümfläschchen mit dem Gardenienduft, den er von seinem Chef in der Gärtnerei geschenkt bekommen hatte, und roch am Flacon. Dieser Duft beruhigte ihn. Er goss ein paar Tropfen in seine Hände und sog den himmlischen Duft in sich auf.
Der Gardenienduft verteilte sich im ganzen Raum. Der vertraute Geruch verlieh der fremden Wohnung eine heimatliche Wahrnehmung.

Berlin-Bukow – 17. Juli – 19.53 h

Hübner sass wieder in dem kleinen Café, in dem er sich schon am Nachmittag mit Marianne Kaltenbach getroffen hatte. Er kaute nervös an seinen Fingernägeln und schaute immer wieder auf die Uhr. Marianne müsste schon längst wieder hier sein. Hoffentlich war ihr nichts zugestossen.
Endlich. Um halb neun kam sie zur Tür herein.
Kaum hatte sie sich an den Tisch zu Hübner gesetzt, fragte er sie:
«Wurdest du verfolgt?»
«Nein. Ich glaube nicht.»
«Bist du sicher?»
«Ich bin quer durch halb Berlin gefahren, habe mehrmals das Transportmittel gewechselt, bin sogar durch Tiefgaragen gelaufen und, und, und ... Unmöglich, dass mir jemand gefolgt ist.»
«Und, wie ist es gelaufen?»
«Gut, denke ich. Die Russen haben sofort angebissen und bieten 20 Prozent mehr als die Amerikaner.»
«Und wie viel zahlen die Amerikaner?»
«Die Amis wollen zuerst eine Probe, bevor sie auf den Deal einsteigen und eine Summe nennen. Hast du Proben dabei?», wollte Marianne wissen.
«Nein. Ich vermute, dass ich von der Polizei gesucht werde, und wenn sie mich mit den Proben erwischen, dann ist alles vorbei.»

«Wie schnell kannst du die Proben besorgen?»
«Gib mir drei Stunden. Ich werde sofort losfahren und sie holen.»
«Soll ich mitkommen?»
«Nein. Es ist besser, wenn du nicht weisst, wo ich die Substanz versteckt habe. Zu deiner eigenen Sicherheit.»
Marianne Kaltenbach nickte: «Okay. Ich werde zurück ins Hotel Adlon gehen. Diese Russin, die bei den Verhandlungen dabei war, hatte so einen seltsamen Blick, als ob sie etwas wissen würde, was wir nicht wissen. Vielleicht kann ich mehr darüber in Erfahrung bringen.»
«Sei vorsichtig, Marianne! Ich melde mich bei dir, sobald ich die Proben habe.»

Berlin – 18. Juli – Polizeirevier Neukölln – 00.16 h

Polizeichef Kowalski sah müde aus. Er hatte die letzten Nächte nicht viel geschlafen. Nun sass er in seinem Büro und ordnete Akten, die sich in den letzten Tagen angesammelt hatten. Seit dieser geheimnisvolle «Friedensduft» verschwunden war, krachte es in seinem Bezirk wieder an allen Ecken und Enden.
Plötzlich stürmte Rösler ohne anzuklopfen in Kowalskis Büro. Er war kreidebleich und hatte weit aufgerissene Augen: «Man hat sie umgebracht! Einfach umgebracht.» Dicke Tränen kullerten über seine Wangen.
«Wer hat wen umgebracht?», fragte Kowalski.
«Meine beiden Mitarbeiterinnen. Sie sind *tot*! Sie wurden im Labor gefunden. Erschossen. Und das ganze Labor wurde auf den Kopf gestellt.»
Kowalski fasste sich an die Stirn: «Ach du heilige Scheisse! Wie zum Teufel konnte das passieren?»
«Keine Ahnung. Das BKA hat die Ermittlungen eben erst aufgenommen. Wie es aussieht, sind auch alle Untersuchungsergebnisse des MRB14 gestohlen worden. Ich ...» Rösler schluchzte.

«Weiss Seidler schon Bescheid?»
«Ich weiss es nicht. Ich bin zuerst hierher gefahren. Was machen wir jetzt?», fragte Rösler verzweifelt.
«Zuerst versuchst du, dich ein bisschen zu beruhigen.» Kowalski setzte Rösler auf einen Stuhl und brachte ihm einen Cognac. «Den brauchst du jetzt.»
Rösler trank das Glas in einem Zug.
«Es ist einfach unfassbar. Und jetzt werden sie bestimmt auch noch hinter Stoll her sein ...»
«Meinst du?»
«Aber natürlich», sagte Rösler. «Wenn die Täter anhand unserer Ergebnisse herausfinden, dass wir nur 97% von MRB14 analysieren konnten, dann werden sie wie Hyänen hinter Stoll herjagen. Nur er kann ihnen sagen, was die unentdeckten drei Prozent sein könnten.»
«Wir müssen die Sicherheit von Stoll erhöhen und auch die seiner Frau. Ich werde das BKA informieren und alles in die Wege leiten. Und anschliessend fahren wir beide nochmals zum Labor.

Berlin – 18. Juli – kriminaltechnisches Labor/Humboldt-Universität 01.39 h

Die Universität war weiträumig abgesperrt. Überall standen Polizeifahrzeuge. Dutzende von Streifenpolizisten sorgten für Ordnung und hielten die Schaulustigen hinter den Absperrungen zurück.
Am Tatort in den Labors wimmelte es von Beamten. Die Leichen der beiden Frauen lagen zugedeckt auf dem Boden. Im ganzen Labor herrschte Chaos. Geräte lagen am Boden. Papier und zersplittertes Glas waren überall im Raum verteilt. Es sah aus, als hätte eine Bombe eingeschlagen.
Kowalski erkannte Olaf Brent und Dieter Kleist. Die beiden BKA-Beamten, welche die Ermittlungen übernommen hatten, standen

bei den Leichen und unterhielten sich mit einem Beamten von der Spurensicherung. Brent, der Ältere der beiden BKA-Ermittler, kam auf Kowalski zu. «Eine Sauerei ist das. Ich bin ja schon eine ganze Weile bei diesem Verein. Aber so etwas habe ich noch nie gesehen. Die beiden wurden regelrecht zu Tode gefoltert.»
«Habt ihr schon Spuren?», fragte Kowalski.
«Bis alle Spuren gesichert sind, dauert es noch eine Weile. Aber so wie es aussieht, waren hier Profis am Werk.»
«Waren Ihre beiden Mitarbeiterinnen immer so spät noch im Labor?», fragte Kowalski den völlig aufgelösten Rösler.
«Normalerweise nicht», schniefte Rösler. «Vielleicht wurden sie von den Tätern gekidnappt und hierher gebracht.»
«Und wie konnten die Täter überhaupt ins Gebäude gelangen?»
Rösler versuchte, die Fassung wieder zu finden: «Vermutlich mit den Ausweisen der Mitarbeiterinnen. Außerdem sind die Sicherheitsvorkehrungen lächerlich. Lediglich zwei Wachmänner stehen unten beim Eingang. Das ist alles.»
«Und? Was ist mit ihnen?», wollte Kowalski wissen.
Der BKA-Beamte Olaf Brent schüttelte den Kopf: «Wir haben sie in einem Nebenraum gefunden. Beiden wurde die Kehle durchgeschnitten. Wie ich schon sagte: Da waren kaltblütige Profis am Werk.»
Kowalski lief ein kalter Schauer über den Rücken. Vier Tote. Kaltblütig ermordet. Doch wozu? Was machte dieses MRB14 so einzigartig, dass sogar Menschen mit ihrem Leben dafür bezahlen mussten?

Berlin – 18. Juli – Hotel Adlon – 01.49 h

Sigorowitsch war in seinem Hotelzimmer. Er machte ein zufriedenes Gesicht. Soeben hatte ihm einer seiner Agenten mitgeteilt, dass die Operation in der Humboldt-Universität erfolgreich verlaufen sei. Der Agent übergab Sigorowitsch einen Aktenkoffer. Sigorowitsch bedankte sich beim Agenten, salutierte und der Agent entfernte sich aus dem Zimmer.

«Das ging aber schnell», dachte Sigorowitsch, als er den Aktenkoffer betrachtete. Zwar mussten seine Leute massivste Gewalt anwenden, um diesen «Schatz» zu finden, doch das war Teil des Business. Verluste in Kauf zu nehmen, war Sigorowitsch gewohnt. Genüsslich zog er an seiner Zigarre und nippte an einem Glas Wodka. Bald würde er wissen, wozu dieses MRB14 fähig war. Er war zuversichtlich, dass es eine bahnbrechende Erfindung war, welche die Kriegsführung revolutionieren würde. Moskau würde ihn als Staatshelden auszeichnen.

Auch Olga hatte sich in ihr Zimmer zurückgezogen. Sie wusste nicht, was Sigorowitsch im Schilde führte, da er sie nicht in seine Pläne mit einweihte. Sie musste mehr von ihm erfahren. Sie kannte Sigorowitsch schon viele Jahre, doch Olga war längst nicht so überzeugt von Russland wie Sigorowitsch. In den vier Jahren, die sie in den USA verbracht hatte, wurde ihr vieles klar. Sie war als russische Agentin in die USA abgeordnet worden. Doch mit der Zeit fand sie am neuen, freien Leben in den Vereinigten Staaten gefallen. Sie freundete sich mit Amerikanern an und genoss den friedlichen Alltag. Eines Tages wurde sie von den amerikanischen Behörden zu einem vertraulichen Gespräch eingeladen. Bevor sie hinging, informierte sie einen Angehörigen der Russischen Botschaft in Washington. Moskau reagierte beunruhigt. Vielleicht wollten die Amerikaner Petrowa als Spionin gewinnen und wussten nicht, dass sie bereits Spionin war? Olga wurde auf die Russische Botschaft in Washington zitiert, wo ihr unmissverständlich klar gemacht wurde, wie sie sich in dieser Angelegenheit zu verhalten hatte. Doch Olga schlug vor, dass sie auf das Angebot einsteigen sollte, falls die USA sie wirklich als Agentin anwerben wollten. So könnte sie vielleicht an Informationen herankommen, die dem russischen Geheimdienst von grossem Nutzen sein könnten.

Olga selbst hatte sich jedoch einen ganz anderen Plan zurechtgelegt. Sie wollte eigentlich nicht mehr nach Moskau zurück. Die Aussicht, in den USA zu bleiben, war verlockend. Das erste Gespräch zwischen dem amerikanischen Beamten und Petrowa erwies sich als äusserst harmlos. Es vergingen einige Monate, bis sich der Mann als Agent des Geheimdienstes zu erkennen gab und ihr schliesslich ein Angebot machte, beim CIA mitzuarbeiten. Er musste nicht viel Überzeugungskraft aufbringen, um Olga für diese Idee zu begeistern.

Das lag nun schon zehn Jahre zurück. So lange war sie bereits schon die Doppelagentin mit dem Agentennamen «Mondschein».

Und nun sass sie in diesem Hotelzimmer in Berlin und wusste nicht, wie sie an weitere Informationen von Sigorowitsch herankommen könnte. Olga musste genau überlegen, wie sie vorging. Der kleinste Fehler und sie wäre geliefert. Doch Olga hatte plötzlich eine Idee, wie sie vielleicht an Informationen kommen könnte.

Obwohl es schon nach Mitternacht war, ging sie ins Bad und nahm ihren Schminkkoffer hervor. Nachdem sie sich äusserst aufreizend geschminkt hatte, zog sie ein elegantes Kleid an und betrachtete sich anschliessend im Spiegel. Perfekt. Sie nahm aus ihrem Schminkkoffer ein kleines Tablettendöschen und legte es in ihre Handtasche. Zum Schluss besprühte sie ihr Haar mit dem betörenden Orchideen-Haarspray und verliess ihr Hotelzimmer.

Als Olga den Hotelflur betrat, stank es bereits nach Zigarrenrauch. Sigorowitsch war gleich im Zimmer gegenüber und musste noch wach sein. Mit stark pochendem Herzen klopfte sie an seine Tür.

«Wer ist da?», fragte Sigorowitsch mürrisch.

«Ich bin es. Olga.»

Es vergingen einige Sekunden, dann öffnete Sigorowitsch die Tür.

«Was wollen Sie um diese Zeit?»

«Ich konnte nicht einschlafen», log sie. «Und da dachte ich mir, ein Schlummertrunk mit Ihnen könnte mir vielleicht helfen.»

Sigorowitsch lächelte entzückt: «Eine gute Idee.» Sigorowitsch liess Olga eintreten und als sie an ihm vorbeiging, zog ihr herrlicher Duft in seine Nase. Schnell schloss er die Tür hinter ihr zu.

«Setzen Sie sich doch, meine Liebste. Wie wäre es mit einem Wodka?»

«Champagner wäre mir lieber», sagte Olga und sah ihn aufreizend an.
«Kein Problem.» Sigorowitsch ging zum Telefon und bestellte bei der Rezeption Champagner. Dann setzte er sich lässig auf die Couch neben Olga. Seine unmittelbare Nähe war ihr unangenehm. Doch sie liess ihn gewähren.
Sigorowitsch brach das Schweigen: «Und? Wo drückt der Schuh wirklich, Olga?»
«Genosse Sigorowitsch, ich ...»
«Ach, lassen Sie das mit dem Genossen. Nennen Sie mich einfach Igor.»
«Danke, Genosse», sagte sie etwas verlegen.
«Einfach nur Igor. Das genügt.» Sigorowitsch rückte etwas näher heran. Nun hatte er endlich einmal die Gelegenheit, mit ihr alleine zu sein. Schon lange hatte er ein Auge auf Olga geworfen. «Jetzt oder nie», dachte er sich. Er berührte mit seiner Hand sanft ihren Arm und sagte mit sinnlich rauer Stimme: «Sie sehen bezaubernd aus, Olga. Das wollte ich Ihnen schon lange sagen.»
«Danke, Igor. Das ist sehr freundlich von Ihnen.»
«Wissen Sie, obwohl wir zusammen arbeiten, kennen wir uns noch viel zu wenig. Wir sollten das ändern.» Er legte seinen Arm um sie und versuchte sie zu küssen. In diesem Augenblick klopfte es an der Tür.
«Zimmerservice!»
«Ich geh schon», sagte Olga. Gekonnt löste sie sich aus seiner Umarmung und ging zur Tür. Sigorowitsch war sichtlich genervt über die Störung. Olga nahm die bestellten Getränke entgegen, bedankte sich mit einem Trinkgeld beim Zimmerservice und stellte die Flaschen auf den Beistelltisch.
«Trinken wir erst einmal etwas», sagte sie verlegen.
«Sie gefallen mir immer besser, Olga. Mit einem guten Drink lässt es sich leichter reden.»
Olga verknüpfte Sigorowitsch absichtlich in ein tiefes Gespräch und achtete dabei darauf, dass sein Glas stets voll blieb. Schon nach kurzer Zeit hatte Sigorowitsch die halbe Flasche Champagner leer

getrunken. Er griff nun selbst zur Wodkaflasche. Seine Zunge wurde immer schwerer. Er schwafelte irgendetwas von Stolz, Ruhm und Ehre und liess sich in die weichen Kissen des Sofas fallen. Der Alkohol wirkte nun so stark, dass Sigorowitsch vergeblich versuchte, einen Punkt im Raum zu fixieren. Olga nippte immer noch an ihrem ersten Glas Champagner. Sie setzte sich nahe zu ihm hin und schmiegte sich an ihn.

«Sagen Sie, Igor, wie geht es jetzt weiter? Wie kommen wir an dieses MRB14 heran?»

Sigorowitsch versuchte sich aufzurichten, schaffte es aber nicht.

«Olga, meine Liiiebe, wir siiind bereits schon im Besiiiitz des MRB14», lallte er. «Meine Leute haben gut gearbeitet. Wirklich gut. Fffantastisch!» Er musste eine kurze Pause einlegen, um einen sich anbahnenden Schluckauf zu verhindern, der schnell zu mehr hätte werden können.

«Die Deutschen haben uns das Zeugsss ja auf dem Siiilbertablett serviert.» Wieder musste er eine Pause machen. Das Sprechen fiel ihm immer schwerer. Nun begann er zu lachen. «Ha, das war ein Kinderspiel. Bumm, Bumm hat's gemacht und schon hatten wir es.» Er fuchtelte mit seinen Händen, ergriff die Wodkaflasche und trank den Rest in einem Zug leer. «Und jetzt sind WIR die Herrscher der Welt. Das muss gefeiert werden. Wir brauchen mehr Champagner!» Er umarmte Olga und versuchte sie erneut zu küssen. Doch sie wich geschickt aus.

«Soll ich noch eine Flasche für uns bestellen?»

Sigorowitsch versuchte zu nicken, doch es gelang ihm nicht.

«Olga, Sie sind einfach ein Sch... ein Sch... Schatz.»

Olga rief bei der Rezeption an und verlangte noch eine Flasche Champagner. Als sie aufgelegt hatte, schmiegte sie sich an Sigorowitsch. Der Orchideenduft ihres Haarsprays war atemberaubend. Sie formte ihre roten Lippen zu einem Kussmund. Sigorowitsch versuchte mit letzter Kraft, ihr einen Kuss auf die Lippen zu drücken, doch er schaffte es nicht, aus den weichen Kissen herauszukommen. Olga flüsterte leise: «Wo ist das MRB14 jetzt?»

Sigorowitsch deutete mit dem Daumen auf einen Aktenkoffer, der neben dem Beistelltisch stand. «Die Uuuntersuchungsergebnisse aus dem Beeerliner Labor. Und jetzt gehören sie unsss. Verdammt noch mal, wo bleibt der Chaaampagner!?»

Kurze Zeit später klopfte es erneut an der Zimmertür und ein Kellner brachte eine weitere Flasche Champagner. Sigorowitsch bemerkte nicht, wie Olga eine kleine Tablette in sein Glas fallen liess und es mit Champagner auffüllte. Sie führte das Glas zu seinem Mund und Sigorowitsch trank auch dieses Glas in einem Zug aus. Einige Minuten später lag er schwer atmend da. Er reagierte auf nichts mehr. Olga holte den Aktenkoffer und öffnete ihn. Sie fand die MRB14-Untersuchungsergebnisse der deutschen Wissenschaftler. Im Koffer fand sie auch den genauen Auftrag, den Moskau der russischen Botschaft in Berlin erteilt hatte. Das waren mehr Informationen, als sie erwartet hatte. Sie nahm sämtliche Papiere und stopfte sie unter ihr Kleid. Den Aktenkoffer stellte sie wieder dorthin, wo er gestanden hatte. Sigorowitsch lag immer noch reglos da. Nur sein schwerer Atem verriet, dass er überhaupt noch lebte.

Olga öffnete vorsichtig die Zimmertür und stellte sicher, dass niemand auf dem Flur war. Sie lief den Flur entlang und fuhr mit dem Aufzug in das zweite Untergeschoss des Hotels. Dort lief sie einen langen Gang entlang, an dessen Ende sich eine graue Stahltür mit der Aufschrift, «Wartungsraum» befand. Neben der Tür hing ein kleiner weisser Kasten. Sie öffnete ihn und drückte ihren rechten Daumen auf einen Sensor. Ein kleines Lämpchen begann zu blinken und kurz darauf untersuchte ein hellblauer Scanner ihren Fingerabdruck. Mit einem leisen Klicken öffnete sich die Tür. Sie trat ein und schloss hinter sich ab. Sie war in einer geheimen Schleuse. Zwischen dem Hotel Adlon und der Amerikanischen Botschaft gab es einen heimlichen Durchgang. Dieser wurde beim Neubau der Botschaft errichtet, damit Personen unbemerkt ein- und ausgeschleust werden konnten.

Berlin – 18. Juli – Amerikanische Botschaft – 03.35 h

Olga wiederholte auf der anderen Seite der Schleuse die Prozedur und auch die nächste Tür öffnete sich. Zwei amerikanische Soldaten erwarteten sie.
Olga sagte mit ruhiger Stimme: «Ich bin Agentin ‹Mondschein›. Ich möchte zu William Shatner.»
Ohne Worte nahmen die beiden Olga in die Mitte und führten sie in einen kahlen Raum. «Warten Sie hier!», befahlen sie ihr.
Olga setzte sich auf den einzigen Stuhl im Raum und wartete gespannt.

William Shatner wurde geweckt und in den Überwachungsraum geführt. Dort schaute er überrascht auf einen flimmernden Bildschirm.
«Ja, das ist sie. Das ist ohne Zweifel ‹Mondschein›.» Er erhob sich und befahl einem Soldaten, mit ihm zu kommen und die Tür zu öffnen.
«Olga, schön dich zu sehen», sagte Shatner, als er in den Raum trat. Olga stand auf und umarmte ihn.
«Ich freue mich, dich wiederzusehen», sagte sie ein wenig erleichtert, «gestern im Bistro konnte ich dich ja leider nicht begrüssen. Wer war übrigens die hübsche Dame, mit der du im Adlon warst?», fragte Olga neugierig. Shatner lächelte verschmitzt: «Du bist doch nicht etwa eifersüchtig, Olga? Aber sag, was führt dich zu so früher Morgenstunde hierher?»
Olga zog die Papiere, die sie Sigorowitsch entwendet hatte, unter ihrem Kleid hervor und gab sie Shatner.
Shatner nahm die Akten und blätterte sie durch.
«Das ist ja hochbrisantes Material! Wo zum Teufel hast du das her? Und woher habt ihr die MRB14-Untersuchungsergebnisse aus dem deutschen Labor?»
«Frag nicht! Es war sehr riskant, diese Unterlagen zu beschaffen. Und ich muss auch gleich wieder ins Adlon zurück. Ich hoffe diese

Vergesslichkeitspille, die ich Sigorowitsch gegeben habe, wirkt auch, sonst sieht es für mich nicht gut aus.»
«War das eine von unseren Vergesslichkeitspillen?»
«Ja»
«Keine Sorge. Er wird sich nicht mehr erinnern können, was in den letzten paar Stunden geschehen ist. Du musst einfach ruhig bleiben und nichts Auffälliges unternehmen, damit er keinen Verdacht schöpft. Wir sorgen für deine Sicherheit. Es werden immer einige meiner Leute in deiner Nähe sein. Okay?»
Olga nickte und stand auf. Mit einer Umarmung verabschiedete sie sich und ging durch die Schleuse zurück ins Hotel Adlon. Als sie auf ihrer Etage angekommen war, blieb sie kurz vor Sigorowitschs Zimmertür stehen und horchte. Sie hörte lautes Schnarchen.

Berlin – 18. Juli – Hotel Adlon – 11.13 h

Sigorowitsch wurde von lautem Klopfen an seiner Zimmertüre geweckt. Er versuchte seine Augen zu öffnen, doch seine Augenlider waren schwer wie Blei. Mit aller Kraft richtete er sich mühsam auf und suchte an einem Stuhl Halt. Halb blind taumelte er zur Tür.
«Was ist los, verdammt noch mal?», fragte er und öffnete die Tür.
«Guten Morgen, Genosse General.»
Sigorowitsch versuchte den Mann, der ins Zimmer trat, zu erkennen. Doch er nahm alles nur schemenhaft war. Aber er kannte diese Stimme.
Viktor Sokolow. Der Folterknecht. 51 Jahre alt. Leiter des Auslandnachrichtendienstes. Seine äussere Erscheinung liess nicht erkennen, was Sokolow in den Folterkellern von Russland für Spielchen trieb. Sokolow war immer sehr elegant gekleidet. Ein Mann mit Stil. Ein typischer Frauenheld, mit einem betörenden Parfüm.

DUFTSEITE
HIER REIBEN

«Viktor, was machen Sie denn in Berlin? Kommen Sie herein», sagte Sigorowitsch und versuchte, einigermassen Haltung anzunehmen.
Ihm war speiübel. Der Folterknecht war in Berlin. Wegen ihm?
Viktor Sokolow trat ins Zimmer und betrachtete mit Argwohn die vielen leeren Wodka- und Champagnerflaschen, die im Zimmer herumlagen.
Er hob eine Augenbraue und erwartete eine Reaktion von Sigorowitsch, doch dieser liess sich kraftlos in einen Sessel fallen und rieb sich die Augen. Er machte einen erbärmlichen Eindruck. Seine Hose stand halb offen, sein Hemd hing lose herunter und sein spärliches Haar stand in alle Himmelsrichtungen.
Sokolow räusperte sich: «Sie wollen wissen, weshalb ich hier bin? Ich wurde von der Botschaft informiert, dass Sie im Besitz von Informationen sind, die sehr wichtig für uns sind.» Skeptisch betrachtete er Sigorowitsch, der sich einen Speichelfaden aus dem Mundwinkel wischte.
«Genosse General. Ich will Ihnen nicht ins Handwerk pfuschen. Aber in Moskau meinte man, es könne nicht schaden, wenn ich mir vor Ort selbst ein Bild der Ereignisse machen würde.» Sokolow schaute sich im Zimmer um.
«Und wie es hier aussieht, können Sie Hilfe gebrauchen. Wohl ein wenig gefeiert letzte Nacht?»
Sigorowitschs Schädel brummte wie ein überladener Sattelschlepper.
«Fragen Sie nicht. Ich fühle mich nicht gut. Gar nicht gut. Ich kann mich nicht erinnern, was hier geschehen ist. Ich brauche jetzt eine kalte Dusche.»
Sokolow lächelte fies und schüttelte den Kopf.
«Ach, mein lieber Sigorowitsch. Was soll ich nur in Moskau über Sie erzählen? Soll ich vielleicht erwähnen, dass Sie hier ein Saufgelage hatten und sich an nichts mehr erinnern können?» Sein Blick wurde unerbittlich: «Sie werden mich nach Ihrer Dusche über Ihre neuen Erkenntnisse informieren. Verstanden! Ich bleibe im Hotel, Genosse General.» Sokolow salutierte, verliess das Zimmer und knallte die Tür hinter sich zu.

Sigorowitsch hatte ein flaues Gefühl im Magen. Nicht der Alkohol machte ihm zu schaffen, sondern Sokolow. Er mochte den Folterknecht nicht. Immer tauchte er genau dann auf, wenn man ihn nicht brauchen konnte. Sigorowitsch stand auf und torkelte Richtung Badezimmer. Mit viel Mühe entledigte er sich seiner Kleider und stand unter die Dusche. Das eiskalte Wasser, das über ihn plätscherte, würde seine Erinnerungen hoffentlich bald wieder zurückbringen.

Als der Frauenschwarm Sokolow das Zimmer von Sigorowitsch verlassen hatte, klopfte er auch an Olgas Tür gegenüber. Er wollte Olga unbedingt sehen. Sokolow hatte wirklich eine beachtliche Erfolgsquote beim Erobern von Frauenherzen, aber Olga liess ihn jedes Mal abblitzen. Und doch konnte er einfach nicht die Finger von ihr lassen. Sie war wie eine Droge für ihn. Er wollte sie, konnte sie aber nicht kriegen. Das kratzte an seinem Ego und stachelte ihn noch mehr an. Er musste sie haben! Olga war pure Sinnlichkeit. Gut gebaut, intelligent und in den besten Jahren. Er klopfte erneut, doch sie schien nicht auf ihrem Zimmer zu sein.

Etwas enttäuscht wandte er sich ab und ging zum Frühstücksraum des Hotels. Auf der Treppe hielt er kurz vor einem grossen Spiegel und vergewisserte sich, ob sein Äusseres auch seinen Vorstellungen entsprach. Er war zufrieden mit dem, was er sah. Als er den Frühstücksraum betrat, war seine Überraschung gross. Olga sass an einem Tisch und schaute gedankenverloren zum Brandenburger Tor hinüber. Wie immer sah sie bezaubernd aus.

«Einen wunderschönen guten Morgen, Olga.»

Sie zuckte zusammen und schaute erstaunt in Sokolows Gesicht.

«Mein Gott, Viktor. Hast du mich erschreckt.»

«Entschuldige, Olga. Das wollte ich nicht.»

«Hast du aber», sagte Olga mit beleidigter Miene. Was wollte der Folterknecht hier in Berlin? Olga wurde nervös, doch sie durfte sich jetzt nichts anmerken lassen.

«Wie kann ich das wieder gutmachen? Vielleicht mit einem Champagnerfrühstück?»

«Das hört sich schon wesentlich besser an. Ich habe einen Riesenhunger. Und Durst habe ich auch. Was machst du eigentlich hier?»
«Das hat mich Sigorowitsch auch gefragt.»
«Du hast ihn heute früh getroffen?»
«Er sah ziemlich fertig aus. Weisst du, was er gestern Abend gemacht hat?»
Ein Kellner kam an ihren Tisch. Sokolow bestellte Frühstück für zwei Personen und eine Flasche Veuve Clicquot.
«Schön, dass wir uns endlich wiedersehen. Du hast dich in letzter Zeit ziemlich rar gemacht.» Sokolow nahm Olgas Hand und küsste sie zärtlich.
Als der Kellner ihren Tisch verlassen hatte, beugte sich Olga vor und flüsterte: «Sigorowitsch weiht mich nicht in seine Pläne ein, das weisst du besser als ich, Viktor. Aber er war gestern Abend in Feierlaune. Als ich zu Bett ging, war er ziemlich betrunken. Die letzten Tage haben mich ziemlich mitgenommen. Deshalb bin ich früh schlafen gegangen.»
«Und der General hat wahrscheinlich die ganze Nacht gefeiert. Als ich vorhin bei ihm war, sah es aus, als ob er ein Facebook-Botellón auf seinem Zimmer veranstaltet hätte.»
Olga lächelte: «So ist er nun mal. Wenn er schon mal feiert, dann aber richtig.»
«Er soll wichtige Informationen für uns haben, hiess es in Moskau», verriet Sokolow. Olga zuckte mit den Achseln.
Sokolow schien ihr zu glauben, dass sie keine Ahnung hatte, was geschehen war. Er strich mit seiner Hand über ihr Gesicht und hauchte kaum hörbar: «Ich werde ihn mir nach dem Frühstück vorknüpfen. Der Folterknecht kriegt immer die Informationen, die er haben möchte.»
Olga schluckte leer, räusperte sich dann aber, um ihre Angst zu vertuschen. Sokolow lächelte: «Aber jetzt wünsche ich dir einen guten Appetit.»
Olga musste sich beim Frühstück extrem beherrschen, dass sie ihre Fassung nicht verlor und sich nicht anmerken liess, dass sie die

wichtigen Informationen von Sigorowitsch gestohlen und den Amerikanern übergeben hatte. Als sie das Frühstück beendet hatten, gingen sie gemeinsam in die Lobby. Dort kam ihnen ein aufgeregter Sigorowitsch entgegen.

«Sokolow, ich muss ganz dringend mit Ihnen sprechen.»

«Genosse General. Sie sehen schon viel besser aus als noch vor einer Stunde.»

«Es ist sehr dringend, Genosse Sokolow», sagte Sigorowitsch aufgeregt.

«Na gut», sagte Sokolow und wandte sich an Olga: «Tut mir leid, wie du siehst, hat mir Genosse Sigorowitsch doch tatsächlich etwas Wichtiges mitzuteilen. Ich bespreche das mit ihm unter vier Augen. Aber wir sehen uns heute sicher noch.» Sokolow versuchte, Olga an sich zu drücken, aber Olga schlüpfte elegant aus seiner Umarmung und entfernte sich mit einem neckischen Winken.

Sokolow Stimme wurde ernster: «Was ist los, Sigorowitsch?»

«Nicht hier.» Sigorowitsch schaute sich nervös um. «Hier sind zu viele Leute. Setzen wir uns da drüben hin.» Er zeigte auf zwei freie Sessel in der Lobby.

Als sie sich hingesetzt hatten, fragte Sokolow ungeduldig: «Nun schiessen Sie endlich los! Worum geht es?»

«Sie sind verschwunden!»

«Was ist verschwunden?»

«Die Unterlagen. Spurlos verschwunden!»

«Sie sprechen doch nicht etwa von den Untersuchungsergebnissen aus dem Berliner Labor?»

«Doch, davon spreche ich. Als ich heute Morgen den Aktenkoffer öffnete, war er leer. Jemand hat die Unterlagen gestohlen!»

«Wie bitte? Genosse General, wie Sie vielleicht wissen, bin ich absolut nicht zu Spässen aufgelegt!»

«Aber es ist so», versicherte Sigorowitsch. «Ich kann mir das auch nicht erklären. Ausser mir und dem Agenten, der mir den Aktenkoffer gebracht hat, wusste niemand, wo sich die Papiere befinden.» Sigorowitsch hielt einen Moment inne, bevor er weitersprach.

«Der Agent hat mir gestern Abend den Aktenkoffer mit den Untersuchungsergebnissen auf mein Zimmer gebracht, daran erinnere ich mich noch. Und jetzt ist der Aktenkoffer leer.»
Sokolow ballte seine Faust: «Wollen Sie mich *verscheissern*? Ich warne Sie, Sigorowitsch. Ich weiss nicht, wie Sie Ihren Kopf noch aus der Schlinge ziehen können, wenn diese Unterlagen tatsächlich verschwunden sind. Auf alle Fälle muss Moskau umgehend darüber informiert werden. Im grossen Kremlpalast wird bestimmt Feuer im Dach sein, wenn die das hören, darauf können Sie wetten.»
«Muss Moskau schon jetzt darüber informiert werden?», fragte Sigorowitsch verängstigt. «Ich könnte doch versuchen, die Akten doch noch zu finden. Auf ein paar Stunden wird es wohl nicht ankommen.» Sigorowitsch war klar, was auf dem Spiel stand. Sollte Sokolow den Verlust der Papiere bereits jetzt Moskau melden, dann bedeutete dies das Ende seiner Karriere. Er wusste, was mit Versagern in Russland geschah. Er hatte selbst oft genug Leute «entsorgt». Diese Missetäter lebten jetzt in armseligen Verhältnissen – wenn sie überhaupt noch lebten. So ein Ende wollte er sich ersparen.
«Geben Sie mir etwas Zeit, Viktor. Ich bitte Sie, nein, ich flehe Sie an. Ich werde alles Menschenmögliche unternehmen, um die Unterlagen wiederzufinden. Ich werde Sie nicht enttäuschen.»
Sokolow überlegte einen Augenblick. Er hätte Sigorowitsch zwar liebend gerne in die Wüste oder sogar in die ewigen Jagdgründe geschickt. Aber vielleicht konnte Sigorowitsch die Papiere tatsächlich wiederbeschaffen.
«Also gut. Ich gebe Ihnen bis heute Nachmittag Zeit. Punkt 16 Uhr treffen wir uns wieder hier im Hotel Adlon. Und ich hoffe für Sie, dass Sie *mit* den Untersuchungsergebnissen wieder hier auftauchen, sonst möchte ich nicht in Ihrer Haut stecken. Und eines sage ich Ihnen, Genosse General: Solche Besäufnisse wie Sie sich letzte Nacht geleistet haben, werden nicht wieder vorkommen. Sonst werden Sie für den Rest Ihres Lebens in Sibirien Steine klopfen. Haben Sie verstanden?!» Sigorowitsch nickte mit versteinerter Miene.

«Wer zum Teufel war eigentlich bei Ihnen im Zimmer letzte Nacht?», wollte Sokolow wissen.
«Das weiss ich nicht», sagte Sigorowitsch beschämt, «ich glaube ich war alleine. Ich habe einen totalen Filmriss. Ich kann mich an nichts mehr erinnern.»
«Und wieso standen da zwei Champagnergläser auf dem Beistelltisch ...?»
Sigorowitsch hob unwissend die Schultern.
«Da haben Sie sich ja etwas ganz Tolles eingebrockt: Besaufen sich bis zur Bewusstlosigkeit und lassen sich geheime Papiere stehlen.» Sokolow stand auf. «16 Uhr, Sigorowitsch. Und keine Minute später.»
Unbemerkt von den beiden, hatte Olga das Gespräch beobachtet. Auch wenn sie nichts hören konnte, wusste sie, um was es ging. Die Gestik von Sigorowitsch und die Reaktion von Sokolow sagte alles. Sie wussten vom Verschwinden der Papiere. Nun musste sie sehr vorsichtig sein. Olga hoffte, dass das Medikament, das sie dem General letzte Nacht ins Getränk geschüttet hatte, seine Wirkung nicht so schnell verlor. Olga musste sich jetzt an Sokolows Fersen heften, um vielleicht von ihm zu erfahren, wie viel sie wussten. Als Sokolow das Hotel verlassen wollte, zog sie ihn behutsam beiseite.
«Genosse Sokolow, kann ich Ihnen irgendwie bei dieser Mission helfen?»
Sokolow lächelte: «Das kannst du in der Tat. Ich möchte dich gerne in unsere weiteren Pläne einweihen. Heute Nachmittag treffe ich Sigorowitsch und sollte dann heute Abend wissen, wie unser weiteres Vorgehen aussieht. Sei bitte heute Abend um 20 Uhr in unserer Botschaft, okay?» Olga schenkte ihm ein bezauberndes Lächeln und Sokolow verliess das Hotel.

Berlin – 18. Juli – Friedrichstrasse – 14.36 h

Detlef Stoll lag mit geschlossenen Augen auf seinem Bett und konzentrierte sich auf die Geräusche, die von draussen hinein drangen. Diese Geräusche waren seine einzige Verbindung zur Aussenwelt. Die Wohnung, in die man ihn gebracht hatte, besass lediglich ein Fenster zum Innenhof des Wohnblocks.
Das undurchsichtige Milchglasfenster liess sich aber nicht öffnen.
Seit Detlef Stoll hier war, hatte er nur vier Menschen zu Gesicht bekommen. Meischner, ein Typ vom BKA und die beiden Sicherheitsbeamten, die vor seiner Tür Wache standen und ihm das Essen brachten. Er wusste nicht einmal, ob seine Frau von seinem Aufenthaltsort wusste. Radio hören und Fernsehen durfte er nicht. Nur Zeitungen bekam er, und ein Dutzend alte Bücher standen in den zwei hölzernen Bücherregalen an der Wand. Zu seinem eigenen Schutz sei er hier, hatten sie ihm gesagt. Doch langsam hatte er das Gefühl, er werde hier gefangen gehalten. Und immer wieder stellten sie ihm dieselben Fragen: Warum er dieses Mittel entwickelt habe? Ob er einen Auftraggeber habe? Woraus dieses MRB14 zusammengesetzt sei.
Stoll wollte keine Fragen mehr beantworten. Er wollte nur noch hier raus. Doch wie? Er war kein Actionheld, der einfach so aus dem Fenster springen konnte. Und auch an den beiden bewaffneten Polizisten, die vor seiner Tür standen, kam er nicht einfach so vorbei. Er musste sich etwas anderes einfallen lassen. Er hatte einen gebrochenen Arm. Vielleicht könnte er Schmerzen vortäuschen? Dann würden sie ihn zu einem Arzt bringen oder in ein Krankenhaus. Dort hätte er vermutlich bessere Chancen abzuhauen, als wenn er von hier entwischen wollte. Doch würde ihm das auch wirklich gelingen?
Detlef Stoll wägte seine Chancen ab. Er öffnete seine Augen und starrte an die weisse Decke. Draussen auf dem Flur hörte er Stimmen. Doch er konnte nichts verstehen. Der Stadtlärm, der durch die Milchglasfenster in die Wohnung hinein drang, übertönte die Stimmen.

Berlin – 18. Juli – Hotel Adlon – 15.59 h

Noch eine Minute und Sigorowitsch musste Sokolow berichten, das seine Suche nach den verschwundenen Unterlagen erfolglos geblieben war. Er hatte lediglich herausgefunden, dass dieser Stoll von der Polizei gefangen gehalten wurde. Aber mehr nicht. Das reichte nicht. Das reichte niemals! Von den Untersuchungsergebnissen hatte er noch nicht einmal den Hauch einer Spur. Und auch diese Marianne Kaltenbach und ihr Auftraggeber waren verschwunden. Sigorowitsch schlich wie ein geschlagener Hund ins Hotel Adlon zurück. Sokolow würde Moskau informieren und dann war alles aus. Mit gesenktem Haupt ging Sigorowitsch auf Sokolow zu, der in der Lobby stand. Sigorowitsch sagte kein Wort. Er schüttelte nur den Kopf.
«Das dachte ich mir», sagte Sokolow und schnippte mit den Fingern. Vier Sicherheitsbeamte in Anzug und Sonnenbrille kamen eiligen Schrittes auf sie zu. «Wir haben im zweiten Untergeschoss der Russischen Botschaft geeignete Räumlichkeiten, in denen Sie Ihren Resturlaub hier in Berlin verbringen dürfen.» Er nickte mit dem Kopf und die Sicherheitsbeamten führten Sigorowitsch ab.

Berlin – 18. Juli – Pariser Platz – 16.02 h

Nur wenige Meter vom Hotel Adlon entfernt, wo Sigorowitsch gerade abgeführt wurde, standen John Broderick und William Shatner auf dem Pariser Platz. Broderick schob nervös ein Eukalyptusbonbon nach dem anderen in seinen Mund. Nach seiner Ankunft in Berlin wurde er von Shatner informiert, dass die Papiere, die sie von Olga bekommen hatten, wertlos waren. Jasmin und Gardenie hatten die Forscher in MRB14 entdeckt, aber es fehlten die letzten 3%.

«Wer könnte uns ausser ‹Mondschein› sonst noch weiterhelfen? Irgendwelche Ideen?», brummte Broderick und kaute an seinem Eukalyptusbonbon.

«Dieser Hobbyzüchter Stoll ist der Einzige, der die genaue Zusammensetzung wissen könnte», sagte Shatner, «aber Stoll hat, laut Angaben unseres Maulwurfs bei der Polizei, in den Befragungen nicht mehr gesagt, als wir von den Laboruntersuchungen schon wussten. Auch Stoll scheint nichts über die restlichen 3% zu wissen. Ausserdem konnte unser Informant bisher noch nicht herausfinden, wo Stoll genau versteckt wird.»

Broderick knurrte: «Und was ist mit dieser Informantin, die dir eine Probe von MRB14 besorgen wollte?»

«Sie hat sich noch nicht bei mir gemeldet. Wir können nur hoffen, dass sie die Probe nicht an die Russen verkauft hat. Das wäre eine Katastrophe!»

Broderick und Shatner gingen langsam durch das Brandenburger Tor und bogen links ab.

«Und nun? Irgendwelche weiteren Strategien?», wollte Broderick wissen, doch tiefe Falten legten sich über Shatners Stirn.

«Ich denke, unsere einzige Hoffnung ist Stoll. Vielleicht weiss er doch, was die restlichen 3% sind? Aber solange wir nicht an ihn herankommen, sieht es schlecht aus.»

«Das gefällt mir gar nicht», sagte Broderick mit sorgenvoller Miene. «Sobald sich die Lage beruhigt hat, will ich mit ‹Mondschein› sprechen», knirschte Broderick und kratzte sich einen Bonbonrest aus seinen Zähnen.

DUFTSEITE
HIER REIBEN

Broderick kratzte sich am Kinn: «Aber falls wir herausfinden sollten, wo Stoll steckt: Was wäre, wenn wir ihn entführen würden?» Broderick wartete gespannt auf Shatners Reaktion, doch Shatner lachte: «Stoll wird bestimmt gut bewacht. Ich will keine wilde Schiesserei mitten in der Stadt. US-Agenten greifen deutsche Polizisten an? Würden Sie das tatsächlich in Betracht ziehen, Sir?»
Broderick zuckte mit den Achseln.
Shatner war empört: «Nein. Es muss eine andere Lösung geben. Das können und dürfen Sie nicht riskieren, Broderick. Das ginge zu weit!»
Shatner liess Broderick stehen und ging zur Botschaft zurück. Shatner hoffte, dass sich seine Informantin noch heute wegen der Proben bei ihm melden würde, sonst müsste er Brodericks Plan wirklich ernsthaft in Erwägung ziehen und über ein Eingreifen auf deutschem Boden nachdenken.

Berlin – 18. Juli – Polizeirevier Neukölln – 16.32 h

Die Mitglieder der Sonderkommission MRB14, Polizeichef Kowalski, Kuss und Meischner, unterstützt durch die beiden BKA-Beamten Olaf Brent und Dieter Kleist, erwiesen sich, entgegen allen Erwartungen, als teamfähig. Brent fasste den aktuellen Stand zusammen: «Die Gespräche mit Stoll haben uns kein Stück weitergebracht. Wenn ihr meine Meinung hören wollt: Ich glaube, er weiss wirklich nichts. Leider haben sich auch die Proben des MRB14 unterdessen verflüchtigt, sodass das Labor keine weiteren Untersuchungen mehr durchführen kann. Unser letzte Chance ist dieser Hübner: Wenn wir ihn aufspüren können, würde uns das bestimmt weiterhelfen. Er ist für mich der Hauptverdächtige. Niemand verschwindet einfach so spurlos vom Erdboden. Ich bin mir inzwischen ziemlich sicher: Er hat das MRB14 aus dem Gartenhaus mitgenommen. Zumindest hat er die Tonne entwendet und irgendwo versteckt. Und wenn er das getan hat, dann ist er mit

Sicherheit untergetaucht. Also schlage ich vor, wir verstärken die Suche nach Hübner.»
Die Anwesenden nickten einstimmig.
«Bringt mir diesen Hübner!»

Belzig – 18. Juli – 16.33 h

Nach seinem Treffen mit Marianne Kaltenbach, fuhr Hübner nach Belzig zurück, um einige Fläschchen der Flüssigkeit aus den Kanistern abzufüllen. Diese Proben sollte Marianne anschliessend den Amerikanern bringen. Hübner fuhr langsam in die Einfahrt seines Anwesens. Er parkte den Bus und lief in den nahe gelegenen Wald, wo er die Kanister vergraben hatte. Doch als er am vermeidlichen Ort ankam, traute er seinen Augen nicht! Ein riesiges Loch klaffte in der Erde! Hübner betrachtete die zerfetzten Teilchen der Kanister, die verstreut auf dem Boden des Kraters lagen. Weshalb waren die Behälter explodiert? Er schaute sich die Überreste etwas genauer an, bis er realisierte, dass er einen grossen Fehler gemacht hatte. Die Flüssigkeit sonderte in den Kanistern vermutlich immer noch Gas ab. So hatten sich die Kanister wie Luftballons aufgebläht, bis sie dem Druck nicht mehr standgehalten hatten und zerplatzt waren. Kein Tropfen Flüssigkeit war in dem Chaos noch zu erkennen. Hübner roch auch nichts mehr von diesem einzigartigen Duft. Alles hatte sich in Luft aufgelöst. Und damit auch seine Träume. Die Kanister waren unbrauchbar und auch die Tonne war weg. Aus die Maus. Alles für die Katz ... Game over. Hübner war am Ende. Hübner war am Arsch.
Er wählte die Nummer von Marianne Kaltenbach, um ihr die Hiobsbotschaft mitzuteilen, doch da kam ihm eine Idee. Er beendete den Anruf und überlegte.
Aber natürlich: Stoll! Er war die Lösung! Von ihm könnte er eventuell die genaue Zusammensetzung von MRB14 erfahren und dann verkaufen. Irgendwie musste er zu Stoll Kontakt aufnehmen. Noch

sicherer wäre es, wenn er nicht selbst zu Stoll ginge, sondern sich mit seiner Frau Ute verbünden würde, um an die gewünschten Informationen zu kommen. Wenn er Ute vorschwärmen würde, wie viel Geld sie mit dieser Substanz verdienen könnte, würde sie vermutlich nur noch Dollarzeichen vor ihrem geistigen Auge sehen. Genau, das war die Lösung.

Hübner lief aus dem Waldstück, sprang in seinen Bus und fuhr los.

Berlin – 18. Juli – Flughafenstrasse – 17.52 h

Hübner bog in die Flughafenstrasse ein. Er parkte seinen Lieferwagen zwei Strassen weiter. Er wollte nicht direkt vor Stolls Wohnung anhalten. Als er ausstieg, vergewisserte er sich, dass ihn niemand beobachtete. Vielleicht beschattete die Polizei ja Stolls Wohnung. Ute müsste bald von der Arbeit nach Hause kommen. Sie kam immer mit der U-Bahn. Er könnte sie abfangen, bevor sie die Wohnung erreicht hatte. Also setzte er sich in ein Lokal, aus dem er den Ausgang der U-Bahn-Station gut beobachten konnte. Er bestellte einen Kaffee und kritzelte mit einem Kugelschreiber ein paar Worte auf ein Stück Papier. Immer wieder blickte er zum Ausgang der U-Bahn.

Nach mehr als einer Stunde kam Ute die Treppe der U-Bahn hoch und lief direkt auf Hübner zu. Sie sah nicht glücklich aus. Aber das tat sie eigentlich nie. Als sie nur noch wenige Meter von ihm entfernt war, rief er ihr zu: «Ute, warte einen Augenblick!»

Ute drehte sich erschrocken um.

«Ach Gott, Herbert! Hast du mich erschreckt. Was willst du?»

Hübner fasste sie am Arm und zog sie mit sich: «Komm, setz dich einen Moment zu mir! Ich möchte mit dir reden.»

«Ich weiss nicht, was ich mit dir zu besprechen hätte. Dich schickt bestimmt Detlef. Seit zwei Tagen habe ich nichts mehr von ihm gehört. Hast du verstanden? Seit *zwei* Tagen! Hat er sich bei dir ausgeweint?»

«Nein, ich weiss auch nicht, wo er ist. Aber Ute, hör mir zu! Dieser Duft, den Detlef in seinem Gartenhaus entdeckt hat, der kann dich reich machen. Hörst du Ute: *reich*!»
Das Zauberwort mit fünf Silben hatte schon immer Utes Aufmerksamkeit geweckt.
«Was ist denn an diesem Duft schon besonders?»
«Komm, wir setzen uns hier an meinen Tisch.» Hübner bot Ute einen Platz an und flüsterte: «Ich kenne da ein paar Leute, die sich für Detlefs Duft interessieren. Und die würden dafür sehr viel Geld bezahlen!»
«Wie viel?»
«Das kann ich noch nicht genau sagen. Aber es sind bestimmt Millionen, wenn nicht noch mehr ...»
«Milli...!» Utes Augen begannen zu funkeln. Doch dann verriet ihr Blick, dass sie wieder in die Realität zurückgefunden hatte: «Woher weisst du, dass dieser blöde Duft so viel wert ist?»
«Ich weiss es. Aber es gibt da ein kleines Problem. Nur Detlef kennt die genaue Zusammensetzung des Duftes, und ich kann zu Detlef keinen Kontakt aufnehmen. Aber dich würde die Polizei bestimmt zu ihm lassen.»
«Und was soll ich tun?»
«Du sollst zu Detlef gehen und ihn ein wenig aushorchen. Dir wird er vielleicht vertrauen. Er liebt dich, und wenn du ihm das Gefühl gibst, dass auch du ihn immer noch liebst, haben wir vielleicht eine Chance und er vertraut dir sein Geheimnis an. Wenn du diese Information für mich besorgen kannst, werde ich sie weiterverkaufen. Dafür erhältst du so viel Geld, wie du dir immer schon erträumt hast. Ich beteilige dich, sagen wir mit 30 % des Gewinns.»
«85% für mich», protestierte Ute Stoll.
«Pah ... okay, sagen wir 60 für dich, 40 für mich».
Ute überlegte. Nun hatte sie endlich die Möglichkeit, doch noch einmal aus dem Sumpf der Armut herauszukommen und endlich das Leben zu leben, das sie sich schon so lange gewünscht hatte.
Und was war mit Detlef? Sie liebte ihn nicht mehr ... Schon lange nicht mehr.

Ute streckte Hübner die Hand entgegen und sagte: «Abgemacht.»
«Aber eines muss dir klar sein. Sollte es uns gelingen, diesen Duft zu verkaufen, müssen wir für immer verschwinden. Irgendwohin, wo uns niemand findet. Das sollte mit so viel Geld kein Problem sein.» Er machte eine kurze Pause und schaute ihr tief in die Augen. «Ich kann also mit deiner Hilfe rechnen?» Utes Augen begannen zu leuchten. Ihre Gedanken rasten im Moment gerade durch den Geldspeicher von Dagobert Duck.
«Hör mir gut zu, Ute», sagte Hübner, «ich habe dir alles aufgeschrieben, was du Detlef fragen sollst.» Er schob ihr den Zettel, den er vorher im Lokal geschrieben hatte, in die Manteltasche. «Morgen früh gehst du zur Polizei und sagst, du möchtest Detlef gerne sehen. Ich bin mir sicher, dass sie dich zu ihm bringen. Und dann fragst du alles, was auf dem Zettel steht. Das ist ungeheuer wichtig. Sei nett zu ihm! Er soll Vertrauen zu dir aufbauen.»
Ute nickte unaufhörlich.
«Und noch etwas: Du darfst unter keinen Umständen mit jemandem darüber sprechen. Du weisst von nichts und hast mich auch nicht gesehen.»
Ute nickte immer noch.
«Und jetzt gehst du nach Hause und machst das, was du immer machst. Verhalte dich möglichst normal. Keine Dummheiten: Lauf nicht gleich in ein Reisebüro, kauf dir keinen Nerzmantel, verzichte auf teure Schuhe und lass die Diamanten beim Juwelier! Dafür ist es noch viel zu früh. Und denk immer daran: Wenn Detlef dir das Geheimnis verrät, dann sind wir beide reich. *Stink*reich!»
Ute brachte kein Wort über die Lippen. Sie nickte nur. Wie hypnotisiert stand sie auf, überquerte die Strasse und ging die wenigen Schritte bis zu ihrer Wohnung. Herbert bezahlte die Rechnung und verliess das Lokal. Er schaute sich um, doch niemand schien ihm zu folgen. Er übersah dabei den Mann, der auf der gegenüberliegenden Strassenseite auf einer Parkbank sass und unauffällig Tauben fütterte.

Hübner brauchte für eine möglichst schnelle Flucht viel Bargeld. Wenn er mit seinen Kreditkarten zahlen würde, käme ihm die Polizei bestimmt schnell auf die Spur. Doch wenn er nun sein ganzes Geld von der Bank abheben würde, barg das auch ein gewisses Risiko. Die Polizei könnte sein Konto bereits überwachen. Doch dieses Risiko musste er eingehen. Er ging zur nächsten Bank und liess sich seine ganzen Ersparnisse in Dollar auszahlen.

Berlin – 18. Juli – Russische Botschaft – 20.00 h

Sokolow hatte dem engsten Agentenstab und Olga Petrowa erläutert, wie er in der Akte MRB14 weiter vorgehen wollte. Nach seinen Ausführungen wurde es still im Raum. Niemand wagte, etwas zu erwidern. Nach der Besprechung verliess Olga die Botschaft und ging ins Hotel Adlon. Auf ihrem Zimmer angekommen, musste sie sich zuerst einmal sammeln. Was Sokolow vorhatte, war der reinste Wahnsinn. Sie konnte schon die Schlagzeilen vor sich sehen.
«Russisches Kommando entführt Deutschen aus Polizeigewahrsam.»
Sie musste unbedingt mit Shatner Kontakt aufnehmen. Doch noch war hier ordentlich Betrieb im Hotel. In den Gängen waren zu viele Menschen unterwegs. Olga stellte den Wecker auf zwei Uhr und legte sich hin.

Berlin – 19. Juli – Hotel Adlon – 01.59 h

Olga wachte auf. Sie schaute auf den Wecker, der in diesem Moment piepste. Sie stand auf, zog ihre Jacke an und ging leise zur Tür. Sie öffnete langsam die Tür und spähte in den Hotelgang. Wie sie sich erhofft hatte, war um diese Zeit niemand zu sehen. Sie verliess ihr Zimmer und lief zum Aufzug. Eigentlich wunderte sie sich, dass sie nicht beschattet wurde.

Nachdem Sokolow angekommen war, wurde sie das Gefühl nicht los, unter ständiger Beobachtung zu sein. Und auch ihre amerikanischen «Beschützer» sollten doch irgendwo sein?
Als sie im Untergeschoss des Hotels ein weiteres Mal vor der geheimen Tür stand und ihren Daumen auf den Scanner im weissen Kästchen drückte, pochte ihr Herz. Als sich die Tür öffnete, und Olga die Schleuse betrat, versuchte sie, sich zu beruhigen. Die zweite Tür öffnete sich nach wenigen Sekunden. Wieder nahmen sie die gleichen Sicherheitsleute in Empfang. Nach wenigen Minuten kam Shatner.
«Olga, du tauchst immer sehr unerwartet auf», sagte er überrascht. «Was führt dich diesmal zu uns?»
«Das werde ich dir gleich sagen, aber nicht hier. Können wir das in deinem Büro besprechen?»
«Aber sicher.» Shatner nahm Olga bei der Hand und führte sie durch lange Korridore und Gänge. Dann fuhren sie mit dem Aufzug in eines der Obergeschosse. Die Amerikanische Botschaft war viel moderner eingerichtet, als ihr russisches Pendant. Olga staunte, als sie durch die prunkvollen Gänge gingen. Sie erreichten Shatners Büro.
«Setz dich», sagte Shatner und zeigte auf die grosszügige Ledersesselgarnitur, die mitten im Raum stand. Olga liess sich in einen der Sessel fallen und seufzte.
«Ich habe Angst, William. Ich hatte gestern Abend eine Besprechung mit Sokolow, die mir grosse Sorgen bereitet.»
Shatner lehnte sich an die Kante seines Schreibtisches und hörte aufmerksam zu.
«Sokolow will Stoll entführen, wenn nötig sogar mit Waffengewalt! Und das hier in einem fremden Land», sagte Olga empört. Sie erwartete eigentlich eine entsprechende Reaktion von Shatner, doch der lächelte nur.
«Ehrlich gesagt: Broderick hat auch schon in Erwägung gezogen, Stoll zu kidnappen. Aber ich denke, dazu fehlt uns allen der Mut!»
«Und ich sage dir: Der Folterknecht zieht das durch! Ich kenne ihn. Wie ich seinen Ausführungen entnehmen konnte, weiss er bereits, wo Stoll ist.»

«Da ist er uns einen Schritt voraus. Nun gut. Nehmen wir an, Sokolow wird Stoll wirklich entführen. Wieso bist du hier und erzählst mir das? Was soll ich dagegen unternehmen?»
«Du musst ihn stoppen, Shatner!»
«Das ist zu heiss für mich.»
«Aber verstehst du denn nicht? Das kommt einer Kriegserklärung gleich: Agenten überfallen in einem fremden Land Polizisten, töten sie womöglich, und kidnappen unschuldige Menschen. Du musst Sokolow aufhalten!»
«Aber ich weiss ja nicht einmal, wann und wo er zuschlagen wird.»
«Das kann ich herausfinden», sagte Olga. «Sokolow will mich auf dem Laufenden halten. Das hat er mir versichert. Sobald ich etwas Neues weiss, werde ich es dir mitteilen.»
«Und dann?» Shatner stand von seinem Schreibtisch auf und schritt langsam durchs Zimmer. Er versuchte, ruhig zu bleiben, obwohl er das Gefühl hatte, dass ihm gleich der Kragen platzen würde: «Glaubst du, wir können mit einem Panzerwagen vorfahren und ein Stoppschild aufstellen? ‹*Halt Sokolow. Bis hierher und nicht weiter*›. Nein, nein, meine Liebe. So einfach geht das nicht. Du machst dir da ganz falsche Vorstellungen. Ich meine, es ist gut, wenn du mich auf dem Laufenden hältst, aber erwarte nicht, dass wir eingreifen werden. Zumindest nicht auf deutschem Boden. Das wäre ja wirklich wie im Krieg!»
Etwas enttäuscht stand Olga auf. «Schade, ich hatte gehofft, du könntest mir helfen. Also wird dieses MRB14 in russische Hände geraten ...»
«Das wollen wir natürlich nicht. Das Beste ist, du gehst jetzt wieder zurück und versuchst herauszufinden, wo Stoll sich befindet und wann Sokolow zuschlagen möchte.»
Shatner ging zu Olga und nahm sie in den Arm.
«Meine Liebe, du weisst, dass ich sehr viel von dir halte und dich sehr schätze. Aber du musst mir vertrauen. Sobald die Sache zu heiss wird, kannst du zu uns überlaufen und wir werden dir Immunität und Schutz bieten. Du alleine entscheidest, wann es so

weit ist. Aber warte nicht zu lange, bis es zu spät ist.» Er küsste sie sanft auf die Stirn. Olgas Gesichtszüge hellten sich etwas auf.

Berlin – 19. Juli – Polizeirevier Neukölln – 08.32 h

Ute Stoll stand beim Empfang des Polizeireviers und verlangte Kowalski zu sprechen. Doch der war nicht da und so führte Meischner sie in sein Büro. Meischner erkannte die Dame beinahe nicht wieder. Sie hatte sich hübsch gemacht und wie sie roch! Der Duft ihres Parfüms verbreitete sich schnell im ganzen Büro.

DUFTSEITE
HIER REIBEN

«Wo drückt der Schuh, Frau Stoll», fragte Meischner.
«Ich will zu meinem Mann.»
Obwohl Meischner, in dem Moment als er es aussprach, bemerkte, dass seine Worte absurd waren, sagte er: «Sie wollen wirklich zu Ihrem Mann?»
«Ich will zu meinem Mann. Jawohl. Ist das so ungewöhnlich?»
«Entschuldigen Sie. Eigentlich nicht. Aber Sie haben sich die letzten Tage ja nie um ihn gekümmert. Und wie ich unseren Ermittlungen entnehmen konnte, stand es mit Ihrer Ehe nicht zum Besten.»
«Ich weiss nicht, was *Sie* unsere Ehe angeht!», sagte Ute unfreundlich. «Also, wenn Sie jetzt nichts dagegen haben, bringen Sie mich zu meinem Mann.»
«Setzen Sie sich! Ich werde die zuständigen Personen über Ihren Wunsch informieren.»
Meischner bat Frau Stoll um etwas Geduld und machte einige Telefonate. Nach einer halben Stunde trafen die beiden BKA-Beamten Olaf Brent und Dieter Kleist ein. Sie berieten sich und nichts schien dagegen zu sprechen, dass Frau Stoll ihren Mann sehen durfte. Brent und Kleist begleiteten sie zum Wagen und fuhren in die Stadtmitte.
In der Nähe der S-Bahn-Station Friedrichstrasse parkierten sie und betraten ein fünfstöckiges Gebäude. Mit dem Lift fuhren sie ins oberste Geschoss. Am Ende eines langen Ganges standen zwei Polizeibeamte vor einer Tür.
«Was macht unser Gast?», fragte Brent.
«Nicht viel», sagte einer der beiden Beamten.
Der andere ergänzte: «Meistens liegt er auf seinem Bett und döst.»
«Irgendwelche besonderen Vorkommnisse?»
«Nichts. Alles wie es sein sollte.»
«Gut. Ich möchte Ihnen Frau Stoll vorstellen. Sie will ihren Mann besuchen.» Ute drängte sich nach vorn.
«Nun öffnen Sie schon», sagte sie ungeduldig.
Der Beamte drehte den Schlüssel und öffnete die Tür zur Wohnung. Ute trat ein und schloss die Tür hinter sich.

«Das wird ein fröhliches Wiedersehen geben», meinte Brent schmunzelnd, und er und sein Partner Kleist machten kehrt und verliessen das Gebäude.
Als die beiden BKA-Beamten wieder zurück auf dem Polizeirevier waren, trafen sie Kowalski. Er bat sie in sein Büro. Auch Kuss und Meischner waren da. Kowalski bat um ihre Aufmerksamkeit.
«Ich habe Neuigkeiten. Ich komme von einer Besprechung mit Verteidigungsminister Seidler und Innensenator Schiller. Die Lage scheint sich zuzuspitzen. Es gibt berechtigten Grund zur Annahme, dass jemand versuchen wird, Stoll zu kidnappen. Es scheint einen oder sogar mehrere Maulwürfe auf unserem Revier zu geben. Wenn ich die Dreckskerle erwische! Aber dazu kommen wir später. Zuerst müssen wir Stoll an einen anderen Ort bringen. Nur die Sonderkommission darf seinen Aufenthaltsort kennen. Auch Besuche darf er keine erhalten. Das alles dient seiner eigenen Sicherheit.»
«Darf man fragen, woher Sie diese Information mit dem Kidnapping haben?», fragte Brent.
«Vor wenigen Stunden wurde Seidler ein anonymes Schreiben zugespielt, das auf eine Entführung Stolls hinwies. Dieses Schreiben enthielt Details, die nur ein Insider wissen kann. Wir vermuten, dass dieser Brief von den Amerikanern kommt. Stoll muss noch heute verlegt werden. Je früher desto besser. Also machen wir uns an die Arbeit.»
«Einen Augenblick», meldete sich Brent, «heute Morgen kam Ute Stoll hier im Revier vorbei und wollte ihren Mann sehen.»
«Ja und?», fragte Kowalski.
«Wir sahen keinen Grund, ihrem Wunsch zu widersprechen.» Brent schaute auf seine Uhr. «Eigentlich müsste sie noch bei ihm sein.»
«Verdammt. Das gefällt mir gar nicht. Fahren Sie sofort dorthin! Und nehmen Sie zur Unterstützung ein paar Leute mit. Beeilen Sie sich!»

Berlin – 19. Juli – Friedrichstrasse – 9.34 h

Der Besuch von Ute bei ihrem Mann Detlef war ziemlich kurz. Er hatte ihr die übertrieben Herzlichkeit und ihre wiedergefundene Liebe nicht abgekauft. Schlecht gelaunt und mit einem mürrischen Gesicht verliess Ute die Wohnung und stapfte ohne Worte an den beiden Beamten vorbei. Sie murmelte ständig etwas vor sich hin. Sie sah ihre goldene Zukunft dahinschwinden und kochte vor Wut. Als Detlef ihr vorhin eröffnet hatte, dass es wohl besser wäre, sie würde gehen und nie mehr wiederkommen, hätte sie ihn am liebsten erwürgt. Was sollte sie jetzt Hübner erzählen?
Als sie das Haus verliess, steuerte sie verzweifelt in eine Bar, die auf der Strassenseite gegenüber lag. Sie brauchte jetzt einen starken Drink. Bevor sie das Lokal betrat, stiess sie mit einem Mann zusammen. Doch Ute ging einfach weiter, ohne sich zu entschuldigen. Kurz glaubte sie, diesen Mann schon einmal gesehen zu haben. Und zwar heute Morgen in dem Lokal, wo sie mit Hübner gesprochen hatte. Doch sie verschwendete keinen weiteren Gedanken daran und bestellte an der Theke ein Glas Red Label. Sie setzte sich auf einen Barhocker und starrte gedankenverloren auf die Strasse hinaus.
So ein Mist. Dieser Idiot. Dieser Mistkerl. Jahrelang hatte sie Detlef durchgefüttert. Und jetzt liess er sie einfach sitzen.
Sie schaute auf die Strasse. Dort sah sie wieder diesen Mann, mit dem sie vorher zusammengestossen war. Er betrat gerade das Haus, in dem Detlef war. Zwei schwarze Limousinen näherten sich, hielten an und vier Männer in Anzug und Krawatte stiegen aus und eilten ebenfalls zum Haus. Das war alles sehr seltsam, doch Ute dachte, dass sei bestimmt die Polizei, und schenkte dem Geschehen da draussen keine weitere Beachtung.
Sie bestellte sich erneut einen Red Label und trank das Glas in einem Zug leer.
Ein paar Minuten später sah sie, wie die Männer wieder aus dem Haus kamen. Doch nun erschrak sie, als sie erkannte, wie zwei der Männer Detlef an den Armen gepackt hatten und ihn unsanft die

Eingangstreppe hinunterschubsten. Ute stand auf und wollte zum Ausgang eilen, doch sie kam nicht einmal bis zur Tür, als sie zuschauen musste, wie Detlef in eines der beiden Fahrzeuge hineingestossen wurde. Die Männer sprangen ebenfalls in die Limousinen und fuhren mit quietschenden Reifen davon.

Ute stand wie angewurzelt da. Das war nicht die Polizei! Sie musste umgehend die *echte* Polizei anrufen und berichten, was geschehen war. Sie griff nach ihrem Mobiltelefon, da hörte sie erneut quietschende Reifen auf der Strasse. Doch diesmal war es ein Einsatzwagen der Polizei, der vor dem Haus hielt. Sie sah, wie zwei in Zivil gekleidete Männer in das Haus gingen. Zwei Polizisten warteten vor dem Haus. Ute rannte aus der Bar und überquerte die Strasse. Sie erkannte die beiden Polizisten Kuss und Meischner.

«Da lang sind sie gefahren», rief sie und zeigte in Richtung Gendarmenmarkt.

«Hallo, Frau Stoll», sagte Meischner. «Wer ist wohin gefahren?»

«Die Männer, die Detlef abgeholt haben, sie sind da lang gefahren», sagte sie ganz aufgelöst.

«Aber unsere Leute sind doch eben erst dabei, Herrn Stoll abzuholen.»

«Nein. Nein. Sie verstehen mich nicht. Es waren fünf Männer, die vor wenigen Augenblicken mit zwei schwarzen Fahrzeugen davongefahren sind. Sie haben Detlef gekidnappt!»

«Verflixt!» Meischner zückte sein Handy und wählte die Nummer von Brent, der in der Zwischenzeit bestimmt schon oben in der Wohnung war. Es klingelte, doch Meischner sah, wie Brent bereits die Treppe herunter kam.

Keuchend lief er zu ihnen und sagte: «Stoll ist weg!»

Meischner wandte sich an Ute Stoll: «Was um Himmels willen ist passiert?»

«Sagte ich doch schon. Sie sind Richtung Gendarmenmarkt davongefahren. Zwei schwarze Fahrzeuge.»

«Und wie lange ist das her?»

«Keine Minute, bevor Sie hier angekommen sind. Ich habe es aus der Bar da drüben beobachtet.»

Brent nahm sein Funkgerät.
«Zentrale. Hier Brent vom BKA. Bitte kommen.»
«Hier Zentrale.»
«Grossfahndung nach zwei schwarzen Fahrzeugen. Sie sind von der Friedrichstrasse in östlicher Richtung unterwegs. Sie haben Detlef Stoll gekidnappt. Ich wiederhole: Sie haben Stoll!»
«Haben Sie die Nummernschilder gesehen?», fragte Brent Frau Stoll. Doch die schüttelte den Kopf.
«Nein. Es ging alles viel zu schnell.»
«Und was waren es für Fahrzeuge?»
«Schwarze.»
«Ja, das sagten Sie schon. Und mehr ist Ihnen nicht aufgefallen?»
«Sie waren gross.»
Brent stutzte: «Die Männer waren gross?»
«Nein, die Wagen.»
Brent schüttelte den Kopf: «Etwa Limousinen oder Kleinbusse?», fragte er ungeduldig.
«Ja. Kleinbusse. Das könnte es sein. Oder doch Limousinen? Und einer hatte so eine lange Antenne oben drauf.»
Brent gab die dürftigen Informationen, die er von Ute Stoll bekommen hatte, an die Zentrale weiter, die sofort die Fahndung nach den beiden Fahrzeugen einleitete. Brent steckte das Funkgerät wieder in die Halterung und liess frustriert den Kopf hängen.
«So eine Scheisse!»
«Und wie sieht es eigentlich da oben aus?», fragte Kuss und deutete zur Wohnung hoch.
«Unsere beiden Kollegen liegen betäubt am Boden. Kleist hat sicherheitshalber einen Krankenwagen angefordert. Himmel noch mal! Wir sind zu spät gekommen. Ich muss sofort Kowalski anrufen. Ihr sichert den Tatort, Frau Stoll, ich muss Sie bitten, mit mir aufs Revier zu kommen.»

Berlin – 19. Juli – Russische Botschaft – 10.45 h

Olga sass gespannt in Sokolows Büro. Das Telefon auf seinem Schreibtisch klingelte. Sein Gesicht wirkte angespannt. Doch es hellte sich während des Anrufs rasch auf. Ohne etwas zu sagen, legte er den Hörer auf.
«Stoll ist unterwegs nach Moskau.»
Olga wusste, was das bedeutete: Das war das Ende der Operation. Russland hatte gewonnen. Amerika hatte das Nachsehen. Wäre jetzt der richtige Zeitpunkt, um auszusteigen, oder könnte sich das Blatt doch noch einmal wenden?
«Na, was sagen Sie jetzt?», sagte Sokolow mit einem breiten Grinsen. «Wir haben Stoll gekidnappt, ohne dabei ein Menschenleben geopfert zu haben.»
Olga gab zu bedenken: «Sie vergessen die Wissenschaftlerinnen und die Wachmänner im Labor.»
«Das war Sigorowitsch, nicht ich.»
«Ich bin beeindruckt.»
«Ich muss gestehen, ich habe nicht damit gerechnet, dass es so einfach sein würde. Meine Mission in Berlin neigt sich dem Ende zu. Und Sie, verehrte Olga, haben die Ehre, mich auf meiner Heimreise, die ein Triumphzug werden wird, zu begleiten».
Olga schluckte leer. Sokolow schaute auf seine Rolex.
«In zwei Stunden geht unser Flug.»
Olga erschrak. «In zwei Stunden? Ich dachte, wir haben noch einen gemeinsamen Abend in Berlin?»
«Tut mir leid, Olga, aber daraus wird nichts. Am besten gehen Sie gleich ins Hotel, packen Ihre Sachen und kommen unverzüglich wieder hierher. Stankow wird Sie begleiten und Ihre Koffer tragen.»
Olga war fassungslos. Stankow war ein Bulle von einem Mann, ein Leibwächter der Botschaft. Sie musste unbedingt verhindern, dass Stankow sie begleitete. Es war schier unmöglich, diesem riesigen Muskelpaket zu entkommen.
«Ich kann meine Koffer selbst tragen», sagte Olga betont locker.
«Nichts da! Stankow begleitet Sie! Ich bestehe darauf!»

Sokolow kniff seine Augen zusammen: «Wir wollen doch nicht, dass Ihnen unterwegs etwas zustösst, liebe Olga.»
Er griff zum Telefon und verlangte nach Stankow, der kurz darauf an die Türe polterte. Die Tür brach fast aus den Angeln, als er anklopfte. Stankow war ein Riese, jede andere Bezeichnung wäre stark untertrieben gewesen. Stankow grinste grimmig, als er eintrat, knackste mit seinen Fingerknöcheln und packte Olga am Arm. Olga folgte ihm widerwillig. Sie war Stankow hoffnungslos ausgeliefert, aber vielleicht würde sich ja in ihrem Hotelzimmer eine Situation ergeben, die sie zur Flucht nutzen konnte?

Berlin – 19. Juli – Hotel Adlon – 10.58 h

In ihrem Hotelzimmer angekommen, packte Olga ihre Koffer. Stankow, der Hüne, wich keine Sekunde von ihrer Seite. Als sie hastig ihre Kleider in den Koffer legte, nahm sie einen sonderbaren Duft in ihrem Zimmer wahr. So hatte es hier noch nie gerochen. Auch nicht, nachdem das Putzpersonal hier gewesen war. Es musste jemand in ihrem Zimmer gewesen sein. Doch wer? Sie schnupperte erneut nach dem Duft. Sie kannte den Geruch aus ihrer Zeit auf Kuba. Es roch wunderbar frisch nach ...

DUFTKRIMI MIT 14 DUFTENDEN SEITEN

DUFTSEITE
HIER REIBEN

Olga beachtete diesen Duft nicht weiter und überlegte stattdessen fieberhaft, wie sie fliehen konnte. Da kam ihr eine Idee: Sie erklärte Stankow, dass sie kurz ins Bad müsse. Stankow setzte sich aufs Sofa und sagte: «3 Minuten.» Mehr sagte er nicht.

Olga ging ins Badezimmer, stöberte in ihren Toilettenartikeln und fand den Kamm. Eine Spezialanfertigung: In den Griff des Kamms war eine ausziehbare Klinge eingearbeitet worden. Sie zog die schmale Klinge heraus und betrachtete den glänzenden Stahl. Beim Gedanken, dass sie diese Waffe gleich einsetzen würde, lief ihr ein kalter Schauer über den Rücken. Doch sie hatte keine andere Wahl. Sie steckte die Klinge in ihre hintere Gesässtasche, nahm den Haarspray und kehrte ins Zimmer zurück.

«So, ich glaube, ich bin so weit», sagte sie fröhlich. «Endlich darf ich wieder nach Hause. Ich freue mich, Moskau wiederzusehen ...»

Stankow grinste. Er stand vom Sofa auf und holte die beiden Koffer, die Olga gepackt hatte. Auf diesen Moment hatte sie gewartet. Als Stankow beide Koffer in der Hand hielt und sich erheben wollte, sprühte sie ihm eine gewaltige Ladung Haarspray ins Gesicht. Stankow liess die Koffer fallen und versuchte, hilflos wie ein Käfer, seine Augen zu schützen. Halb blind taumelte er vorwärts. Olga zog die Klinge aus ihrer Gesässtasche und stach sie Stankow in den Hals. Der schrie auf, drehte sich zu Olga um und versuchte, sie zu fassen. Doch Olga wich zurück, schnappte sich eine Blumenvase und schlug sie ihm über den Kopf. Verzweifelt versuchte Stankow, die Klinge, die tief in seinem Hals steckte, herauszuziehen. Doch es gelang ihm nicht. Er taumelte und fiel zu Boden. Nach ein paar kurzen Atemzügen blieb er regungslos liegen. Seine Augen waren weit geöffnet. Olga wurde übel. Sie rannte ins Badezimmer und übergab sich.

Als sie sich etwas besser fühlte, wusch sie Gesicht und Hände, die voller Blut waren. Mit einem flauen Gefühl im Magen ging sie zurück ins Zimmer, Stankow lag noch immer regungslos am Boden. Neben seinem Kopf hatte sich eine grosse Blutlache gebildet. Den Haarspray, der auf dem Boden lag, nahm sie wieder an sich und verstaute ihn in ihrer Handtasche. Die Koffer konnte sie nicht mitnehmen. Bevor sie das Zimmer verliess, begutachtete sie sich im Spiegel. So sah also eine Mörderin aus. Sie schauderte. Doch was hätte sie tun sollen? Sokolow hatte ihr keine andere Wahl gelassen. Olga atmete tief durch und verliess das Zimmer. Obwohl ihr gar nicht danach war, versuchte sie zu lächeln. Betont lässig ging sie hinunter in die Lobby. Die geheime Schleuse im Keller des Hotels konnte sie tagsüber nicht benutzen. Sie musste also das Hotel durch den Haupteingang verlassen. Sie erkannte vor dem Haupteingang zwei von Sokolows Männern. Schnell drehte sich Olga um und versteckte sich hinter einer Säule. Was nun? Wo zum Teufel waren eigentlich die Amerikaner, die sie beschützen sollten?

Sie musste Sokolows Männer ablenken, aber wie? Olga schlenderte unauffällig zur Rezeption.

«Entschuldigen Sie», sagte sie, «ich habe da ein Problem. Sehen Sie die zwei Männer vor dem Haupteingang?»

Der Portier schaute in die Richtung, in die Olga zeigte.

«Meinen Sie die beiden Männer in den schwarzen Anzügen?»

«Genau die. Seit gestern lauern die mir ständig auf und belästigen mich. Zum Teil mit ziemlich unsittlichen Angeboten. Und das in Ihrem Haus! Ich bin eine anständige Dame. Könnten Sie vielleicht etwas dagegen unternehmen?»

«Das ist ja unerhört. Das tut mir sehr leid, gnädige Frau. Das wird nicht wieder vorkommen. Bitte entschuldigen Sie. Ich werde gleich unser Sicherheitspersonal und die Polizei verständigen.»

«Das wäre sehr aufmerksam von Ihnen.» Olga ging wieder hinter die Säulen zurück, um nicht im Blickfeld von Sokolows Männern zu stehen. Einen Augenblick später erschienen im Fahrstuhl zwei Sicherheitsbeamte des Hotels. Sie kamen in die Lobby und unterhielten sich mit dem Portier. Während des Gesprächs zeigte er kurz auf Olga, die den beiden zuzwinkerte. Die Beamten gingen zum Eingang, wo sie sich mit Sokolows Männern unterhielten. Die russischen Agenten waren empört über die Vorwürfe der Hotel-Sicherheitsleute und waren kurz davor, sich mit ihnen zu prügeln.

In diesem Moment hielt ein Streifenwagen vor dem Eingang des Hotels.

Der richtige Augenblick für Olga, um zu verschwinden. Eiligen Schrittes hetzte sie an Sokolows Leuten vorbei. Diese mussten sie jedoch unbehelligt vorbeilassen, da ein Polizist sich mit ihnen unterhielt. Olga rannte Richtung Brandenburger Tor. Sie spürte die Blicke hinter sich. Viel Zeit blieb ihr nicht. Sokolows Leute hatten bestimmt Diplomatenpässe. Die Polizei würde sie nicht lange aufhalten können.
Bis zum Eingang der Amerikanischen Botschaft waren es nur noch wenige Meter. Olga rannte am Haupteingang vorbei und lief zum Seiteneingang. Dadurch würden ihre Verfolger sie für einen kleinen Augenblick aus den Augen verlieren.

Berlin – 19. Juli – Amerikanische Botschaft – 11.02 h

Olga klingelte am Seiteneingang der Botschaft. Sie war ausser Atem. In wenigen Augenblicken würden ihre Verfolger um die Ecke kommen und sehen, wo Olga untertauchen würde. Da endlich! Mit einem leisen Surren öffnete sich die äussere Tür und sie betrat einen Vorraum. Die äussere Tür fiel ins Schloss. Olga duckte sich. In diesem Moment rannten die Verfolger am Seiteneingang vorbei und weiter die Strasse entlang. Olga bemerkte erst jetzt, dass in diesem Vorraum, hinter einer dicken Glasscheibe, eine Angestellte sass und sie misstrauisch beäugte.
«Was kann ich für Sie tun?», fragte sie unfreundlich.
«Ich möchte zu William Shatner. Sagen Sie ihm, es ist sehr dringend.»
«Sind Sie angemeldet?»
«Nein. Aber ich bin mir sicher, dass er mich empfängt. Bitte richten Sie ihm aus ‹Mondschein› sei hier. Bitte beeilen Sie sich!»
«Ich werde sehen, was ich tun kann. Aber es wird einen Augenblick dauern.»
Das hatte Olga befürchtet. Sie kauerte noch immer am Boden und spähte immer wieder verängstigt zum Fenster hinaus. Es würde

nicht lange dauern, bis ihre Verfolger zurückkehren und nach ihr suchen würden. Endlos lange Minuten musste sie warten, bis schliesslich zwei Beamte auftauchten. Nach einer Kontrolle wie man sie von Flughäfen her kennt, brachten sie die beiden Beamten in einen Warteraum. Hier fühlte sie sich wesentlich besser. Aber so richtig freuen konnte sie sich nicht. Sie hatte ihrer Heimat Russland endgültig den Rücken zugekehrt. Es war unwahrscheinlich, dass sie jemals wieder nach Moskau zurückkehren würde.

Berlin – 19. Juli – Innenministerium – 11.05 h

Als der BKA-Beamte Brent dem Verteidigungsminister Per Seidler von der Entführung von Stoll berichtete, verfärbte sich Seidlers Gesichtsfarbe schlagartig. Erst wurde Seidler weiss und abschliessend rot. Er fuchtelte wild mit seinen Händen.
«Und was jetzt? Jetzt sitzen wir da wie Piksieben. Ja Himmel Herrgott nochmal ...» Seidler holte tief Luft und versuchte, sich zu beruhigen. Nach ein paar sehr langen und angespannten Atemzügen sagte er: «Also gut. Was schlagen Sie vor, Brent?»
Brent versuchte, möglichst ruhig und sachlich zu argumentieren: «Erstens: Wir müssen herausfinden, wer hinter der Entführung steckt. Zweitens: Wenn wir wissen, wer so dreist war, dann müssen Sie, Herr Verteidigungsminister, mit dem entsprechenden Land Kontakt aufnehmen und Druck ausüben. Unser Ziel ist klar: Wir müssen Stoll zurückholen. Er ist deutscher Staatsangehöriger *und* er kann uns vielleicht helfen, das MRB14 vollständig zu entschlüsseln.»
«Warum sind Sie sicher, dass er doch etwas weiss?», fragte Seidler.
«Mein Gefühl sagt mir, dass er uns nicht die ganze Wahrheit erzählt hat. Ich vermute, in der Plastiktonne, in der die Pflanzen landeten, lagen Rückstände einer weiteren Substanz. Die restlichen 3 Prozent. Wir müssen herausfinden, was alles in diesem Gewächshaus war: Andere Pflanzen, organische Düngemittel, irgendetwas, was durch

Zufall in diese Tonne kam. Dazu brauchen wir Stoll. Oder dieser Hübner weiss mehr. Der ist übrigens immer noch wie vom Erdboden verschwunden. Hübner war bei Stoll in der Klinik. Dort hat ihm Stoll von seiner Entdeckung erzählt. Und Hübner wusste, was dieser Duft in Neukölln bewirkt hatte. Hübner ist Biochemiker und versteht etwas von der Sache. Vielleicht ist er mit der Tonne abgehauen, um seinerseits ein Geschäft daraus zu machen.»

«Was denken Sie, wann kann ich mit den ersten Ermittlungsresultaten der Entführung rechnen?»

Brent schüttelte den Kopf: «Das dauert bestimmt noch ein paar Stunden. Die beiden bewusstlosen Polizisten wurden ins Militärkrankenhaus gebracht. Dort werden Blutuntersuchungen gemacht, um herauszufinden, mit welcher Substanz sie betäubt worden sind. Solche Betäubungsmittel gibt es nicht im Supermarkt zu kaufen. Vielleicht gibt uns das einen Hinweis auf die Entführer.»

«Haben Sie persönlich einen Verdacht?»

«Es gibt da einige Indizien, aber noch ist es zu früh, um jemanden zu verdächtigen.»

«Nun rücken Sie schon heraus mit der Sprache! Wen haben Sie im Visier?»

«Wenn man beide Vorkommnisse in Betracht zieht, den Überfall auf das Labor sowie die Entführung von Stoll, dann tragen sie die skrupellose Handschrift von russischen Spezialeinheiten. Aber wir haben bis jetzt noch keinen einzigen Beweis.»

«Ich schlage Folgendes vor», sagte Seidler, «wir halten die Entführung von Stoll vorerst noch geheim. Aber sollte sich der Verdacht bestätigen, bin ich gezwungen, entsprechend zu handeln. Wer einen Deutschen auf deutschem Grund aus der Polizeigewahrsam entführt, wird sich dafür verantworten müssen!»

Berlin – 19. Juli – Russische Botschaft – 11.29 h

Sokolow wartete ungeduldig auf die Rückkehr von Olga und Stankow. Sie hätten schon längst wieder zurück sein müssen. Ungeduldig schaute er auf die Uhr. In 45 Minuten startete ihr Flieger. Er wollte zum Telefon greifen, als ein Sicherheitsmann der Botschaft in sein Büro stürmte.
«Genosse Sokolow! Olga ist verschwunden!», keuchte der Sicherheitsbeamte ausser Atem.
«Was heisst verschwunden? Wo ist Stankow?»
«Das wissen wir nicht. Olga Petrowa hat uns ausgetrickst. Als wir vor dem Hotel standen, kamen plötzlich Sicherheitsbeamte des Hotels und haben uns zusammen mit der Polizei überprüft. Olga ist aus dem Hotel geflohen und Richtung Brandenburger Tor verschwunden.»
«Verdammt noch mal! Wie konnte das passieren?!»
«Es war nur ein kurzer Augenblick, und schon konnte sie entkommen. Wir sind schnell hinter ihr hergelaufen, aber wir haben sie verloren.»
«Проклятье!!! Lasst euch von einer Frau austricksen», fluchte Sokolow. «Bringt mir Stankow!»
«Wir haben ihn nicht mehr gesehen, seit er mit Petrowa das Hotel betreten hat.»
«Dann wird er wohl noch in diesem Hotel sein! Заткнись! Muss ich hier alles selbst machen?»
Sokolow stand auf, verliess schnellen Schrittes die Botschaft und marschierte Richtung Hotel Adlon.

Berlin – 19. Juli – Hotel Adlon – 11.36 h

An der Rezeption angekommen, erkundigte sich Sokolow über den Verbleib von Stankow, der mit Olga Petrowa ins Hotel gekommen war.

«Tut mir leid, Herr Sokolow», sagte der Portier, «Frau Petrowa ist vor etwa einer Viertelstunde aus dem Haus gegangen. Und ihren Begleiter habe ich nicht mehr gesehen. Vielleicht befindet er sich an der Bar.»
«Das will ich nicht hoffen. Würden Sie mir bitte die Schlüsselkarte von Frau Petrowas Zimmer geben?»
«Die Karte hat sie mitgenommen. Und ich dürfte sie Ihnen sowieso nicht aushändigen.»
«Aber Sie kennen mich doch. Ich bin der Vorgesetzte von Frau Petrowa, ich muss wichtige Dokumente aus ihrem Zimmer holen», sagte Sokolow ungeduldig.
«Das kann schon sein, aber wir haben unsere Vorschriften. Ohne die Zustimmung von Frau Petrowa darf ich Sie nicht in ihr Zimmer lassen.»
Sokolow drehte sich zähneknirschend um, räusperte sich und wandte sich wieder an den Angestellten der Rezeption.
«Sie hören mir jetzt genau zu, junger Mann! Sie haben zwei Möglichkeiten: Entweder Sie geben mir jetzt die Karte, oder ich werde Ihnen jeden Knochen Ihres erbärmlichen Körpers einzeln brechen!» Blitzschnell packte Sokolow die Hand des Angestellten: «Und ich beginne mit Ihren Fingern.» Ein leises Knacken war zu hören. Der junge Mann an der Rezeption rang nach Luft.
Sokolow grinste: «Sie haben die Wahl. Tor Nummer eins oder Tor Nummer zwei?»
«Tor Nummer einsss...»
Sokolow liess den Angestellten los.
Verängstigt tippte der junge Mann, mit den nervösen Fingern seiner unversehrten Hand, auf seine Tastatur. Es erklang ein Summen, und aus einem kleinen Kästchen kam eine Karte. Mit zittrigen Händen gab der Angestellte der Rezeption die Karte Sokolow.
«Na also. Warum nicht gleich? Ich wusste, dass Sie clever genug sind, um das richtige Tor zu wählen. Ich gratuliere.»
Sokolow lief durch die Lobby und stieg in den Lift. Vor dem Zimmer von Olga angekommen, hielt er kurz inne und horchte an der Tür. Alles war ruhig. Er nahm die Karte, öffnete langsam die Zimmertür

und betrat den Raum. Er entdeckte Stankow. Der Riese lag regungslos in einer grossen Blutlache. Scherben einer Blumenvase lagen auf dem Boden. Zwei Koffer standen mitten im Zimmer.

«Verflucht noch mal, was ist hier passiert?» Sokolow beugte sich über Stankow und fühlte seinen Puls. Nichts. Stankow war tot.

«Scheisse! War das etwa Olgas Werk?» Sokolow musste umgehend die Leiche von hier wegschaffen und das Zimmer wieder herrichten. Doch wie bringt man mitten am helllichten Tag einen Toten unbemerkt aus einem Hotel?

Sokolow hatte eine Idee. Er rief die Botschaft an. Die Russische Botschaft hatte eine eigene kleine Klinik. Eine Gruppe Sanitäter sollte so schnell wie möglich ins Hotel Adlon kommen und Stankow, ohne grosses Aufsehen, auf einer Bahre durch den Hintereingang des Hotels wegschaffen. Da sie alle über Diplomatenpässe verfügten, würden bestimmt keine Fragen gestellt.

Moskau durfte nichts von diesem Vorfall erfahren. Das wäre eine Katastrophe. Die offizielle Erklärung sollte lauten: Stankow hatte beim Rasieren einen Schlaganfall. Er ist zu Boden gestürzt und hat sich dabei unglücklich den Kopf an einer Vase gestossen. Dem Folterknecht würde man das glauben.

Aber wo war Olga. Hatte ein Komplize ihr zur Flucht verholfen, oder hatte sie Stankow eigenhändig umgebracht?

Berlin – 19. Juli – Amerikanische Botschaft – 11.45 h

Als William Shatner in den Warteraum kam, fiel ihm Olga um den Hals. Sie vergoss bittere Tränen.

«Um Gottes willen! Was ist passiert, Olga?»

«William. Ich habe einen Menschen getötet.»

«Du hast *was*?»

«Ich hatte keine andere Wahl!», schluchzte Olga. Sie schilderte Shatner in kurzen Sätzen, was vorgefallen war. «Sokolow wird in den

nächsten Minuten mit Detlef Stoll nach Moskau aufbrechen. Es ist vorbei. Alles ist vorbei.»
«Jetzt beruhige dich erst einmal. Du bist hier in Sicherheit. Wir besorgen dir eine neue Identität, wie wir es versprochen haben. Alles wird gut.» Shatner hielt Olga in den Armen und streichelte ihr wunderschönes Haar. Als sich Olga ein wenig beruhigt hatte, brachte Shatner sie in einen Seitenflügel der Botschaft, wo man ihr ein Gästezimmer hergerichtet hatte.
«Leg dich hin und ruh dich aus», sagte Shatner und wandte sich zur Tür.
«Wohin gehst du?», fragte Olga benommen.
«Ich muss Broderick berichten, dass Stoll auf dem Weg nach Moskau ist.» Olga schaute gedankenverloren zum Fenster hinaus.
Shatner verliess das Zimmer und ging in sein Büro. Broderick erwartete ihn bereits. Shatner schilderte seinem Vorgesetzten, was er von Olga erfahren hatte. Er fügte hinzu: «Wir haben ihr zwar versprochen, dass wir ihr eine neue Identität besorgen. Aber wenn Stoll wirklich in Moskau ist, dann kann nur *sie* uns helfen, ihn aufzuspüren.» Broderick kratzte sich am Kinn.
«Sie meinen, wir sollten Olga ein letztes Mal nach Moskau entsenden?»
«Wir haben keine andere Wahl», meinte Shatner.
«Sie haben recht. Ohne Olga wäre es aussichtslos in Moskau. Mit ihrer Hilfe kommen wir womöglich an Stoll und das MRB14 heran.»
«Olga wird ausflippen, wenn sie hört, was wir vorhaben.» Shatner seufzte und liess sich in einen Sessel fallen. Er nahm seinen Nasenspray und sprühte sich eine Ladung in die Nasenhöhlen. Augenblicklich duftete es im ganzen Raum wie in einem Kaugummi-Schlaraffenland.
«Wir müssen mit allen Mitteln verhindern, dass die Russen das Geheimnis des MRB14 lüften können! Olga wird uns dabei helfen.»
Selbst Brodericks starke Nerven schienen nun überstrapaziert. Unruhig griff er in seine Jackentasche, nahm ein Eukalyptusbonbon heraus und steckte es sich in den Mund.
«Ich hätte da auch schon einen Plan, der funktionieren könnte.»

Berlin-Bukow – 19. Juli – 11.52 h

Herbert Hübner hatte sich ein kleines, schäbiges Hotelzimmer genommen. Er sass auf dem Bett und wartete auf den Anruf von Ute Stoll. Doch Ute rief nicht an. War etwas schiefgelaufen? Hübner war nervös, doch er durfte jetzt nicht die Nerven verlieren. Die Kaffeebohnen, die er normalerweise immer in seiner Hosentasche hatte, hatte er längst schon alle zu Pulver zerkleinert.
Als es an der Tür klopfte, zuckte Hübner zusammen.
«Wer ist da?»
«Ich bin es. Marianne.»
«Marianne Kaltenbach?»
«Ja natürlich, wer den sonst? Oder erwartest du noch eine andere Marianne?»
Hastig ging Hübner zur Tür und öffnete sie einen Spaltbreit.
«Nun mach schon auf», drängte Marianne ungeduldig. «Keine Angst, ich bin alleine.»
Hübner schaute sich suchend im Gang um und liess Marianne ins Zimmer. Ein Schwall von Limettenduft zog an ihm vorbei. Er schloss die Tür.
«Wie zum Teufel hast du mich hier in diesem Hotel gefunden? Es weiss doch niemand, dass ich hier ein Zimmer habe?»
«Banause. Es war leicht, dich zu finden. Der Kellner gegenüber im Café hat mir erzählt, dass du sein Lokal verlassen hast und dann gleich hierher ins Hotel gegangen bist. Gut gemacht. Perfekte Tarnung. Kompliment, Herbert. Wirklich grosse Klasse!»
Marianne Kaltenbach setzte sich kopfschüttelnd auf einen grossen Sessel. Sie nahm aus ihrer Handtasche ein kleines Fläschchen, öffnete es und roch dran.
«Was ist das?», fragte Hübner erstaunt.
«Das ist ätherisches Limettenöl. Das hilft gegen Konzentrationsstörungen. Solltest du auch nehmen, Banause. Weshalb hast du mich nicht angerufen?»
«Die Polizei sucht mich.»
«Bist du sicher?»

«Die Typen, die heute vor meiner Wohnung in Schöneberg aufgetaucht sind, sahen auf jeden Fall nicht aus wie Staubsaugervertreter.»
«Konntest du wenigstens eine Probe des MRB14 besorgen?»
«Nein. Das Zeugs ist explodiert», sagte Hübner verärgert, «es hat sich wortwörtlich in Luft aufgelöst.»
«Das ist doch nicht dein Ernst, Herbert! Was ist passiert?»
«Die Flüssigkeit in den Kanistern hat viel Gas gebildet, sodass die Kanister unter dem starken Druck explodiert sind. Buummm und alles war weg.»
«Heisst das, wir haben nichts mehr in der Hand, womit wir ein Geschäft machen können?»
«Das MRB14 in den Kanistern existiert nicht mehr. Und auch in der Tonne, die ich an der Autobahnbaustelle abgestellt habe, wird man nichts mehr finden. Die ist sauber. Aber ich habe Ute Stoll auf Detlef angesetzt.»
«Ute? Du Schlaumeier, Ute ist auf dem ...»
Hübner unterbracht Marianne Kaltenbach: «Hör mir zu! Ute versucht, die nötigen Informationen, die wir brauchen, aus Detlef herauszuholen. Wenn wir alle Inhaltsstoffe kennen, stellen wir das MRB14 selbst her.»
Marianne Kaltenbach schüttelte den Kopf. Sie zerrieb einen Tropfen der Limettentinktur zwischen ihren Fingern und rieb damit ihre Stirn ein.
«Du scheinst wohl nicht auf dem Laufenden zu sein», sagte sie herablassend. «Ute ist auf dem Polizeirevier und wird gerade vernommen. Und Detlef wurde entführt.»
Hübner stockte der Atem.
«Was sagst du da? Detlef? Entführt?»
«Als ich nichts mehr von dir gehört habe, musste ich selbst etwas unternehmen. Auch mir wurde klar, dass Ute der Schlüssel zur Lösung sein könnte. Also habe ich sie heute Morgen verfolgt, als sie ihr Haus verlassen hatte. Sie ging als Erstes zum Polizeirevier von Neukölln. Von dort wurde sie zu Detlef in eine Wohnung an der Friedrichstrasse gebracht. Doch ihr Besuch war nur von kurzer

Dauer. Nachdem sie das Haus verlassen hatte, hielten zwei schwarze Limousinen vor dem Haus. Mehrere Männer betraten das Haus und kamen mit Detlef heraus. Anschliessend brausten sie mit ihren Fahrzeugen Richtung Gendarmenmarkt davon. Und kurz darauf kam dann die Polizei und war völlig konsterniert, dass Stoll bereits weg war.»

Hübner stand mit offenem Mund da. Marianne nahm ihr Limettenöl und strich auch Hübners ein wenig davon auf die Stirn.

«Ich fürchte, wir müssen die ganze Sache abblasen. Ohne Detlefs Informationen können wir dieses MRB14 nicht rekonstruieren!»

Es dauerte einige Sekunden, bis das Limettenöl bei Hübner wirkte und er seine Sprache wiederfand. «Mist!», war jedoch alles, was er sagen konnte.

Marianne massierte ihre Stirne und sagte lässig: «Ich habe einen der Männer erkannt.»

«Erkannt? Wen?»

«Einer der Typen hat mich beobachtet, als ich im Hotel Adlon mit den Russen verhandelt habe.»

Hübner lief wie ein Tiger im Zimmer hin und her.

«Du meinst, die Russen haben Detlef entführt?! Das ist nicht gut. Das ist gar nicht gut! Wenn die Russen herausfinden, dass ICH die Tonne mit dem MRB14 gestohlen habe, dann bin ich ein toter Mann! Und auch du bist in Gefahr. Marianne, sie werden uns bestimmt auf die Spur kommen.»

Hübner fiel vor Marianne auf die Knie.

«Ich gehe mal davon aus, dass Detlef nichts weiss. Dann kann er den Russen auch nichts verraten. Wir müssen das MRB14 vor den Russen herstellen. Wir sind Biochemiker. Was haben wir übersehen?»

Hübner schüttelte den Kopf und setzte sich kraftlos auf das wacklige Bett.

«Seit dem Auftauchen dieses Duftes sind bestimmt dutzende Spezialisten mit den modernsten Geräten an der Sache dran.»

Marianne Kaltenbach nahm einen Zettel aus ihrer Handtasche und gab ihn Hübner.

«Das sind die Laboranalysen des MRB14 aus der Humboldt-Universität.»
«Wo zum Teufel hast du das denn her?»
«Das ist jetzt egal. Wie du siehst, sind 97 Prozent der Substanz bekannt. 72 Prozent bestehen aus Jasminblüten und 25 Prozent aus Gardenienblüten. Fehlen also noch 3 Prozent. Nun überleg mal! Du hast doch nach dem Gewitter alles in diese Tonne geschmissen? Ist das richtig?»
«Ja.»
«Und? War diese Tonne vorher leer?»
«Ich habe nicht hineingeschaut.»
«Wenn wir herausfinden, was in dieser Tonne war, bevor du die Blüten hineingefüllt hast, dann haben wir das, wonach wir suchen.»

Berlin – 19. Juli – Russische Botschaft – Haftzelle Untergeschoss 12.45 h

Sokolow wollte eigentlich in diesem Moment im Flugzeug sitzen und mit Stoll und Olga nach Moskau fliegen. Doch er musste den Abflug verschieben. Olgas Verschwinden zwang ihn, seine Pläne zu ändern. Wütend stampfte er, begleitet von zwei Wachmännern, Richtung Zelle im Untergeschoss der Russischen Botschaft.
Als er die Tür öffnete, sprang Sigorowitsch auf und wollte Sokolow an die Gurgel. Doch die beiden kräftigen Sicherheitsmänner packten Sigorowitsch und setzten ihn unsanft auf seine Pritsche zurück.
«Sie Schwein!», schrie Sigorowitsch. «Was fällt Ihnen ein, mich hier in diesem Loch einzusperren. Sie werden sich wünschen, nie geboren worden zu sein!» Sigorowitschs Stimme hallte laut durch die Gänge der Botschaft. Doch Sokolow liess sich durch das Geschrei nicht beeindrucken. Er nahm einen Stuhl und setzte sich vor Sigorowitsch hin.
«Hören Sie mir genau zu, Genosse Sigorowitsch», begann er mit bestimmter Stimme. «Es geht um Olga.»

«Was ist mit ihr? Was haben Sie mit ihr gemacht?», schrie er.
«Olga ist verschwunden. Vermutlich hat sie Stankow umgebracht.»
«Was?», lachte Sigorowitsch, «wen soll sie umgebracht haben?»
«Stankow.»
«Nein. Niemals.»
«Ich fürchte schon. Wir mussten seine Leiche mit unserem Krankenwagen vom Hotel Adlon abholen.»
Sigorowitsch schüttelte ungläubig den Kopf.
«Stichwunde im Hals, gebrochener Schädel. Offiziell ein Herzinfarkt und ein unglücklicher Sturz.»
«Olga hat Stankow erstochen?»
«Er sollte sie zum Hotel begleiten und sie beaufsichtigen, während sie ihre Koffer packt. Jetzt ist Olga weg und Stankow tot. Sie müssen sie finden und nach Moskau bringen. Das ist die letzte Chance, die Sie von mir kriegen, Sigorowitsch. Haben Sie verstanden: Ihre Letzte!»
Sigorowitsch war klar, dass er keine andere Wahl hatte.
«Einverstanden. Ich werde Ihren Befehl befolgen, Genosse Sokolow.»
«Gut. Ich werde mit Stoll nach Moskau fliegen. Und Sie kümmern sich hier um den Scherbenhaufen, den Sie und Olga hinterlassen haben. Und Sie werden sie finden. Ist das klar?» Er nickte den Sicherheitsbeamten zu und zusammen verliessen sie die Zelle.
Sigorowitsch starrte gedankenverloren auf die Tür. Sie stand offen.
Er verliess die Botschaft und begab sich direkt ins Hotel Adlon. An der Rezeption holte er seinen Zimmerschlüssel. Der Portier begrüsste ihn freundlich.
«Guten Tag, Herr General. Darf ich Sie etwas fragen?»
«Wenn es nicht zu lange dauert», antwortete Sigorowitsch missmutig.
«Haben Sie eine Ahnung, was heute im Zimmer von Olga Petrowa geschehen ist? Ich bin da ein wenig verunsichert. Meine Arbeitskollegen fragen die ganze Zeit, was da oben los war. Ich habe nur den Krankenwagen Ihrer Botschaft gesehen. Ist dem Herrn, der auf Frau Petrowas Zimmer war, etwas Schlimmes zugestossen?»

«Herzinfarkt. Aber es geht ihm schon wieder besser», sagte Sigorowitsch kurz angebunden und lief Richtung Aufzug. In seinem Hotelzimmer angekommen, setzte er sich aufs Sofa. Nach einem kräftigen Schluck Wodka fühlte er sich besser. Er überlegte, wie es ihm gelingen könnte, Olga zu finden.

Berlin – 19. Juli – Flughafen Schönefeld – 16.45 h

Vier Stunden später als geplant startete die russische Maschine und liess Berlin hinter sich. An Bord waren Detlef Stoll und Viktor Sokolow. Sokolow sass in der ersten Klasse und genehmigte sich einen Drink, den hatte er sich verdient. Er hatte einen Mann mit an Bord, der ihm zu Ruhm und Ehre verhelfen konnte. Moskau würde stolz auf ihn sein.
Detlef Stoll sass mit gefesselten Händen und Füssen in der letzten Reihe des Flugzeugs, bewacht von vier Soldaten, die ihn keine Sekunde aus den Augen liessen. Er hatte bei der Entführung im Wagen eine Beruhigungsspritze verabreicht bekommen. Apathisch schielte Stoll zum Fenster hinaus. Doch die Wirkung der Medikamente schien langsam nachzulassen.
Sokolow setzte sich und betrachtete Stoll.
«Ein so unscheinbarer Mann hat eine der grössten wissenschaftlichen Entdeckungen der letzten Jahrzehnte gemacht.»
Stoll drehte langsam seinen Kopf zu Sokolow. Seine Augen waren glasig.
«Warum bin ich gefesselt?», sagte er benommen.
«Guten Abend, Herr Stoll. Ich freue mich, Sie persönlich kennenzulernen. Mein Name ist Viktor Sokolow. Ich werde Sie nach Moskau begleiten. Dort haben wir einiges zu besprechen. Und wenn Sie kooperativ sind, werden wir das schnell und ohne Probleme über die Bühne bringen.»
Detlef rümpfte seine Nase. Sokolows starkes Männerparfüm lag in der Luft.

«Wieso Moskau?»
Sokolow lachte.
«Sie werden bald am eigenen Leib erfahren, weshalb Sie in Moskau sind.»
«Wo ist *Kung-Fu*?»
«*Kung-Fu*?»
«Na, mein Kater, *Kung-Fu*?»
«Ihr Kater? Was wollen Sie mit Ihrem Kater?»
«Eben war er noch hier. Er hat auf meinem Bett geschlafen. Das weiss ich genau. Ich will wissen, wo mein Kater ist.»
Belustigt meinte Sokolow: «Ihr Kater konnte leider nicht mit uns mitkommen. Die Quarantänevorschriften in Russland. Sie verstehen. Und jetzt ruhen Sie sich aus. In gut einer Stunde sind wir in Moskau.»

Berlin – 19. Juli – Verteidigungsministerium – 16.50 h

Im Büro von Verteidigungsminister Seidler sassen alle, die am Fall MRB14 beteiligt waren, um den ovalen Tisch. Seidler strich sich mit der Hand durch sein schütteres Haar. Er räusperte sich und begann mit seinen Ausführungen.
«Meine Herren, es deutet alles darauf hin, dass Russland hinter der Entführung von Stoll steckt. Natürlich streitet der russische Botschafter alles vehement ab. Wenn wir auf diese von ausländischen Einheiten begangene Entführung nicht entsprechend reagieren, dann machen wir uns lächerlich! Unser Auftrag ist es deshalb, diesen Detlef Stoll wieder zurückzuholen! Koste es, was es wolle. Wir scheuen keinen Aufwand. In diesem Zusammenhang möchte ich erwähnen, dass uns die Amerikaner bereits ihre Hilfe bei dieser Operation angeboten haben. Wir werden dieses Angebot annehmen und mit vereinten Kräften nach Moskau ziehen.»

Moskau – 19. Juli – 20.13 h

Als Detlef seine Augen öffnete, sah er zunächst nichts. Es war stockdunkel. Seine Augen schmerzten und sein Schädel brummte. Er wollte sich bewegen, doch seine Glieder fühlten sich steif an. «Wo bin ich hier?» Er versuchte, sich zu entspannen, um klar denken zu können. Was war passiert? Das Letzte, woran er sich erinnern konnte, war der Lärm im Gang vor seiner Wohnung. Sein Kater *Kung-Fu* war vom Bett gesprungen und hatte sich unter dem Bett versteckt. Doch was nachher geschehen war, wusste er nicht mehr. Stoll setzte sich auf und ertastete seine Umgebung. Er fühlte eine harte Pritsche mit einer dünnen Matratze. Es roch modrig und stank nach Urin. Der Boden fühlte sich kalt an. Er tastete sich weiter der Pritsche entlang, bis er an eine Wand stiess. Die Kacheln, die er fühlte, waren glatt und eiskalt. Stück für Stück tastete er sich weiter durch den Raum. Er fand eine Tür. Langsam tastete er sie ab, doch er fand keinen Griff. Sie liess sich von innen nicht öffnen.

Als er kurz vor dem Verzweifeln war, ging plötzlich ein grelles Licht an. Detlef wurde so stark geblendet, dass er die Augen schloss. Ein kalter Schauer lief ihm über den Rücken und eine merkwürdige Angst überkam ihn. Behutsam öffnete er seine Augenlider. Die Tür zu seinem Verlies wurde geöffnet und zwei Männer in Militäruniformen kamen auf ihn zu. Sie packten ihn und zerrten ihn auf den Gang hinaus. Dort stand ein dritter Mann. Er war elegant gekleidet und sah sehr nett aus. Ohne Vorwarnung schlug der Mann seine Faust in Stolls Gesicht.

Stoll kippte nach hinten, doch die beiden uniformierten Männer hielten ihn aufrecht. Stolls Nase brannte wie Feuer und Blut tropfte über seine Wangen.

«Willkommen in Moskau, Herr Stoll.»

Stoll versuchte die Worte, die er gehört hatte, zu verstehen. Moskau? Er war doch in Berlin?

«Was wollen Sie von mir?», sagte Stoll mit zittriger Stimme.

«Sie wissen genau, was wir von Ihnen wollen. Und Sie werden uns das Geheimnis verraten. Früher oder später erzählen hier alle, was wir hören wollen. Da werden auch Sie keine Ausnahme machen. Es liegt an Ihnen, wie viel Schmerzen wir Ihnen zubereiten werden. Je früher Sie uns zufriedenstellen, umso weniger Schmerzen müssen Sie ertragen. Und ich spreche hier von *sehr* starken Schmerzen, wenn Sie verstehen, was ich meine.»

Stoll versuchte, sich aus den Fängen der beiden Männer, die ihn festhielten, zu befreien. Doch mit jeder Bewegung, die er machte, packten sie fester zu. Seine Arme schmerzten und immer mehr Blut rann aus seiner Nase.

«Aber ich weiss doch nichts», sagte Detlef verzweifelt.

Wieder schlug der Mann, ohne Vorwarnung, mit der Faust in Stolls Gesicht.

Stoll wankte. Sein Kopf kippte benommen nach vorne. Er sah, wie sein Blut auf den Boden tropfte.

Trotz all der Schmerzen erinnerte sich Detlef jetzt, dass er diesen Mann schon einmal gesehen hatte.

«Sie überlegen, wer ich bin? Erinnern Sie sich?»

Stoll schüttelte den Kopf.

«Wir hatten das Vergnügen, im selben Flugzeug zu sitzen. Mein Name ist Viktor Sokolow.»

Nun dämmerte es Stoll. Langsam kehrte seine Erinnerung zurück.

Er hatte den Mann in einem Flugzeug gesehen. In einem Flugzeug? Also könnte er tatsächlich in Moskau sein?

«Wir werden Sie jetzt erst einmal unter eine kalte Dusche stellen, um Ihre Erinnerungen ein bisschen aufzufrischen. Morgen sehen wir uns wieder, Herr Stoll. Und dann werden wir zwei zusammen ein bisschen spielen. Ich freue mich schon.»

Sokolow lächelte und gab den beiden Männern ein Handzeichen. Sie schleiften den kraftlosen Stoll zurück zu seiner Zelle und stiessen ihn unsanft in den Raum. Kaum war die Tür verschlossen, ging das Licht wieder aus. Detlef lag gekrümmt auf dem Boden und fing an, bitter zu weinen. Sein Gesicht schmerzte unerträglich und er hatte Angst. Schreckliche Angst. Was hatte dieser Fiesling mit ihm vor?

Und als er glaubte, schlimmer könne seine Lage nicht mehr werden, da hörte er das Quietschen von Wasserrohren. Er schaute zur Decke.

Einen kurzen Augenblick später prasselte aus dem Wirrwarr von Röhren an der Decke eiskaltes Wasser auf ihn hernieder. Stoll zitterte am ganzen Leib, und er verlor auch den letzten Funken Hoffnung, der noch in ihm gekeimt war.

Berlin – 19. Juli – Amerikanische Botschaft Berlin – 18.17 h

Shatner hatte Olga behutsam erklärt, dass sie noch einen letzten Einsatz für die Amerikaner unternehmen müsse, um eine neue Identität in den USA zu erhalten.
Olga protestierte: «Du hast mir versprochen, dass ich selbst entscheiden könne, wann ich aussteigen möchte. Und was verlangst du nun? Ich soll noch einmal nach Moskau? Und das in dieser heiklen Situation!»
«Das Weisse Haus hat so entschieden.»
«Wenn ihr euch nur immer hinter eurem ‹Weissen Haus› verstecken könnt, ihr Feiglinge.» Obwohl Olga hätte explodieren können, wusste sie, dass sie keine andere Wahl hatte, als diesen letzten Einsatz zu wagen.
«Aber danach ist Schluss! Verstanden! Gebt mir euer Ehrenwort.»
«Du hast mein Ehrenwort.»
«Das ist der letzte Einsatz von ‹Mondschein›.»
«Und wie sieht euer Plan aus?»
«Wir drei werden nach Moskau gehen und Stoll aus den Händen der Russen befreien!»
Kurze Zeit später standen Broderick, Shatner und Olga um einen grossen Tisch und beugten sich über eine Karte. Sie zeigte Nordeuropa und Teile von Russland. Sie mussten eine Route bestimmen, die sie möglichst unauffällig nach Moskau bringen würde. Vor allem Olga wurde bestimmt überall vom russischen Geheimdienst gesucht. Fliegen war also zu riskant. Die Kontrollen am Flughafen von Moskau waren streng und überall hingen Kameras. Also musste ein anderer Weg gefunden werden.

Shatner zeigte die von ihm favorisierte Route auf der Karte.

«Das Einfachste ist, wir fliegen nach Helsinki. Von dort nehmen wir die Fähre nach St. Petersburg. Dann mieten wir einen Wagen und fahren nach Moskau.»

«Du bist in Russland. Du willst einen Wagen mieten?» Olga schüttelte den Kopf.

«Was spricht dagegen?», warf Broderick ein.

«Mietwagen sind ein Dorn im Auge der russischen Polizei. Die werden alle angehalten. Meistens sind das Touristen, bei denen gibt es immer etwas zu verdienen. Nein, kein Mietwagen.»

«Und wie sollen wir dann nach Moskau kommen? Mit dem Pferdewagen?», feixte Shatner.

«Ein Pferdewagen wäre vermutlich das Unauffälligste. Nein. Wir fahren mit der guten alten Eisenbahn von St. Petersburg nach Moskau. Das ist ohnehin schneller als mit dem Wagen. Und sicherer noch dazu. Aber falls wir es tatsächlich unerkannt bis nach Moskau schaffen und es uns gelingen sollte, Stoll ausfindig zu machen, dann stehen wir vor unserem grössten Problem: Wie können wir Stoll unerkannt aus Moskau rausschaffen?»

«Falls wir ihn tatsächlich erwischen, werden wir ihn der Deutschen Botschaft in Moskau übergeben, dort ist er vor den Russen sicher», sagte Broderick.

«Ihr wollt was?», fragte Olga ungläubig.

«Ich hätte mich nie auf diesen Deal eingelassen, aber Broderick wollte es so», sagte Shatner skeptisch.

«Nicht ich habe so entschieden, sondern das Weisse Haus», brummte Broderick, «die Spielregeln werden nun mal nicht von uns gemacht.»

Olga schüttelte den Kopf.

«Wisst ihr, wie gefährlich das für uns werden kann? Wenn wir geschnappt werden, enden wir für den Rest unseres Lebens in einem russischen Gefängnis. Und die Deutschen tragen überhaupt kein Risiko. Sie kriegen Stoll quasi auf dem Silbertablett serviert.»

«Doch. Ein kleines Risiko gehen die Deutschen bei diesem Deal ein: Stoll könnte uns ja sein Geheimnis verraten, bevor wir ihn in der

Deutschen Botschaft abliefern. Das ist ihr Risiko. Und das wissen sie.»

«Aber ich trage das grösste Risiko. Sokolow hat sicher alle Hebel in Bewegung gesetzt, um mich zu finden. Nicht nur hier in Berlin. Auch in Russland und ganz besonders in Moskau.»

«Mit deinem neuen Aussehen wird dich bestimmt niemand erkennen», hänselte Shatner.

Olga war von den Veränderungen, die sie an ihrem Äusseren vornehmen sollte, gar nicht begeistert. Sie nahm ihren Haarspray aus der Handtasche und sprühte demonstrativ eine schöne Ladung auf ihr Haar. Sofort war der ganze Raum mit Orchideenduft erfüllt.

Shatner juckte der starke Haarsprayduft so stark in der Nase, dass er seinen Spray aus der Hosentasche nahm und sich einige Stösse in die Nase sprühte. Ein intensiver Kaugummiduft breitete sich im Raum aus.

«Was ist das denn?», fragte Olga entsetzt.

«Nasenspray, was denn sonst?»

«Nasenspray, der nach Kaugummi riecht? Das ist ja widerlich.»

«Der ist eigentlich für Kinder. Aber ich mag ihn. Ich hasse diesen Mentholgeruch der herkömmlichen Sprays. Ich lasse diesen Kaugummispray extra aus Amerika einfliegen. In Deutschland findet man so etwas nicht.»

«Die Deutschen scheinen Geschmack zu haben.»

Broderick kramte ein Eukalyptusbonbon aus seiner Hosentasche und steckte es sich in den Mund. Nun roch es im Raum nach Orchideen, Kaugummi und Eukalyptus – eine eigenartige Mischung.

«Die Route ist also klar», sagte Broderick. «Wir fliegen nach Helsinki, nehmen die Fähre nach St. Petersburg und fahren mit der Eisenbahn nach Moskau. Die wichtigste Frage haben wir aber noch nicht geklärt: Wie finden wir Stoll? Wo haben sie ihn hingebracht? Olga?»

«Es gibt zwei Möglichkeiten: Entweder ist Stoll in der Lubjanka. Das ist das ehemalige KGB-Gebäude. Das kennt ihr bestimmt.»

Broderick und Shatner nickten.

«Der russische Geheimdienst ist immer noch in der Lubjanka stationiert, aber er heisst heute FSB. Wenn Stoll dort ist, können wir

das Ganze gleich vergessen. In dieses Gebäude kommen wir unmöglich hinein. Oder aber Stoll wurde in die Universität gebracht. Dort gäbe es Laboratorien, die für weitere Untersuchungen am MRB14 genutzt werden könnten. Ich habe dort studiert und kenne mich dort aus. Ich wüsste, wie wir unbemerkt in dieses Gebäude hineinkommen könnten.»
«Können unsere Leute in Moskau etwas vorbereiten?», fragte Broderick.
«Es wäre hilfreich zu wissen, was für Fahrzeuge auf dem Uni-Gelände sind. Es gibt gewisse Buchstabenkombinationen, die auf Militär, Geheimdienst oder den Kreml hinweisen. So finden wir vielleicht heraus, wo Sokolow ist. Und wo Sokolow ist, ist auch Stoll.»

Helsinki – 20. Juli – Hafen – 17.36 h

Broderick, Shatner und Olga standen am Fährhafen von Helsinki. Eine steife Brise pfiff ihnen um die Ohren. Olga hatte in den vergangenen Stunden ihr Aussehen komplett verändert. Ihr volles schwarzes Haar musste sie abschneiden und blond färben. Sie trug eine verwaschene Jeans, weisse Sportschuhe und ein T-Shirt mit der Aufschrift «I feel good». Shatner gefiel das T-Shirt und Broderick meinte, sie sähe wirklich wie eine echte amerikanische Touristin aus. Doch Olga fühlte sich in dieser Aufmachung alles andere als gut. Aber eines musste sie zugeben, die Verkleidung war perfekt. Sie war nicht mehr Olga Petrowa, sondern Liz Doorman aus New York. Noch bis spät in die Nacht hatte man an ihrer neuen Identität gearbeitet. Ein amerikanischer Pass wurde auf ihren neuen Namen ausgestellt. Bei einer allfälligen Kontrolle musste alles wasserdicht sein. Auch Shatner hatte eine neue Identität bekommen. Laut seinen Ausweispapieren war er nun Olgas Ehemann «Jeff».
Die Fähre nach St. Petersburg legte an und die drei gingen an Bord.

Moskau – 20. Juli – Lubjanka – 19.48 h

Sokolow betrat die Eingangshalle der Lubjanka. Das ehemalige KGB-Gebäude unweit des Kremls hatte nach dem politischen Umsturz nichts von seiner Bedeutung verloren. Noch immer residierte hier der russische Geheimdienst. Und noch immer flösste der Name ‹Lubjanka› der Bevölkerung unglaubliche Furcht ein. Viele schreckliche Geschichten wurden darüber erzählt.

Zu kommunistischen Zeiten starben hinter diesen Mauern viele tausend Menschen. Zu Tode gefoltert. Es hiess, dass selbst Mäuse und Ratten sich nicht in dieses Haus wagten.

Sokolow marschierte durch die Eingangshalle und fuhr mit dem Aufzug in das fünfte Untergeschoss, jenen Teil, der am meisten gefürchtet wurde. Hier unten waren die Zellen der Gefangenen. Es war feucht und roch modrig.

Sokolow wies einen der Wächter an, Stoll in das Vernehmungszimmer zu bringen. Sokolow setzte sich an den Tisch und schaute sich die Akte mit der aktuellen «Behandlung» von Stoll an: Schlafentzug durch laute Musik und ständigen Wechsel zwischen grellem Licht und absoluter Dunkelheit.

Als Stoll hereingeführt wurde, sah Sokolow auf: «Da ist ja unser Genie von einem Gärtner.» Detlef Stoll sah müde aus und sein Gesicht war blass.

«Er soll Platz nehmen.»

Stoll wurde von den uniformierten Männern auf einen Stuhl gesetzt.

«Herr Stoll. Ich fasse mich kurz: Wir wollen wissen, wie man dieses MRB14 herstellt. Das ist alles. Erzählen Sie uns, was wir wissen möchten, dann lassen wir Sie vielleicht wieder frei.»

Stoll schüttelte den Kopf: «Ich weiss nichts!»

Sokolows Stimme wurde lauter: «Was war ausser den 97%, die analysiert werden konnten, sonst noch in dieser Flüssigkeit?»

Doch Detlef Stoll wusste wirklich nicht, was diese restlichen 3% sein könnten. Doch das würde ihm bestimmt niemand glauben. In seiner Zelle hatte er sich einen Plan zurechtgelegt, womit er womöglich Zeit gewinnen konnte.

Dazu müsste er jedoch seinen Freund Herbert Hübner verraten. Aber der hatte ihn ja schliesslich auch im Stich gelassen und vermutlich sogar die Tonne mit den Pflanzen entwendet.
«Ich könnte in einem Labor versuchen, die Substanz erneut herzustellen. Aber dazu bräuchte ich die Unterstützung von meinem Kollegen Herbert Hübner. Ich bin nur Gärtner. Er ist Biochemiker, und er hat mit mir zusammen gearbeitet.»
Sokolow horchte auf. Er hörte diesen Namen zum ersten Mal.
«Erzählen Sie mir mehr von diesem Hübner. Wer weiss, vielleicht kann ich Sie an einen anderen Ort verlegen lassen, wo Ihnen Labors zur Verfügung stehen würden. Aber zuerst will ich mehr über diesen Hübner erfahren. Wo lebt er? Wo finden wir ihn?», fragte Sokolow.

St. Petersburg – 21. Juli – Hafen – 04.48 h

Langsam näherte sich die Fähre dem Hafen. Broderick, Shatner und Olga standen an der Reling. Obwohl es noch sehr früh war, kündigten bereits die ersten Sonnenstrahlen am Horizont den neuen Tag an. Um diese Jahreszeit waren die Nächte in St. Petersburg kurz. Der Anblick der Stadt war im warmen Sonnenlicht einfach umwerfend. Olga blickte traurig auf die Stadt, die sie wohl das letzte Mal sehen würde.
Sie hatte kaum geschlafen. Sie fürchtete sich davor, dass ihre Tarnung aufflog und sie verhaftet würden. Die ganze Nacht versuchte sie, sich ihre neue Identität zu merken. Liz Doorman aus New York. Liz Doorman aus New York. Hundert Mal hatte sie das gesagt. Sie war Liz Doorman aus New York.

Die Fähre hatte die Anlegestelle erreicht. Sie machten sich auf den Weg zum Ausgang. Sie hatten vereinbart, dass sich ihre Wege hier trennen sollten. Broderick ging alleine weiter. Erst in Moskau wollten sie sich wieder treffen. Sie hatten ein Hotel gebucht, aber das diente nur zur Tarnung. Ihr eigentliches Hauptquartier wollten

sie in einer kleinen Wohnung, unweit der Universität, auf dem Sperlingsberg einrichten. Diese Gegend wurde im Volksmund «Intelligenzia» genannt. Zu kommunistischen Zeiten wohnten dort fast ausschliesslich Leute der Oberschicht: Beamte, Lehrer und Studenten mit reichen Eltern. Olga hatte sich dort während ihres Studiums eine kleine Wohnung gekauft. Die war perfekt für ihr Vorhaben. Aber erst mussten sie unbeschadet Moskau erreichen.
Als «Mr. und Mrs. Doorman aus New York» verliessen Olga und Shatner das Schiff und begaben sich ins Zollgebäude. Vor dem Zollschalter hatte sich eine lange Schlange gebildet. Die Warterei am Zoll war unerträglich. Olgas Herz klopfte und ihr Puls raste.
«Liz», sagte Shatner und zog sie an sich. Er flüsterte, ohne dabei die Lippen zu bewegen: «Beruhig dich! Es wird alles gut gehen. Ich gehe als Erster und du kommst mir nach. Du sprichst kein Wort Russisch. Nur Englisch. Okay?»
Olga nickte. Gleich waren sie an der Reihe. Als Shatner dem Zollbeamten seinen Pass übergab, schaute er zurück und lächelte.
Olga lächelte ebenfalls. Der Zollbeamte blätterte eine Ewigkeit in Shatners Pass. Er prüfte das Einreisevisum und die beiliegenden Papiere und blätterte wieder und wieder die Seiten durch.
Dann endlich nahm er einen Stempel und drückte ihn in den Pass. Shatner bedankte sich und winkte Olga zu sich.
«Das ist meine Frau», sagte Shatner. Der Beamte nickte kurz und zeigte mit einer Handbewegung, dass Shatner weitergehen sollte.
Olga schob ihren Pass unter der Scheibe des Zollwärterhäuschens durch. Sie war sicher, dass man nach ihr suchen würde. Jedes Polizei- oder Zollamt hatte unterdessen bestimmt schon Fahndungsfotos von ihr erhalten. Immer wieder schaute der Beamte sie an, um kurz darauf seinen Blick wieder ihrem Pass zu widmen. Seine Miene verriet nichts. Olga konnte ihren Herzschlag hören. Dann endlich, nach endlosen Minuten, drückte der Beamte auch in ihren Pass einen Stempel. «Willkommen in Russland», sagte er und ein schales Lächeln kräuselte über seine Lippen.
Olga atmete tief durch. «Thank you.»
Shatner nahm sie in Empfang und küsste sie.

«Siehst du, Liebling, ist doch alles gut gegangen.»
«Lass die Küsserei.»
«Aber Honey ...»
Shatner zog sie an sich und Olga konnte sich, vor den Augen der aufmerksamen Zollbeamten, seinem Kuss nicht entziehen.
Beim Verlassen des Gebäudes sahen sie Broderick, der soeben in ein Taxi stieg. Shatner rief ebenfalls ein Taxi. Olga liess ihre Augen über den Platz gleiten. Irgendwie wurde sie das Gefühl nicht los, dass sie beobachtet wurden.
Sie stiegen in ein Taxi und fuhren zum Bahnhof von St. Petersburg. Dort kauften sie sich Tickets und stiegen in den Zug, der sie nach Moskau bringen sollte.
Mit etwas Verspätung, was hier nicht unüblich war, setzte sich der Zug in Bewegung. In etwa fünf Stunden würden sie in Moskau eintreffen. Olga hatte ein flaues Gefühl im Magen, als der Zug aus dem Bahnhof rollte.

Belzig – 21. Juli – Im Haus von Hübner – 06.48 h

Am frühen Morgen hatte ein Spaziergänger, der mit seinem Hund im Wald unterwegs war, das riesige Erdloch hinter Hübners Haus entdeckt. Der Mann meldete seinen Fund der örtlichen Polizei, doch die konnte sich keinen Reim darauf machen, weshalb dort plötzlich ein riesiges Loch in der Erde klaffte. Deshalb informierten die Polizisten das BKA.
Ein paar Stunden später kniete der BKA-Beamte Olaf Brent ratlos im grossen Erdloch, das einem kleinen Krater glich.
«Kann mir mal jemand sagen, was ich hier unten soll? Ich sehe nichts als dieses riesige Loch und ein paar Fetzen von Plastikbehältern. Hier soll Hübner das MRB14 versteckt haben? Bist du sicher?»
Sein Kollege Dieter Kleist stand am Rande des Kraters und meinte: «Ich denke, das war sein Versteck. Das kann kein Zufall sein.

Wir finden auf dem Polizeirevier heraus, dass Hübner einen weiteren Wohnsitz hat. Und in dem Augenblick, in dem wir die Adresse kriegen, erreicht uns dieser Anruf der Polizei, wegen dieses Erdlochs hier, gleich hinter Hübners Haus.»

Olaf Brent zuckte mit den Schultern.

Kleist kombinierte: «Hübner hat vermutlich den Inhalt der Bio-Tonne in diese Plastikkanister abgefüllt. Eine starke Gasentwicklung könnte die Explosion verursacht haben. Das würde zu unserem unberechenbaren Duft passen. Aber hier riecht ja überhaupt nichts mehr nach diesem ‹Friedensduft›. Scheint sich alles in Luft aufgelöst zu haben. Wir sollten Rösler vom Labor informieren. Vielleicht findet er doch noch brauchbare Erkenntnisse.»

«Okay. Ich hoffe Meischner und Kuss haben im Haus von Hübner etwas gefunden.» Kleist und Brent gingen den kurzen Weg zurück zum Haus.

Als sie das Haus betraten, kam ihnen ein angenehmer Duft entgegen. Es roch nach Kaffee. Hübner musste also noch vor Kurzem hier gewesen sein. Doch der Duft schien nicht aus der Küche zu kommen. Meischner ging dem Geruch nach und fand im Schlafzimmer einen Haufen Kleider, die ungeordnet auf einem Stuhl lagen. Er untersuchte sie. Überrascht stellte er fest, dass in jeder Hosentasche Kaffeepulver war. Warum um alles in der Welt hatte Hübner Kaffeepulver in seinen Hosentaschen?

Meischner ging in die Küche zurück und traf dort Kuss, Brent und Kleist, die nach Hinweisen suchten. «Und, habt ihr etwas gefunden?»

Kuss schüttelte den Kopf.

«Nichts, was uns weiterhelfen würde. Keine Hinweise auf seinen Aufenthaltsort.»

«Es sieht so aus, als ob er die Reste des MRB14 hinter dem Haus in diesem Erdloch vergraben hätte. Aber jetzt ist nichts mehr da, alles ist in die Luft geflogen», erklärte Brent.

«Ich rufe die Spurensicherung», schlug Kleist vor, «sie sollen das Haus und die Umgebung unter die Lupe nehmen. Unterdessen leiten wir eine bundesweite Fahndung nach Hübner ein.»

Moskau – 21. Juli – Bahnhof Kievskj – 12.23 h

Der Zug rollte langsam in den Bahnhof ‹Kievskj› in Moskau. In den Zugabteilen herrschte hektisches Treiben. Die Fahrgäste drängten zur Tür. Jeder wollte der Erste sein, der aussteigt. Olga erklärte Shatner, dass hier alle ankommenden Passagiere noch einmal kontrolliert würden. Vor allem wer nicht wie ein Russe aussah, wurde einer strengen Kontrolle unterzogen. Olga ging voraus, Shatner folgte ihr. Langsam bewegte sich die Menge Richtung Ausgang. Die meisten Passagiere konnten ohne Kontrolle den Bahnsteig verlassen, auch Olga und Shatner. Erleichtert drängten sie sich durch die Menschenmengen, bis sie auf den Vorplatz des Bahnhofs gelangten.

«Nehmen wir ein Taxi?», fragte Shatner

«Nein. Kein Taxi. Wir nehmen die Metro.»

«Metro?», fragte Shatner und schaute Olga verwundert an.

«Ja. Die Metro. So heisst die U-Bahn bei uns.»

«Aber ein Taxi ist doch sicher bequemer. Und auch schneller.»

«Bequemer vielleicht. Aber schneller sicher nicht. Um diese Uhrzeit herrscht auf den Strassen rund um das Zentrum ein riesiges Chaos. Da brauchen wir bis zum Hotel gut und gerne zwei Stunden. Mit der Metro dauert das bei Weitem nicht so lange.»

«Und wann fährt die nächste Metro», fragte Shatner.

Olga lächelte, nahm Shatner an der Hand und führte ihn zur Rolltreppe, die in schier endlose Tiefen unter die Erde führte.

In den Stosszeiten, so wie jetzt, fuhren die Züge in einem Abstand von 35 Sekunden. Klingt unglaublich, ist aber wahr.

Unten angekommen, packte Olga Shatner am Arm und zog ihn zum Bahnsteig. Es herrschte ein unglaublicher Lärm. Die Züge hielten mit einem ohrenbetäubenden Getöse von kreischendem Metall. Olga zog Shatner in den nächsten Metrowagen und scheppernd ging die Fahrt los. Shatner versicherte sich, dass sie nicht verfolgt wurden. Bei der Station «Bibliotheka» stiegen sie aus. Von dort waren es nur wenige Minuten bis zum Hotel.

Beim Betreten der Lobby sahen sie Broderick. Er stand an der Rezeption und bekam seinen Zimmerschlüssel. Sie waren also alle heil in Moskau angekommen. Sie würden nun, zur Ablenkung, ihre Zimmer im Hotel beziehen, um sich später in ihrem Unterschlupf, in der Wohnung in der Nähe der Universität, zu treffen.

Moskau – 21. Juli – Hauptsitz Russischer Geheimdienst «Lubjanka» 12.55 h

Keine vier Kilometer von ihrem Hotel entfernt sass Stoll in seiner Zelle. Er fühlte sich etwas besser. Nach dem ersten Verhör mit Sokolow durfte er etwas essen und duschen. Doch auch in dieser Nacht hatte er kaum geschlafen. Der ständige Wechsel von Licht und Dunkelheit und die Folter in den ersten paar Stunden hatten ihm stark zugesetzt.
Zwei Männer erschienen in seiner Zelle und forderten ihn auf, ihnen zu folgen. Sie marschierten durch einen langen Gefangenentrakt. Anschliessend verliessen sie das Gebäude und auf einem Hinterhof wartete eine schwarze Limousine. Stoll wurde hineingeschubst, der Motor wurde gestartet und sie fuhren los. Stoll konnte während der Fahrt nichts erkennen. Die Scheiben des Wagens waren verdunkelt.
Nach einer längeren Fahrt hielt der Wagen an. Die Wagentür öffnete sich und ein riesiger Mann hielt ihm eine Augenbinde hin. Kaum hatte Stoll die Binde um, wurde er aus dem Wagen gezogen, in ein Gebäude gebracht und musste dort blindlings durch mehrere Gänge stolpern, bis man ihn auf eine Pritsche setzte und ihm die Handfesseln abnahm. Er hörte, wie eine Metalltür ins Schloss knallte. Behutsam zog er seine Augenbinde ab. Er war wieder in einer Zelle. Sie war zwar etwas heller und freundlicher als die Vorherige, aber viel wohler war ihm hier auch nicht. Kein einziges Geräusch drang von draussen hinein. Es war absolut still. Aber diesmal blieb das Licht wenigstens an. Es hatte sogar einen

Lichtschalter an der Wand. Stoll probierte ihn sofort aus. Er funktionierte. Keine ‹Lichtspiele› mehr. Stoll atmete erleichtert auf. Er legte sich hin und schloss die Augen. Zwei Worte beherrschten seine Gedanken: Jasmin und Gardenie. Doch was war die dritte Komponente, die fehlte?
Da traf es ihn wie ein Blitz. Aber natürlich! Das musste es sein! Warum war er nicht schön früher darauf gekommen! Sein Herz begann zu rasen.
«Mein Gott! Wie konnte ich das nur vergessen», stammelte er. Er rieb sich mit seinen Händen das Gesicht. Doch was sollte er tun, jetzt da er den Schlüssel des Rätsels entdeckt hatte? Er war hier gefangen. Wenn sie ihn jetzt folterten, würde er sein Geheimnis bestimmt verraten. Er war kein Held. Und wenn die Russen die Lösung kannten, dann würden sie ihn auch nicht laufen lassen, das war ihm bewusst. Er begann zu zittern. Allmählich wurde ihm klar, was seine wiedererlangte Erinnerung bedeutete.
Er wurde unsanft aus seinen Gedanken gerissen, als sich polternd die Türe seiner Zelle öffnete. Zwei Männer traten herein und packten ihn unter seinen Armen. Der eine sagte etwas auf Russisch, aber Stoll verstand nichts. Sie schleppten ihn einige Meter über den weiss gestrichenen Flur. Stolls Gedanken rasten durch seinen Kopf. Hatten seine Entführer etwas bemerkt? Wurde er in der Zelle beobachtet? Das könnte schon sein. Und wenn sie seine Reaktion vorhin bemerkt hatten, wussten sie vielleicht Bescheid. Er nahm nicht richtig wahr, wie er in ein Zimmer geschleppt wurde, wo man ihn auf einen Stuhl setzte.
«Was ist los, Stoll?», fragte Sokolow. «Ist etwas nicht in Ordnung?»
Stoll antwortete nicht, ihm war speiübel.
Sokolow drehte sich um und ging zu einem Waschbecken. Dort füllte er ein Glas mit kaltem Wasser. Er kam zurück und hielt Stoll das Glas Wasser vor die Nase. Als Stoll durstig nach dem Glas greifen wollte, schüttete Sokolow ihm das Wasser ins Gesicht.
Sokolow nahm einen Koffer unter dem Tisch hervor. Er öffnete ihn und zeigte Stoll den Inhalt des Koffers. Stolls Augen weiteten sich.

«Schauen Sie mal, was wir hier haben. Das sind ganz lustige Instrumente.» Er zeigte auf eine Kanüle mit einer blauen Flüssigkeit.
«Das hier finde ich wahnsinnig spannend. Es ist ein Wahrheitsserum. Es hat leider einen klitzekleinen Nachteil. Bis es zu wirken beginnt, werden Sie fürchterliche Schmerzen erleiden. Sie werden das Gefühl haben, innerlich zu verbrennen, aber Sie werden es überleben.»
Stoll betrachtete die Vielzahl an Klingen und Bohrern. Die nackte Angst stand ihm ins Gesicht geschrieben.
«Und das hier», Sokolow nahm ein weiteres Instrument in die Hand. Es sah aus wie ein elektronischer Korkenzieher. «Mit diesem Instrument hier kann ich Ihre Fingernägel ausreissen. Funktioniert ganz einfach.» Sokolow drückte auf einen Knopf und eine scharfe Klinge zischte blitzschnell aus dem Metallstab hervor und schnellte wieder zurück.
«Aber mein Lieblingsspielzeug ist das hier ...» Sokolow entnahm dem Koffer ein seltsames Instrument. Es war eine Art Heizstab wie von einem Tauchsieder. Stoll betrachtete das Instrument ehrfürchtig, als hätte er soeben den Heiligen Gral entdeckt.
Sokolows strahlte: «Mit diesem Prachtsding hier, kann ich Ihre Eier kochen.» Sokolow drückte den Schalter des Folterinstruments und blaue Funken sprühten über den Heizstab. Detlef wusste, dass er hoffnungslos verloren war. Sokolow legte das Instrument in den Koffer zurück und schloss den Deckel.
«Ich gebe Ihnen EINE einzige Chance Stoll, sonst werde ich diesen Koffer wieder für Sie öffnen. Nur beim nächsten Mal, werden Sie am eigenen Leib erfahren, wozu diese Instrumente fähig sind. Wozu ICH fähig bin! Morgen werden Wissenschaftler hier erscheinen. Sie werden mit ihnen zusammenarbeiten. Dann will ich Resultate sehen! Sie liefern mir die komplette Formel des MRB14!»
Stoll sass da und starrte auf den Koffer. Er zitterte am ganzen Leib.

Moskau – 21. Juli – Wohnung Quartier «Intelligenzia» – 14.16 h

Broderick, Shatner und Olga verliessen das Hotel. Sie wollten in die Wohnung in der Nähe der Universität, wo ihr eigentliches Versteck war. Dort angekommen, sassen sie um einen Tisch und berieten, wie es nun weitergehen sollte. Sie hatten eine Karte mit dem Grundriss der Uni und der näheren Umgebung auf den Tisch gelegt.
«Also», begann Olga, «es gibt gute Neuigkeiten. Ich habe einen Anruf eines Bekannten erhalten. So wie es aussieht, ist Stoll in der Universität. Mein Informant, der an der Uni Dozent ist, hat heute Sokolows Wagen auf dem Parkplatz der Uni gesehen. Das macht es wesentlich einfacher, als wenn wir Stoll aus der Lubjanka hätten entführen müssen. Aber wir haben trotzdem ein paar Hindernisse zu überwinden. Es ist nicht einfach, unauffällig in dieses Gebäude hineinzukommen.»
Broderick rümpfte die Stirn: «Wir können ja nicht einfach durch den Haupteingang hineinspazieren?»
«Nein. Wir könnten den stillgelegten Metrotunnel benutzen», meinte Olga.
Broderick stutzte. «Es gibt einen stillgelegten Metrotunnel?»
«Ja. Es gibt sogar eine Station direkt unter der Uni. Aber diese Linie wurde nie benutzt. Sie wurde dafür gebaut, die ganzen Politiker und wichtigen Personen aus der Stadt hierher zu bringen, falls etwas Verheerendes passieren sollte. Was Gott sei Dank niemals eingetreten ist. Aber diese Linie ist schon lange stillgelegt.»
«Und wie kommen wir da rein?», fragte Shatner.
«Es gibt drei Zugänge von der Metrostation in die Uni. Zwei davon sind zugemauert. Doch ein Zugang wird ab und zu noch als Notausgang genutzt. Ich war mal bei einer Übung mit dabei, bei der wir aus der Uni in den Tunnel flüchten mussten. Durch diesen Zugang könnten wir vielleicht in die Uni hineinkommen und auch wieder hinaus. Aber die grosse Frage ist, wie kommen wir überhaupt in diesen Tunnel?» Für einen Augenblick schweigen alle drei. Olga hatte als Erste eine Idee.

«Lüftungsschächte. Es gibt Lüftungsschächte. Einer davon liegt ca. 400 Meter nördlich der Uni.» Olga zeigte mit ihrem Finger auf die Karte.
«Und woher weisst du das so genau?», fragte Broderick verwundert.
«Weil wir in meiner Studentenzeit Flaschen in die Schächte geworfen haben. Das hat immer so toll gescheppert.»
«Das klingt gut. Und wo genau in der Uni ist dieser Notausgang?»
«Genau hier.» Olga zeigte auf einen Punkt im nördlichen Teil des Gebäudes. Broderick machte eine Markierung.
«Und wo glaubst du, ist Stoll?»
«Das kann ich nicht genau sagen. Ich vermute, sie haben ihn im ‹Haus der Wissenschaft› untergebracht. Dort sind auch die Labors.»
Broderick kratzte sich am Kinn.
«Na gut. Wir werden einen Plan ausarbeiten. Ich will nichts dem Zufall überlassen. Olga besorgt uns ein Fahrzeug. Sie, Shatner, sehen sich die Uni von aussen an. Der Standort unseres Wagens muss in unmittelbarer Nähe dieses Lüftungsschachtes sein.» Broderick rollte den Plan zusammen. Shatner kratzte sich am Kinn.
«Falls uns dieses Kunststück, Stoll aus der Uni zu befreien, tatsächlich gelingen sollte, dann wollen Sie ihn wirklich der Deutschen Botschaft übergeben?»
Shatner hob fragend die Augenbrauen.
Broderick legte seine Hand auf Shatners Schulter: «Beruhigen Sie sich! So ist der Deal. Anschliessend machen wir uns aus dem Staub. Ich will keine Minute länger hier bleiben, als es nötig ist. Noch Fragen?»
Shatner und Olga schüttelten den Kopf.
«Also, dann treffen wir uns gegen 17 Uhr wieder hier in unserem Versteck.»
Broderick packte den Plan in seine Aktenmappe und verliess die Wohnung.
Auch Shatner stand auf, drückte Olga einen Kuss auf die Wange und verliess ebenfalls die Wohnung.
Olga blieb sitzen, nippte an ihrem Kaffee und schaute zum Fenster hinaus. Es war alles so vertraut hier.

Die Menschen, die vorbeigingen. Ihre Gesichter. Das hektische Treiben in diesem Stadtteil. Die Polizeisirenen, die man fast pausenlos hörte.

Sie stand auf und wollte einen sehnsüchtigen Blick aus dem Fenster werfen, um ihre Heimat noch einmal festzuhalten. Als sie sich dem Fenster näherte, erkannte sie, dass Broderick und Shatner noch immer am Ende der Einfahrt standen. Die beiden unterhielten sich. Es machte den Anschein, als ob sie sich streiten würden. Olga duckte sich: Worüber unterhielten sich die beiden? Olga kroch auf allen Vieren in ein nahegelegenes Zimmer. Dort waren mehrere Monitore und eine Abhöranlage installiert. Olga hatte sich dieses ‹Spielzeug› in ihrer Studentenzeit gebastelt. Mit der Abhöranlage konnte sie einen grossen Teil der Umgebung ihres Hauses abhören. Und eines der Mikrofone hatte sie am Briefkasten installiert. Shatner und Broderick standen dort ganz in der Nähe. Das könnte funktionieren. Sie nahm den Kopfhörer und drückte ein paar Knöpfe. Rauschen. Da endlich. Die Stimmen von Shatner und Broderick. Sie drehte den Lautstärkeregler höher ...

«... der Deal mit den Deutschen passt mir überhaupt nicht», wetterte Shatner.

«Wie kommen wir dazu, die ganze Arbeit zu leisten, um Stoll nachher einfach abzuliefern? Das ist doch Blödsinn.»

«Das Weisse Haus hat nun mal so entschieden.»

«Mein Gott, sehen die denn nicht, was für eine Riesenchance uns da durch die Lappen geht? Wir hätten die Möglichkeit, an die geheimnisvolle Substanz heranzukommen, die wir schon jahrelang suchen!»

«Da mögen Sie vielleicht recht haben. Aber mir sind die Hände gebunden. Was soll ich Ihrer Meinung nach tun?»

«Das, was jeder gute Amerikaner tun würde. Das Vaterland über alles andere stellen. Dann würden Sie Stoll *nicht* ausliefern. Warum kochen wir nicht unser eigenes Süppchen?»

«Wir haben klare Anweisungen. Da bleibt nicht viel Spielraum für eigene Initiativen.»

«Und wie wäre es, wenn wir so tun, als ob wir ihr Spielchen mitspielen würden. Aber sobald wir Stoll haben, ändert sich unsere

Marschrichtung. Wir werden ihn nicht an die Deutsche Botschaft liefern, sondern ihn ganz einfach verstecken.»
Olga horchte noch immer gespannt und traute ihren Ohren nicht.
«Und Sie haben bestimmt schon eine Idee, was wir der deutschen Regierung erzählen, wenn wir ihnen Stoll nicht bringen werden.»
«Natürlich. Wir haben auf dem Weg zur Botschaft einen kleinen Unfall. Und dabei ist uns Stoll entwischt. So einfach ist das.»
«Ich weiss nicht, ich weiss nicht», sagte Broderick verunsichert, «die ganze Sache scheint mir ein wenig abenteuerlich.»
Nach einer kurzen Pause schien Broderick nur noch zu flüstern. Olga konnte nichts mehr verstehen. Sie drehte den Lautstärkeregler auf das Maximum, sodass ein lautes Rauschen den Rest der Geräusche übertönte. Weit weg im Hintergrund hörte sie, wie Broderick leise sagte: «Und was geschieht mit Olga?»
Stille. Rauschen.
Da ertönte Shatners Stimme: «Olga wird zur Belastung. Wir dürfen nichts riskieren. Sobald wir Stoll haben, muss sie verschwinden.»
Pause.
«Sie meinen doch nicht etwa, dass wir sie ...?»
Pause.
«Doch, das meine ich.»
«Ich brauche jetzt einen Drink», sagte Broderick und die Stimmen im Kopfhörer verschwanden. Olga nahm den Kopfhörer ab und schloss die Augen. Soeben hatte sie gehört, wie Broderick und Shatner über ihr Schicksal entschieden und ihr Todesurteil besiegelt hatten.
Olga versuchte, sich zu konzentrieren. Was sollte sie tun? Sie durfte jetzt nicht einfach Hals über Kopf davonrennen und unüberlegt handeln. Broderick und Shatner glaubten, sie kümmere sich um einen Wagen. Also konnte sie die Wohnung für einige Zeit verlassen, ohne dass es auffallen würde.
Sie wartete, bis Shatner und Broderick verschwunden waren. Dann verliess sie gespielt gelassen das Haus. Sie wollte einen Bekannten treffen, der ihr vielleicht ein Fahrzeug leihen konnte. Als sie auf die Strasse trat, lag ein für diese Gegend eigenartiger Duft in der Luft.

DUFTKRIMI
MIT 14 DUFTENDEN SEITEN

DUFTSEITE
HIER REIBEN

Sie schenkte diesem Duft jedoch keine weitere Bedeutung, denn die Gedanken in ihrem Kopf überschlugen sich. Wie konnte sie sich aus dieser brenzligen Situation jetzt noch retten? Sie musste den einzigen Vorteil nutzen, den sie gegenüber Shatner und Broderick hatte. Nur sie kannte sich in der Uni und im Metrotunnel aus.

Moskau – 21. Juli – Wohnung Quartier «Intelligenzia» – 16.59 h

Broderick und Shatner sassen bereits am Küchentisch, als Olga in die Wohnung zurückkehrte. «Na, hattest du einen schönen Tag?», fragte Shatner lächelnd. Olga musste sich zusammenreissen. Ihr lachte gerade der Mann ins Gesicht, der sie in wenigen Stunden umbringen wollte. Aber das schien das alltägliche Geschäft eines Agenten zu sein. Wie konnte man nur so kaltblütig sein.
«Es geht», sagte Olga, «ich habe einen Wagen. Er steht in der Nähe des Gagarin-Denkmals. Das ist nicht weit von der Uni weg und von hier aus leicht zu erreichen.»
«Das ist sehr gut, Olga. Setz dich!» Shatner stand wie ein Gentleman auf und wartete, bis sich Olga hingesetzt hatte.
«Es gibt eine kleine Planänderung.»
Olga liess sich ihre Überraschung nicht anmerken.
Shatner fuhr fort: «Broderick hatte heute eine Besprechung auf der Botschaft. Wir werden Stoll nicht an die Deutschen übergeben.»
«Und warum nicht?» Olga versuchte, überrascht zu wirken.
«Wir vermuten, dass die Deutsche Botschaft in Moskau zurzeit rund um die Uhr von den Russen überwacht wird. Wir können es uns nicht leisten, dass sie uns Stoll noch einmal vor der Nase wegschnappen. Deshalb werden wir Stoll an einen sicheren Ort bringen.»
«Aha», sagte Olga.
«Und noch etwas. Wir wissen jetzt, wie wir am einfachsten in das Gebäude hineinkommen. Broderick hat unsere Botschaft damit beauftragt, der Universität zu melden, dass eine angesehene

amerikanische Architekten-Delegation in Moskau sei, die eine Besichtigung der Uni plant. Und stell dir vor: Bereits heute Abend sind wir, als Architekten getarnt, zu Besuch in der Moskauer Universität. Wir haben bereits die Besucherausweise!»

«Aber es ist doch eher ungewöhnlich, Besucher mitten in der Nacht in der Uni herumzuführen», bemerkte Olga.

«Wir hatten ein Riesenglück. Die Verantwortlichen wollen mit uns zu Abend essen und anschliessend mit uns die Uni besuchen.»

Broderick schaute auf die Uhr. «Um 19.00 Uhr treffen wir uns mit den beiden Herren, die uns die Uni zeigen werden. Wir werden hier in der Nähe in einem Hotel essen. Ihre Aufgabe, Frau ‹Liz Doorman›, wird es sein, die Herren bei Laune zu halten. Achte darauf, dass sie viel trinken. Mach ihnen schöne Augen! Umschwärme sie! Wenn sie dir ihr Vertrauen schenken, wird das unsere Arbeit enorm erleichtern. Während des Rundgangs in der Uni werden wir uns der beiden Herren entledigen. Und dann bist du gefragt. Du kennst dich in der Uni aus. Wir haben vom Nachrichtendienst erfahren, dass Stoll vermutlich im zweiten oder dritten Untergeschoss in einer Zelle sitzt. Sobald wir Stoll haben, verschwinden wir durch den Metrotunnel. Okay?»

Olga schwieg einen Moment, bevor sie antwortete.

«Das hört sich alles ganz einfach an. Aber ein Risiko gehen wir ein: Ich hoffe, die Russen erkennen mich nicht.»

«Das ist unsere einzige Chance. Vertrau uns! Wir wissen, was wir tun», meinte Broderick.

Olga erwiderte nichts. Sie wusste, was Shatner und Broderick vorhatten. Und sie würde ihnen einen gewaltigen Strich durch die Rechnung machen.

Moskau – 21. Juli – Universität – 21.35 h

Die kleine Delegation hatte im Hotel reichlich gegessen und getrunken und betrat nun die grosse Eingangshalle der Universität.

Die beiden Herren der russischen Regierung hatten während des Essens keinen Verdacht geschöpft und nicht an der Echtheit der Architekten-Delegation gezweifelt. Auch Olga hatten sie nicht erkannt. Die beiden Regierungsbeamten schleusten ihre amerikanischen Gäste durch die Sicherheitskontrollen. Einer der beiden zückte seinen Ausweis und hielt ihn dem grimmigen Wachoffizier unter die Nase. Dieser salutierte und liess die Gruppe ohne weitere Kontrollen passieren. Shatner atmete auf. Hätten die Wachsoldaten seinen Rucksack durchsucht, hätte dies verheerende Konsequenzen gehabt. Im Rucksack hatte er nämlich einen Laptop, ein GPS-Suchgerät, einen Scanner, eine Pistole mit Schalldämpfer, Betäubungssprays sowie Gasgranaten und Sprengstoff. Shatner war heilfroh, als sie die Kontrolle unbeschadet hinter sich lassen konnten. Nun waren sie in der Universität. Unbemerkt von den Anwesenden drückte Shatner auf einen Knopf an seinem Hosengurt. Das Signal für das Back-up-Team. Die Leute waren vor der Uni postiert und sie wussten jetzt, dass es losging. Gut ein Dutzend als Zivilisten verkleidete Agenten hatten sich seit einiger Zeit um die Universität verteilt. Ein winzig kleiner Knopf in Shatners Ohr, kaum grösser als ein Stecknadelkopf, rauschte kurz und ein deutliches «Ready» knackste durch den winzig kleinen Lautsprecher.
Gut gelaunt und ohne jegliches Misstrauen gingen die beiden Regierungsbeamten voran und erklärten Einzelheiten über die spezielle Architektur des Gebäudes. Aufmerksam hörten Broderick und Shatner zu. Sie interessierten sich aber mehr für Türen und Gänge als für Statik und Geschichte. Man führte sie zuerst in den grossen Saal. Er war in der Tat sehr beeindruckend. Gleichzeitig aber auch beängstigend. Über zweitausend Menschen fanden hier Platz. Viele Staatsoberhäupter hatten hier schon ihre weltbewegenden Reden gehalten.
Sie gingen weiter die Treppen hinunter. Trotz der sommerlichen Temperaturen, die draussen herrschten, wurde es immer kühler. Die Herren der Regierung redeten unaufhörlich. Sie schienen sichtlich stolz auf dieses Gebäude zu sein. Broderick stellte Fragen und gab sich beeindruckt. Shatner hingegen wartete auf die richtige

Gelegenheit, um die beiden Russen loszuwerden. Und dieser Augenblick trat ein, als sie vor einem Aufzug stehen blieben. Einer der Beamten drückte auf den Knopf und die Tür des Lifts öffnete sich. Als sie den Aufzug betraten und sich die Türen des Lifts geschlossen hatten, öffnete Shatner seinen Rucksack. Er nahm seinen Nasenspray heraus und sprühte ihn in die Nase. Sofort roch es im ganzen Aufzug nach Kaugummi. Er grinste nur und steckte ihn wieder ein. Das Zeichen zum Angriff! Broderick verwickelte die beiden Herren in ein Gespräch, während Shatner eine zweite Sprühdose aus seinem Rucksack zog und sie in seiner Hand versteckte. Als der Aufzug anhielt und die Türen sich öffneten, traten sie heraus. Es war niemand zu sehen. Shatner hob blitzschnell die Spraydose und sprühte den beiden Universitätsführern eine Ladung Betäubungsspray ins Gesicht. Die beiden hielten sich die Hände vors Gesicht und begannen zu husten. Nach wenigen Sekunden sanken sie zu Boden und blieben regungslos liegen. Shatner und Broderick schleiften die beiden Bewusstlosen in den Aufzug und drückten den Knopf der obersten Etage. Als sich der Lift langsam in Bewegung setzte, berührte Shatner mit einem kleinen Kästchen die Tastatur des Lifts. Ein paar Funken sprühten, das Motorengeräusch des Lifts verstummte und der Aufzug blieb stehen und war damit blockiert.
Shatner wandte sich an Olga: «So, jetzt bist du an der Reihe.»
«Folgt mir, aber verhaltet euch möglichst unauffällig!», sagte Olga mit leiser Stimme. Als sie das zweite Untergeschoss erreicht hatten, hielt Olga vor einer Tür.
«Hier müssen wir rein. Aber diese Tür ist verschlossen.»
Olga zeigte auf einen Kasten, der neben der Tür angebracht war.
«Um diese Tür zu öffnen, brauchen wir die richtige Zahlenkombination und einen passenden Fingerabdruck.»
«Kein Problem.» Shatner öffnete seinen Rucksack und nahm ein kleines Gerät heraus, das aussah wie ein Mobiltelefon. Er schaltete es ein und hielt es vor das Display. Ein Schwarzlichtfilter scannte die Tastatur des Displays. Auf Shatners Bildschirm erschienen die am meisten gedrückten Zahlen und die Fingerabdrücke der Personen,

die ihre Spuren auf dem Display hinterlassen hatten. Nun rechnete der Computer die möglichen Zahlenkombinationen aus und zeigte Shatner drei mögliche Auswahlmöglichkeiten an. Shatner hatte sich unterdessen einen Plastikhandschuh mit Wachsfingerspitzen angezogen. Er öffnete die Rückseite des Computers und hielt seine Finger auf die dafür vorgesehenen Vertiefungen. Ein Wärmescanner fuhr über seine Fingerspitzen und brannte so die Fingerabdrücke eines Display-Benutzers auf seine Handschuhe.
Broderick fluchte: «Dauert das noch lange? Uns bleibt nicht viel Zeit!»
Shatner reagierte nicht und gab eine erste Zahlenkombination ein. Nach der dritten Zahl schrillte ein ohrenbetäubendes Alarmsignal auf.
Alle waren durch den Lärm wie gelähmt.
Nur Shatner gab seelenruhig eine weitere Zahlenkombination ein bis der Alarm verstummte. Stattdessen klickte es und die Tür öffnete sich einen Spalt breit.
Olga und Broderick atmeten auf.
«Na also. Geht doch», sagte Shatner zufrieden. Er grinste, öffnete die Tür und liess Olga mit einer eleganten Handbewegung den Vortritt. Was Shatner und Broderick nicht wussten, Olga kannte die Codes zum Öffnen der Türen. Und auch ihre Fingerabdrücke waren aus der Zeit, als sie noch bei der militärischen Spionageabwehrverwaltung beschäftigt war, bestimmt noch aktiv.
Doch das wollte sie Shatner und Broderick nicht verraten. Noch nicht.
Hinter der Tür befand sich eine Treppe, die noch weiter hinunter führte. Olga leitete Shatner und Broderick durch ein fast endloses Labyrinth. Plötzlich hörten sie Stimmen.
Sie hielten inne.
Shatner zog langsam seine Waffe aus dem Rucksack. Eine High Standard HDM, eine schallgedämpfte Kleinkaliberpistole, die von der CIA schon in den Sechzigerjahren eingesetzt worden war. Vorsichtig schlich er weiter, ging in die Knie und schaute um die Ecke. Zwei Wachmänner sassen an einem Tisch und spielten Karten. Shatner

schlich zurück und zeigte mit Handzeichen an, wie viele Gegner es waren. Er entnahm dem Rucksack zwei kleine Glasröhrchen, die mit einer Flüssigkeit gefüllt waren. An einem Ende der Röhrchen war ein Auslöser, der mit einem Zünder verbunden war. Shatner zeigte Broderick und Olga an, dass sie sich zurückziehen sollten.

Wieder schaute er um die Ecke, die Wachmänner waren etwa zehn Meter von ihm entfernt. Er nahm die Röhrchen, drückte auf den Auslöser und warf sie in Richtung der Wachmänner. Die Glasröhrchen rollten über den Boden, direkt auf die Wachmänner zu. Erstaunt unterbrachen die beiden ihr Spiel und betrachteten die Fläschchen, die sich ihnen näherten. Nach zwei Sekunden löste der Zünder aus und eine winzige Sprengladung liess das Glas mit einem leichten Knall zersplittern. Sofort strömte ein Gas aus.

Aufgeschreckt schnellten die Wachmänner hoch und griffen nach ihren Waffen. Doch noch bevor sie realisiert hatten, was geschehen war, sackten sie bereits zusammen. Es schepperte laut, als sie zu Boden fielen. Shatner wartete einen Augenblick, um sicherzugehen, dass niemand den Zwischenfall bemerkt hatte. Doch nichts schien sich zu rühren. Zufrieden ging Shatner zurück zu Broderick und Olga.

«Zwei auf einen Streich», lächelte er. «Und wie geht es jetzt weiter, Olga? Irgendeinen Vorschlag?»

Olga versuchte, ihre Nervosität zu vertuschen. Jede Sekunde könnte jetzt entscheidend sein. Sobald Shatner und Broderick Stoll in den Fingern hätten, musste Olga um ihr Leben bangen.

«Es gibt hier viele Zellen und Laborräume. Aber er muss ganz in der Nähe sein, sonst wären keine Wachleute hier.»

«Das werden wir gleich sehen.» Shatner schaute auf seine Uhr, um abzuchecken, ob schon genügend Zeit vergangen war, bis sich das Betäubungsgas aus den Glasröhrchen verflüchtigt hatte. Er nickte den andern zu: «Mir nach!»

Sie liefen quer durch den Raum. Shatner hielt bei den beiden leblosen Wachmännern kurz inne und betrachtete ihre Gesichter.

«Sind sie tot?», fragte Olga.

«Nein. Aber sie werden eine Weile schlafen. Hoffentlich lange genug, bis wir unseren Job erledigt haben. Nun aber los! Wir müssen

Stoll finden.» Shatner schaltete einen weiteren kleinen Computer ein und ging damit den Gang entlang. Bei jeder Tür hielt er inne und schaute gespannt auf den kleinen Bildschirm.

«Mit diesem Gerät kann ich feststellen, ob sich Menschen hinter der Tür befinden. Es ist ein hochempfindliches Mikrofon. Damit kann ich sogar Herztöne durch Wände hindurch hören.»

Sie gingen an vielen Zellentüren vorbei, doch das Gerät zeigte keine Lebenszeichen an.

«Wenn wir Stoll in diesem Labyrinth finden, dann ist das wie ein Lotto-Sechser», meinte Broderick.

Als sie bei der zweitletzten Türe angekommen waren, fing der Computer leise an zu piepen. Sofort eilte Broderick zu Shatner. Diese Tür war massiv, hatte jedoch kein Schloss, sondern wieder einen elektronischen Öffnungsmechanismus. Shatner nahm erneut seinen Display-Scanner hervor und wiederholte die zeitraubende Prozedur. Wenn hier wieder der Alarm losgehen würde, wären sie geliefert. Doch dieses Mal war die Zahlenkombination gleich beim ersten Mal richtig. Die Türe öffnete sich mit einem leisen Klicken. Shatner hielt seine Waffe bereit. Broderick öffnete die Tür. Es war dunkel im Raum.

Broderick schaltete eine Stirnlampe ein und sah, wie ein Mann zusammengekauert auf der Pritsche lag.

«Herr Stoll!», rief Broderick.

Doch der Mann auf der Pritsche rührte sich nicht.

«Stoll, stehen Sie auf, wir müssen hier weg!», rief er nochmals.

Broderick näherte sich der Gestalt auf der Pritsche und schüttelte den schlafenden Mann.

«Wachen Sie auf, Stoll! Mein Name ist Broderick von der Amerikanischen Botschaft in Berlin. Wir bringen Sie wieder nach Hause. Sie sind doch Stoll oder nicht?»

Die Gestalt bewegte sich ganz langsam. Es war tatsächlich Detlef Stoll, aber er sah ziemlich mitgenommen aus, nicht so wie auf den Fotos, die sie von ihm kannten. Er war abgemagert und hatte eine ziemlich hässliche Narbe an seiner Nase. Seine grossen Pupillen

verrieten, dass ihm Medikamente verabreicht worden waren. Trotzdem roch er angenehm nach Blumen ...
Detlef Stoll blickte direkt in die Augen der Person, die da vor ihm stand. Doch er sah nur einen grossen Schatten. Das Licht im Hintergrund blendete ihn.
«Was wollen Sie von mir?», fragte er verängstigt.
«Wir holen Sie hier raus. Aber wir müssen uns beeilen!»
Detlef Stoll setzte sich auf. Nun konnte er die Personen erkennen. Das waren keine Russen. Doch er begriff immer noch nicht, was da vor sich ging.
Nun kam auch Olga in den Raum. Als sie Stoll sah, überkam sie ein seltsam vertrautes Gefühl, als kenne sie diesen aussergewöhnlichen Mann schon lange.
«Hallo, Herr Stoll! Mein Name ist Liz Doorman. Kommen Sie! Bevor jemand auftaucht und uns entdeckt!»
Die Erscheinung von Olga und ihre angenehme Stimme flössten Detlef Vertrauen ein. Als sich die Blicke von Olga und Detlef trafen, blieben beide regungslos stehen. Ein unbeschreiblicher Augenblick der vollkommenen Vertrautheit verband die beiden in diesem kurzen Moment. Ein Gefühl der Wärme stieg in Detlef auf und auch Olga fühlte ein leichtes Kribbeln im Bauch. Detlef hätte sie in diesem Moment gerne in die Arme genommen, doch er war zu schwach.
Shatner, der draussen im Gang die Lage sicherte, rief ungeduldig: «Los! Macht schon! Ich habe da ein ganz mieses Gefühl. Ich glaube, wir kriegen bald Besuch!» Olga ging zu Stoll und umarmte ihn. Sie streichelte zärtlich seinen Kopf.
«Wir bringen Sie in Sicherheit», sagte sie leise und zwinkerte ihm zu.
Für einen Augenblick konnte man ein schwaches Lächeln auf Detlefs Lippen erkennen.
Olga nahm Stoll an der Hand und führte ihn aus der Zelle. Leicht schwankend folgte er ihr. Olga musste sich jetzt genau an ihren Plan halten. Der kleinste Fehler könnte für sie tödlich enden.
Olga führte, mit Stoll im Schlepptau, die Gruppe an. Nur sie kannte den Weg zum Ausgang in den Metrotunnel. Broderick und Shatner folgten wenige Schritte hinter ihnen. Wieder ging es durch endlose

Gänge. Ein unendliches Labyrinth, aus dem es kaum einen Ausweg zu geben schien.

Nach einer Weile blieb Olga am Ende eines Ganges stehen und zeigte auf eine massive Metalltür, die ihnen den Weg versperrte. «Hier ist er. Das ist der Zugang zur Metro. Da müssen wir hindurch.» Wieder war es eine elektronisch gesicherte Tür. Shatner wollte gerade seinen Display-Scanner aus dem Rucksack holen, doch Olga stoppte ihn.

«Warte! Ich kenne den Code.»

Shatner und Broderick schauten sich verdutzt an.

Olga lächelte und tippte den Code ins Display. Es machte Klick und die Tür schlug mit einem lauten Knall auf. Ein starker Luftzug erfasste die Gruppe. Es roch modrig und nach Eisenbahn. Das war eindeutig der Metrotunnel.

Erleichtert legte Broderick seine Hand auf Shatners Schulter und nickte anerkennend: «Wir haben es tatsächlich geschafft! Gratuliere!»

Währenddessen schob Olga den immer noch benommenen Stoll durch die Tür in den Metrotunnel hinein. Sie selbst blieb beim Eingang zum Tunnel stehen und wühlte in ihrer Handtasche. Shatner und Broderick, die immer noch nebeneinander standen, beobachteten dies. Blitzschnell zog Olga einen Spray aus ihrer Tasche und sprühte den beiden eine heftige Ladung Betäubungsgas direkt ins Gesicht.

Wild in den Augen kratzend, sanken die beiden in die Knie. Kurz darauf krümmten sie sich am Boden, bis sie schliesslich reglos liegen blieben.

Olga lächelte, folgte Stoll in den Metrotunnel und schloss die schwere Tür hinter sich zu. Dann trat sie mit einem kräftigen Fusstritt auf das Display, das beim Eingang im Tunnel an der Wand befestigte war. Es funkte und die Metalltüre schloss sich mit einem lauten Knall. Olga hätte zu gerne die Gesichter von Shatner und Broderick gesehen, wenn sie wieder zu sich kamen.

Im Tunnel war es stockdunkel. Olga schaltete ihre Taschenlampe ein.

Wo war Stoll? Sie hatte ihn nur einige Sekunden aus den Augen verloren, als sie das Display zerstört hatte. Olga blendete mit ihrer Taschenlampe in die Dunkelheit, doch Stoll schien wie vom Erdboden verschluckt zu sein.

«Stoll», rief sie, «wo zum Teufel stecken Sie? Kommen Sie zurück, Sie kennen den Weg nicht.»

Intuitiv entschied sie sich, nach rechts zu laufen, denn in dieser Richtung war der einzige Ausgang, den sie kannte. Wenn Stoll hier entlang gegangen war, dann würde sie ihn schnell einholen. Also lief Olga los. Stoll hatte keine Taschenlampe und so würde sie um einiges schneller vorankommen als er. Und tatsächlich: Schon bald erfasste ihr Lichtstrahl Stoll, der wankend durch die Dunkelheit irrte. Voller Verzweiflung versuchte er, dem Scheinwerferstrahl zu entkommen. Doch alle Anstrengungen nützen ihm nichts. Olga holte ihn ein und stoppte ihn.

«Sind Sie noch zu retten? Ich will Ihnen helfen und Sie rennen davon?», sagte sie ganz ausser Atem.

Auch Stoll schnappte nach Luft. «Wer zum Geier sind Sie? Sie sind doch keine Amerikanerin.»

«Und warum soll ich keine Amerikanerin sein?», fragte sie erstaunt.

«Weil Sie auf Russisch geflucht haben, als Sie das Display der Tunneltür eingetreten haben. Deshalb. Also? Was wollen Sie von mir?»

Olga war tatsächlich ein Fehler unterlaufen. Es stimmte. Als sie das Display eingetreten hatte, hatte sie laut geflucht. Aber dass sie das auf Russisch getan hatte, war ihr nicht bewusst.

«Ich bin Russin», sagte Olga, «aber ich kann Ihnen jetzt nicht die ganze Geschichte erzählen. Das würde viel zu lange dauern. Sie müssen mir einfach vertrauen. Ich werde Ihnen helfen zu flüchten. Ohne mich würden Sie nie einen Weg aus diesem Tunnel herausfinden. Es wird nicht lange dauern, dann wimmelt es hier nur so von russischen Geheimdienstagenten. Und darauf kann ich gut verzichten. Entweder Sie kommen mit mir mit, oder Sie bleiben hier im Tunnel, bis die Russen Sie wieder in die Hände kriegen.»

Olga wandte sich von Stoll ab und lief weiter in die Dunkelheit.

Stoll überlegte nicht lange und folgte ihr.
Das Geräusch der Wasserlachen, durch die sie liefen, hallte mit einem langen Echo durch die Tunnelwände. In dieser absoluten Dunkelheit gab einzig der Lichtkegel der Taschenlampe einen Anhaltspunkt, wohin sie liefen. Und Olga wusste, wohin sie laufen mussten. Es war schwül im Tunnel, der Schweiss tropfte den beiden über das Gesicht, und das Atmen fiel ihnen schwer in dieser stickigen Luft. Doch sie durften sich nicht ausruhen. Sie liefen Richtung Norden und kamen am Lüftungsschacht vorbei, der für ihren Ausstieg geplant worden war. Doch Olga hatte nicht im Sinn, hier an die Oberfläche zu klettern und den Amerikanern in die Arme zu laufen. Sie mussten weiter. Nach etwa einer halben Stunde erreichten sie einen Seitengang. Sie waren hier genau richtig. Olga schlüpfte in die Nische in der Wand und suchte die Tür. Sie hatte, vor ihrem Einsatz in der Uni, exakt diese Aussentür aufgebrochen, sodass sie einen alternativen Fluchtweg aus dem Metrotunnel haben würde. Vorsichtig, um keinen Lärm zu verursachen, öffnete sie die Tür. Sie führte in den Keller eines Wohnblocks. Olga schaltete die Taschenlampe aus und horchte. Alles war ruhig. Sie zog Stoll mit sich und sie stiegen die Treppen hoch, die sie aus dem Wohnblock hinaus, an die mehr oder weniger frische Luft von Moskau führte.
Olga schaute sich um.
«Wo sind wir hier? Und wie geht es jetzt weiter?», wollte Stoll wissen.
«Machen Sie sich keine Sorgen. Ich bin in dieser Stadt geboren. Ich kenne mich hier aus. Wir müssen ein Transportmittel finden, damit wir hier wegkommen.»
«Aber wohin?»
«Das werden Sie schon sehen. Sobald wir da sind, werde ich Ihnen alles erklären.» Olga stellte sich an den Strassenrand und hob die Hand.
«Was machen Sie da?», fragte Stoll verwundert. «Es ist doch weit und breit kein Taxi zu sehen.»
«Ich will auch kein Taxi anhalten, sondern irgendjemanden, der uns mitnimmt. Das funktioniert hier so: Man stellt sich an den

Strassenrand und hebt die Hand. Wenn wir Glück haben, bringt uns der Fahrer für einige Rubel an unser Ziel.»
Kaum hatte sie den Satz zu Ende gesprochen, schepperte ein klappriger, alter Lada heran und stoppte. Olga unterhielt sich kurz mit dem Fahrer.
«Los! Kommen Sie», rief Olga Stoll zu, «steigen Sie hinten ein!»
Olga setzte sich vorne zum Fahrer. Während der Fahrt unterhielten sie sich auf Russisch. Stoll verstand kein Wort. Er versuchte zu begreifen, was geschehen war. Diese betörende Frau hatte ihn aus den Fängen der Russen befreit. Sie war selbst eine Russin. Aber sie hatte doch auch die beiden Amerikaner überlistet. Wer war diese Frau? Was hatte sie mit ihm vor? Sie machte nicht den Eindruck, als wollte sie ihm etwas Böses antun.

Moskau – 21. Juli – Krszizanovskogo – 22.53 h

Nach einer halben Stunde Fahrt durch die Stadt hielt der Fahrer an. Olga drückte ihm einige Rubel in die Hand und sie stiegen aus. Stoll versuchte, den Strassennamen zu entziffern: «Krszizanovskogo». Ein fürchterlicher Zungenbrecher. Olga zog ihn weiter und sie betraten ein Mehrfamilienhaus. Mit dem Aufzug fuhren sie in das dritte Obergeschoss. Olga klingelte an einer Tür. Einen Augenblick später öffnete ein älterer Herr. Er schien sehr erstaunt zu sein, Olga hier zu sehen.
«Mein Gott, Olga. Ich hätte dich beinahe nicht wiedererkannt. Das ist aber eine Überraschung. Kommt herein.» Sie umarmten sich kurz und der Mann bat sie in seine Wohnung. Sie betraten die grosszügigen Räume. Die Wohnung war sehr gepflegt.
Olga begann, mit dem Mann Russisch zu sprechen. Er hörte ihr aufmerksam zu. Seinem Gesichtsausdruck nach zu urteilen, gefiel ihm nicht, was er von Olga zu hören bekam. Doch als Olga Stolls Namen erwähnte und auf ihn deutete, streckte ihm der Mann voller Ehrfurcht seine Hand entgegen.

«Es ist mir eine Ehre, Sie kennenzulernen, Herr Stoll. Ich bin Igor Makarow. Ein alter Freund von Olga. Sie hat mir eben erzählt, was geschehen ist. Ich hoffe, Sie fühlen sich etwas besser.»
Stoll erwiderte den Händedruck.
«Danke, es geht.»
Makarow machte eine einladende Handbewegung und zeigte auf die Sitzgruppe. «Ich glaube, wir haben einiges zu besprechen.»

Moskau – 21. Juli – Universität – 22.59 h

Broderick kam als Erster wieder zu sich. Seine Augen brannten höllisch und sein Schädel schien zu explodieren. Es dauerte einige Sekunden, bis er begriffen hatte, was geschehen war. Shatner lag noch immer regungslos am Boden. Broderick schüttelte ihn und klatschte ihm mit der Hand ins Gesicht.
«Verdammt noch mal! Wachen Sie auf, Shatner! Kommen Sie schon, wir müssen hier weg.»
Doch Shatner reagierte nicht. Broderick packte Shatner an den Armen und schleifte ihn den Gang hinunter. Bei jeder Tür hielt er an und versuchte, sie zu öffnen. Doch alle waren verschlossen. Er schleifte Shatner weiter, bis er endlich eine Tür fand, die sich öffnen liess. Es war ein Waschraum. Als er ihn mit Mühe in den kleinen Raum gezerrt hatte, schloss er hinter sich ab. Broderick nahm einen Eimer, füllte ihn mit kaltem Wasser und schüttete ihn Shatners ins Gesicht.
Shatner öffnete die Augen und schaute sich verwirrt um.
«Was ist los? Was zum Teufel ist geschehen?»
«Scheisse! Alles Scheisse. Diese billige Nutte hat uns ausgetrickst», sagte Broderick ausser sich vor Wut.
«Wer hat uns ausgetrickst?», fragte Shatner noch etwas benommen.
«Olga. Sie ist mit Stoll abgehauen. Wer weiss, wo sie jetzt sind. Ich hoffe nur, unsere Leute konnten sie beim Ausstieg aus dem Tunnel abfangen. Sonst sieht es verdammt schlecht für uns aus.»

Shatner richtete sich auf. Er war noch etwas unsicher auf den Beinen und musste sich am Rand des Waschbeckens festhalten.
«Und was machen wir nun?», fragte Shatner ratlos.
«Zuerst müssen wir hier raus. Es wird nicht lange dauern, bis die Russen entdecken, dass Stoll verschwunden ist. Und dann ist hier die Hölle los!»
«Und wie kommen wir hier raus?»
«Der Zugang zum Tunnel ist versperrt, also bleibt uns nur noch derselbe Weg, auf dem wir hergekommen sind. Wir suchen den Hauptausgang und spazieren freundlich grüssend hinaus.»
«Und Sie glauben, das funktioniert?»
«Wir werden sehen. Ich schlimmsten Fall haben Sie ja noch Ihre Waffe und den Sprengstoff.»
Shatner schüttelte verzweifelt den Kopf. Er wollte einfach nicht wahrhaben, was geschehen war. Was hatte Olga vor?
Vorsichtig schlichen Shatner und Broderick durch die Gänge. Es war schwierig, den Weg zu finden. Es dauerte einige Zeit, bis sie den Fahrstuhl erreichten, in dem sie die beiden bewusstlosen Beamten der Regierung zurückgelassen hatten. Sie stiegen die Treppen hoch, bis sie die grosse Eingangshalle erreichten. Zum Glück war die Halle nicht leer. Einige Studenten alberten herum, lachten und tranken Bier. Das würde die Wachen vielleicht etwas ablenken. Selbstbewusst schritten Shatner und Broderick zum Ausgang. Ein Sicherheitsbeamter kam auf sie zu. Shatner hatte seine Waffe geladen und entsichert in seiner Westentasche. Er könnte blitzschnell reagieren, falls es notwendig sein sollte.
Doch der Wachmann ging an ihnen vorbei und schickte einige pöbelnde Studenten aus der Eingangshalle. Shatner und Broderick marschierten weiter. Ihre Schritte wurden schneller. Freundlich grüssten sie den zweiten Wächter, der gelangweilt in seinem Wachhäuschen sass. Unbeschadet erreichten sie den Ausgang. Draussen angekommen, atmeten sie tief durch. Als sie genügend Abstand zum Gebäude hatten, nahm Shatner sein Funkgerät und meldete sich bei seinen Agenten, die immer noch auf ihren

Positionen waren und schon lange einen Funkspruch von ihm erwartet hatten.
«Hier Shatner. Habt ihr sie?»
Es knackte und rauschte bevor eine Antwort kam.
«Verdammt noch mal! Wir warten schon mehr als eine Stunde auf ein Lebenszeichen von euch. Was war los?»
«Also habt ihr sie nicht?», fragte Shatner ungeduldig.
«Wen?»
«Petrowa und Stoll.»
«Was soll dieser Blödsinn. Petrowa ist doch bei euch?»
«Aktion abbrechen. Treffpunkt Null», sagte Shatner ins Funkgerät.
«Aber ...»
«Nichts aber! Treffpunkt Null. In zehn Minuten!»

Berlin – 22. Juli – Verteidigungsministerium – 04.30 h

Die Meldung über den Misserfolg von Stolls Befreiungsaktion in Moskau erreichte Verteidigungsminister Seidler mitten in der Nacht. Er liess umgehend alle Beteiligten des Falles bei ihm antraben: Schiller, Rösler, Kowalski, Kuss, Meischner, die beiden BKA-Beamten Brent und Kleist. Und sie alle wussten, wenn Seidler sie mitten in der Nacht ins Verteidigungsministerium beordern liess, dann bedeutete das nichts Gutes.
Ohne die Anwesenden zu begrüssen, begann Seidler mit seinen Ausführungen: «Ich habe vor einer Stunde die Meldung erhalten, dass Stoll bei der Befreiungsaktion entkommen konnte. Wie es hiess, dank der Hilfe einer Russin. Stoll ist verschwunden. Die Amis haben es also versaut. Ich hätte niemals mein Einverständnis geben dürfen. Es war mein Fehler, den Amerikanern zu vertrauen. Sie schulden uns ein paar Antworten. Unterdessen sollten wir endlich diesen Hübner finden! Und wo zum Teufel ist Ute Stoll? Immer noch kein Lebenszeichen von ihr?»
Kowalski schüttelte den Kopf.

«Finden Sie sie! Wenn die Russen Stoll nicht mehr haben, dann dauert es nicht lange, bis sie nach Hübner und Ute Stoll suchen werden. Ich brauche keine weiteren Leichen oder Entführungen. Verstanden?»
Die Anwesenden nickten.
«Na, was sitzen Sie denn noch hier rum? Verschwinden Sie! Und treten Sie mir erst wieder unter die Augen, wenn Sie Hübner oder Frau Stoll haben!»

Moskau – 22. Juli – Universität – 09.22 h

Sokolow war ausser sich, als er von Stolls Verschwinden erfuhr. Die Täter mussten sich in der Universität ausgekannt haben. Er betrachtete die Bilder der Überwachungskameras. Als er die amerikanische Architektengruppe auf dem Bildschirm sah, stoppte er die Aufnahme und vergrösserte einen Ausschnitt. Er erkannte die Frau mit dem kurzen blonden Haar sofort. Das war Olga! Eindeutig.
Die beiden Wachen, die ausser Gefecht gesetzt worden waren, standen neben Sokolow. Er schrie die beiden an, dass man es in der halben Universität hören konnte. Anschliessend gab Sokolow einem Offizier den Befehl, die beiden Wachmänner zu «entfernen» und dafür zu sorgen, dass sie Moskau in naher Zukunft nicht mehr so schnell zu Gesicht bekommen würden. Sokolow selbst drohte wohl ein ähnliches Schicksal, denn er musste jetzt in die Lubjanka, um dort dem Ausschuss des Geheimdienstes zu erklären, was in der Universität geschehen war.

Moskau – 22. Juli – Amerikanische Botschaft – 09.43 h

Antworten verlangte auch der amerikanische Botschafter in Moskau. Broderick und Shatner sassen auf harten Stühlen dem Botschafter gegenüber.
«Wissen Sie eigentlich, in was für Schwierigkeiten Sie uns mit Ihrer dilettantischen Aktion gebracht haben? Mein Telefon läuft seit heute Morgen heiss. Unser Botschafter in Berlin ist auf das Verteidigungsministerium beordert worden. Dort macht man ihn gerade zur Schnecke. Und warum?»
Der Botschafter schlug mit seiner Faust auf den massiven Schreibtisch. «Wegen Ihrer stümperhaften Fähigkeiten. Sie lassen sich einfach von einer Doppelagentin übers Ohr hauen!»
Broderick und Shatner sassen da wie zwei begossene Pudel. Die gross angelegte Suchaktion nach Stoll und Olga hatte nichts ergeben. Vermutlich waren die beiden schon über alle Berge. Nachdem der Botschafter seine Standpauke beendet hatte, erteilte er Shatner und Broderick den Befehl, unverzüglich nach Berlin zurückzukehren. Hier in Moskau würde sich der Botschafter persönlich um die Suche nach Olga und Stoll kümmern. Shatner und Broderick sollten in Berlin diese Frau Kaltenbach oder Frau Stoll aufspüren.

Moskau – 22. Juli – Flughafen Domodedovo – 11.17 h

Shatner und Broderick sassen in einem Café und warteten, bis ihr Flug nach Berlin aufgerufen wurde.
«Wissen Sie was?», sagte Shatner. «Ich glaube, es gibt noch eine Möglichkeit, die wir bis jetzt nicht in Betracht gezogen haben.»
«Da bin ich aber gespannt», spottete Broderick.
«Was ist, wenn Olga unsere Pläne kannte und uns deshalb verraten hat?»
«Das glaube ich nicht», sagte Broderick.

«Was würden Sie denn machen, wenn Sie herausfinden, dass Ihre Patner Sie beseitigen wollen?»
«Sie haben recht. Hat sie womöglich etwas von unserem Gespräch vor dem Haus mitbekommen?»
«Wenn es so ist», sagte Shatner, «dann kann ich mir denken, was sie vorhat und wohin sie will.»
«Und wohin?»
«Zurück nach Berlin. Dort ist Stoll viel sicherer als hier. Und wenn Olga Stolls Vertrauen gewinnen kann, erfährt sie vielleicht, wie das MRB14 tatsächlich hergestellt wurde. Wenn sie das schafft, schauen wir ganz dumm in die Röhre!» Broderick kniff seine Augen zusammen.
«Glauben Sie, Stoll wird ihr das Geheimnis einfach so verraten?»
«Für Olga ist das ein Kinderspiel. Auch Sie müssten mittlerweile wissen, dass sie es sogar schaffen würde, einen Eunuchen zu verführen. Wenn Stoll ein Geheimnis hat, dann wird sie es ihm entlocken. Da bin ich mir ganz sicher!»
«Und was schlagen Sie vor?»
Shatner atmete tief durch: «Wenn wir das MRB14 nicht kriegen, dann soll es auch nicht in andere Hände geraten. Im schlimmsten Fall werden wir Olga und Stoll eliminieren müssen, falls wir sie finden.»

Moskau – 22. Juli – Krszizanovskogo – 13.41 h

Olga und ihr Bekannter Igor Makarow führten eine lange und heftige Diskussion. Währenddessen schlief der völlig erschöpfte Stoll ein.
Am frühen Nachmittag weckten sie ihn. Olga setzte sich zu Stoll aufs Bett und stupste ihn ganz sanft.
«Hallo, Herr Stoll. Aufstehen», sagte sie mit zarter Stimme.
Stoll erwachte langsam und schaute in Olgas Augen. Er spürte wieder diese sonderbare Wärme in sich aufsteigen. Olga hatte ihre Hand auf seine gelegt. Die Berührung dieser Frau löste eine

unglaubliche Energie in ihm aus. «Wo bin ich hier?», fragte er neugierig.
«Wir sind hier bei meinem Freund Igor Makarow. Sie brauchen keine Angst zu haben.»
«Was wollten eigentlich die beiden Amerikaner gestern in der Uni?»
«Die hatten den Auftrag, Sie in die Deutsche Botschaft in Moskau zu bringen.»
Stoll setzte sich auf.
«Und weshalb haben Sie das verhindert?»
«Weil die Amerikaner nicht wirklich vorhatten, Sie in die Deutsche Botschaft zu bringen. Das wäre zwar ihr Auftrag gewesen, doch die beiden hatten ihre eigenen Pläne. Ich habe zufällig ein Gespräch mitbekommen. Sie wollten Sie entführen, um Ihnen das Geheimnis des MRB14 zu entlocken.»
«Olga erzählt die Wahrheit.» Makarow kam mit einem Tablett ins Zimmer. Kaffee, Brot, Eier, Fleisch und eine Flasche Wodka.
«Sie sollten etwas essen, damit Sie wieder zu Kräften kommen.» Makarow lächelte: «Sie haben mit Ihrer Entdeckung nicht nur einen Stein, sondern einen ganzen Berg ins Rollen gebracht! Die halbe Welt ist hinter Ihnen her. Sie sollten auf Olga hören.» Makarow stellte das Tablett auf den Tisch und verliess das Zimmer.
«Ich verstehe nicht», sagte Stoll, «was haben Sie denn mit mir vor?»
Olga stand auf und brachte das Essen ans Bett.
«Sie sollten zuerst etwas essen. Unterdessen werde ich Ihnen meinen Plan in aller Ruhe erklären.»
Detlef nahm ein Stück Brot und schenkte sich und Olga einen Wodka ein. Er hatte einen Bärenhunger. In der Zwischenzeit erzählte ihm Olga, was vor seiner Befreiung geschehen war und was sie jetzt vorhatte.
«Natürlich sind Sie in Ihrer Heimat am sichersten. Wir beide werden nach Berlin zurückkehren, aber erst wenn ein bisschen Gras über die Sache gewachsen ist. Wir werden uns auf dem Rückweg viel Zeit lassen. Und falls der Tumult um die Geschichte nicht nachlässt, werde ich eine andere Lösung für uns finden. Das Wichtigste ist im

Moment, dass vorerst niemand das Geheimnis von MRB14 exakt entschlüsseln kann.»

Stoll schüttelte den Kopf und vergrub sein Gesicht in den Händen. Olga streichelte sanft über seinen Kopf und sagt: «Könnten Sie es wirklich verantworten, dass nur ein einziger Staat das MRB14 besitzt? Das würde die Machtverhältnisse, die sich in den letzten Jahren etwas ausgeglichen haben, wieder völlig durcheinander bringen. Und wir, Herr Stoll, können genau das verhindern. Sie müssen mir vertrauen. Das ist Ihre einzige Chance.»

Olga schaute ihm tief in die Augen.

Stoll überlegte: Was diese Frau da sagte, machte durchaus Sinn. Stoll war klar, dass man ihn jagen würde, solange er hier in Moskau war. In Berlin wäre er am Sichersten.

«Gut», meinte Stoll, «ich glaube es bleibt mir nichts anderes übrig. Also, was schlagen Sie vor, was wir als Nächstes tun sollten?»

«Zuerst nehmen Sie eine Dusche und ziehen sich neue Kleider an. Igor hat Ihnen ein paar Sachen bereitgelegt. Danach erkläre ich Ihnen die Details meines Plans.»

«Okay.»

Detlef Stoll stand unter der Dusche und genoss das warme Wasser, das über seinen Körper plätscherte. Die Anspannung der letzten Tage schien wie das Wasser, langsam von ihm abzuperlen. Als er fertig geduscht und die neuen Kleider angezogen hatte, ging er ins Wohnzimmer. Makarow und Olga sassen am Tisch und diskutierten.

«Ah, Herr Stoll, bitte setzen Sie sich zu uns. Wir besprechen gerade, welches die beste Strecke ist, um Sie auf Umwegen zurück nach Berlin zu bringen.»

Makarow war aufgestanden und bat Stoll einen Platz an. «Ich schlage vor, ihr fahrt zuerst in den Süden, dann über die ukrainische Grenze, dann nach Rumänien, Ungarn, bis nach Deutschland. Für diese rund 3000 Kilometer lange Strecke benötigt ihr etwa zwei Wochen. Lasst euch alle Zeit, die ihr braucht. Und wechselt unterwegs so oft ihr könnt euer Aussehen, eure Kleider, Transportmittel usw.» Makarow zog einen Umschlag aus seiner Hosentasche und drücke ihn Olga in die Hand.

«Was ist das?», fragte sie überrascht.
«Mein Abschiedsgeschenk!», sagte Makarow und lächelte.
Olga öffnete den Umschlag. Sie fand zwei Pässe und ein dickes Bündel Geld. «Igor», sagte Olga erstaunt, «danke, dass du uns die Ausweise so schnell besorgt hast. Aber das Geld können wir nicht annehmen.»
«Olga, ich bin alt und brauche das Geld nicht mehr. Und wenn es euch hilft, macht es mich glücklich. So rettet ein Teil meines Vermögens vielleicht die Welt!» Makarow strahlte.
Kaum waren seine Worte verklungen, war Reifenquietschen unten von der Strasse her zu hören. Makarow stand auf und eilte zum Fenster. «Da sind sie ja schon. Ihr müsst euch beeilen. Los! In meiner Küche ist ein Warenlift. Dort solltet ihr beide reinpassen. Leider gibt es nicht Platz für uns drei. Also los, macht schon!»
«Aber Igor!», sagte Olga verzweifelt, «sie werden dich ...»
«Keine Angst», sagte Makarow mit einem ruhigen Lächeln.
Er führte Olga und Stoll zur Küche. Dort quetschten sich die beiden in den Warenlift. Makarow warf Olga einen letzten Blick zu: «Pass auf ihn auf! Dieser Mann könnte die Welt verändern ...»
Olga nickte, dann drückte Makarow einen Knopf und Olga und Stoll fuhren mit dem Lift in die Tiefe.
Als der Warenlift in der Dunkelheit des Schachtes verschwunden war, klingelte es an der Tür. Makarow ging zur Haustür und öffnete sie. Mehrere Männer in dunklen Anzügen standen vor seiner Wohnung.
«Sind Sie Igor Makarow?», fragte einer mit scharfem Ton.
«Wenn dieser Name schon dreissig Jahre unter meiner Hausklingel steht, dann wird es wohl so sein», sagte Makarow ironisch. Er wusste genau, wer da vor ihm stand. Eigentlich hatte er die Herren schon früher erwartet. Der russische Geheimdienst war auch nicht mehr das, was er einmal war.
Ohne zu fragen, traten die Herren in die Wohnung und schoben Makarow unsanft beiseite. Sie durchsuchten alle Räume, schienen aber nicht zu finden, wonach sie suchten.

«Was suchen Sie, wenn ich fragen darf?», fragte Makarow freundlich.
«Das wissen Sie genau. Wo sind Stoll und Petrowa? Wir wissen, dass sie hier waren. Heraus mit der Sprache oder Sie werden mich kennenlernen.»
«Glauben Sie mir: Ich kenne Sie. Aber Sie kennen mich nicht, und Sie wissen nicht, wozu ich fähig bin ...»
Das brachte den Offizier in Rage.
«Sie minderwertiges Subjekt! Ich verhafte Sie wegen Hochverrats an Russland. Führt diesen Verräter ab und werft Ihn in das dreckigste Verlies der Stadt!»
Noch bevor die Männer Makarow an den Armen gepackt hatten, steckte er seine Hände in seine Hosentasche. Er nahm unbemerkt eine Pille aus einer Dose und versteckte sie in seiner Hand. Als die Männer ihn das Treppenhaus hinunterzerrten, nahm er die Pille in seinen Mund. Dieses kleine unscheinbare Ding würde also sein Leben hier und jetzt beenden. Er hatte nicht geglaubt, dass er diese Pille einmal verwenden müsste. Doch jetzt war der richtige Zeitpunkt gekommen.
Mit einem Lächeln auf dem Gesicht zerkaute er die Kapsel. Er spürte, wie sein Puls sich verlangsamte, und er dachte ein letztes Mal an Olga und Detlef. «Macht's gut ihr beiden. Ich hoffe, ihr schafft es.»
Sekunden später setzte sein Herz aus und er fiel leblos zu Boden.

Berlin – 6. August – Polizeirevier Neukölln – 10.22 h

Der Lautsprecher in Kowalskis Büro knackste und die Worte, die der Polizeichef hörte, waren wie Musik in seinen Ohren: «Wir haben Hübner! Sollen wir ihn gleich zu dir bringen, Chef?»
«Aber natürlich. Ich freue mich schon auf die Antworten von Herrn Hübner!»

Kowalski verschränkte zufrieden seine Arme und lehnte sich in seinen Sessel zurück. «Kommt rein, Jungs! Immer hereinspaziert!»
Kuss und Meischner brachten Herbert Hübner in Handschellen in Kowalskis Büro.
«Bitte machen Sie es sich doch gemütlich, Herr Hübner», lächelte Kowalski und deutete mit seinem Kinn auf einen Stuhl. «So, dann erzählen Sie mir doch bitte, was Sie in den letzten Tagen gemacht haben, Herr Hübner.»
«Ich habe nichts Unrechtes getan!», protestierte der wütende Hübner. «Oder ist es verboten, eine Tonne zu entsorgen? Ich wusste ja nicht, was in der Tonne war.»
In diesem Punkt hatte Hübner Recht. Auch nach einem langen Verhör konnte Kowalski ihm keine absichtlichen Straftaten nachweisen. Hübner erzählte, dass er die Tonne mit dem Abfall auf der Baustelle der Autobahn ‹entsorgt› habe, weil er die Entsorgungsgebühr sparen wollte. Er hätte aber deshalb ein schlechtes Gewissen gehabt und wollte die Tonne wieder abholen und regelkonform entsorgen. Aber als er am nächsten Tag die Tonne wieder holen wollte, war sie verschwunden. Von einem Krater hinter seinem Haus hätte er nichts gewusst.
Und genau dieser Punkt wurmte Kowalski. Bei den Laboruntersuchungen der Reste der Kanister, die im Krater sichergestellt worden waren, wurden keine Rückstände des MRB14 gefunden. Auch Fingerabdrücke oder Fussspuren fehlten nach der gewaltigen Detonation. Kowalski wusste mit Bestimmtheit, dass Hübner diese Kanister hinter seinem Haus vergraben hatte, aber er hatte keine Beweise dafür. Und dass Hübner für ein paar Tage verschwunden war, war noch kein Beweis. Er sei bei seinem Freund in Leipzig gewesen, behauptete Hübner.
Und so musste Kowalski, nach einem langen Telefongespräch mit dem Verteidigungsminister, Herbert Hübner die Handschellen wieder abnehmen und ihn aus der Untersuchungshaft in die Freiheit entlassen.
Kurze Zeit später wurde auch Ute Stoll von der Polizei aufgespürt und verhört. Doch alle Bemühungen, Licht ins Dunkel zu bringen,

scheiterten kläglich. So blieb der Polizei nichts anderes übrig, als auch Ute Stoll wieder auf freien Fuss zu setzen.
Überhaupt hatte sich die Jagd nach dem MRB14 in den letzten Tagen etwas beruhigt. Offiziell versicherte man sich auf höchster diplomatischer Ebene, dass die Suche nach Stoll bald eingestellt würde. Aber weder die Russen noch die Amerikaner würden sich ernsthaft an diese Abmachung halten.

Prag – 6. August – Innenstadt – 13.48 h

Olga Petrowa und Detlef Stoll gingen Hand in Hand durch die Strassen von Prag. Niemand drehte sich nach ihnen um. Sie fühlten sich sicher. Sie tranken Wein, schlenderten unbekümmert durch die Strassen und genossen ihre Freiheit. Sie waren schon seit einigen Tagen in Prag. Der ganze Druck und die Angst der letzten Tage hatten viel Kraft gekostet. Doch hier konnten sie sich endlich entspannen. Sie setzten sich auf eine Bank am Ufer der Moldau und schauten dem bunten Treiben auf dem Fluss zu. Dutzende Ausflugsschiffe und viele kleine Boote fuhren den Fluss auf und ab. Es war Wochenende und die Touristen kamen an diesem schönen Herbsttag in Scharen in die Stadt.
Detlef rieb sich mit der einen Hand den Arm, den er sich im Gewächshaus gebrochen hatte. Der Gips war weg und mit ihm auch die Schmerzen.
«Es ist wunderschön hier. Warum können wir nicht für immer in Prag bleiben?», fragte Detlef Stoll.
«Prag ist wirklich traumhaft. Aber wir dürfen nicht zu lange am selben Ort bleiben, das wäre gefährlich. Mit jedem Tag steigt die Wahrscheinlichkeit, dass wir entdeckt werden. Wir müssen weiterziehen. Es gibt noch viele andere schöne Flecken auf der Erde.» Olga blinzelte. Die Sonne schien ihr direkt ins Gesicht.
«Du brauchst eine Sonnenbrille, sonst machst du dir deine schönen Augen kaputt.»

«Ich weiss.» Olga stand auf und zog Detlef mit sich. «Lass uns einkaufen gehen. Du brauchst einen neuen Anzug. Mit deinem Bart und diesen alten Klamotten siehst du aus wie ein Penner.» Olga lachte und zupfte ihn am Bart.
«Lass das! Ich weiss selbst, dass ich bescheuert aussehe. Ich hatte noch nie einen Bart. Gut, man könnte ihn vielleicht ein bisschen stutzen ...»
Sie schlenderten durch die Einkaufsstrassen und kauften einen schicken Anzug für Detlef und eine Sonnenbrille für Olga. Anschliessend gingen sie zu einem Friseur. Olga liess sich ihr Haar wieder schwarz färben und Stolls langer Bart wurde in eine Form gebracht, die den Namen ‹Bart› auch verdient hatte. Danach wollten sie sich, nach der abenteuerlichen Flucht und den Strapazen der letzten Tage, zum ersten Mal ein richtiges Abendessen gönnen. Also gingen sie am Abend in eines der schicksten Restaurants von Prag.
Olga sah bezaubernd aus und ihr Haar duftete wieder herrlich nach Orchideen. Auch Detlef hatte, für diesen speziellen Abend, sein Gardenienparfüm aufgetragen. Er konnte sich nicht an Olga sattsehen. Sie glich in ihrem Abendkleid und den schwarzen Haaren einer Märchenprinzessin.
Schon auf der Flucht waren sie sich gezwungenermassen näher gekommen. Sie schliefen die meiste Zeit im Wagen. Ab und zu suchten sie sich einen abgelegenen Bauernhof und übernachteten im Stroh.

Als sie eines Abends, mitten in der Ukraine, auf einer Wiese lagen und in den funkelnden Sternenhimmel blickten, sagte Detlef: «Sag mal, Olga, warum hast du mich noch nie nach dem MRB14 gefragt?»
«Vielleicht ist es besser, wenn ich das Geheimnis nie erfahre. Ich weiss ja auch gar nicht, ob du weisst, was die restlichen 3% sind? Igor Makarow vermutete, dass du etwas weisst. Er war wirklich ein guter Freund, doch nun ist er bestimmt tot.»
«Du hast ihn sehr gemocht, nicht wahr?»

«Ja, das habe ich. Er war wie ein Vater für mich.» Detlef sah, wie eine Träne über ihre Wangen kullerte. Er beugte sich zu Olga und küsste ihr die Tränen vom Gesicht. Olga liess es geschehen.
«Ich weiss auch nicht warum», sagte Detlef verlegen, «aber ich fühle mich in deiner Gegenwart so wohl wie nie zuvor. Schon als ich dich in der Uni zum ersten Mal sah, wusste ich, dass ich dir vertrauen kann.»
Olga schwieg. Sie lag nur da und schaute zu den Sternen hinauf. Detlef nahm ihre Hand und drückte sie fest an seine Brust. Eine wohlige Wärme durchströmte ihn. Nach einiger Zeit lehnte er sich zu ihr hinüber und flüsterte ihr etwas ins Ohr.
«Das ist nicht dein Ernst?», sagte sie völlig überrascht.
«Doch, das ist es», antwortete er.
«Und du bist ganz sicher?»
«Das bin ich. Ich habe nächtelang darüber nachgedacht. Und plötzlich fiel es mir wie Schuppen von den Augen. Es kann nichts anderes sein. Ich kann mich zwar nicht mehr an das Gewitter und was um mich herum geschah, erinnern. Aber ich weiss genau, was ich vor dem Sturm im Garten gemacht habe. Es klingt verrückt, aber es ist wahr.»
«Darauf wäre ich nie im Leben gekommen. Kein Wunder, dass niemand die Lösung findet.» Olga hatte sich aufgesetzt. Sie kannte nun das Geheimnis von MRB14! Sie besass die Information, nach der sie so lang gesucht hatte.
Sie musste lachen.
«Was ist daran so lustig?», fragte Detlef verwundert.
«Ich habe an Sigorowitsch, Sokolow, Shatner und Broderick gedacht. Wenn die wüssten, dass ich das Geheimnis kenne, hinter dem sie schon so lange her sind.»
«Und was willst du jetzt tun?», fragte Detlef neugierig.
«Nichts. Ich werde dieses Geheimnis für mich behalten. Ich weiss wie gefährlich es wäre, wenn es in falsche Hände geraten würde.» Olga drehte sich zu Detlef.
«Lass uns ein gemeinsames Versprechen abgeben. Detlef, was auch immer geschieht, wir behalten unser Wissen für uns. Versprochen?

Und wenn wir diese Flucht heil überstehen sollten, werden wir uns überlegen, was wir aus deiner Erfindung machen können. Und zwar gemeinsam. Bist du einverstanden? Ich würde es mir so sehr wünschen.» Olga schaute Detlef tief in die Augen.
Detlefs Herzschlag raste. Das klang ja fast wie ein Heiratsantrag. Mit Olga zusammen eine neue Zukunft aufbauen, nichts wünschte er sich mehr. Aber er hatte nicht gewagt, es auszusprechen. «Ich wünsche mir nichts sehnlicher, als mir dir zusammen zu sein ...»

Das war vor ein paar Tagen gewesen. Nun sassen sie in diesem feinen Restaurant in Prag und genossen das Abendessen, das soeben aufgetischt worden war. Immer wieder trafen sich ihre Blicke.
«Gehen wir noch an die Bar?», fragte Detlef, als er die Rechnung beglichen hatte. «Ich könnte einen Cognac vertragen.»
Die Bar war fast leer. Olga und Detlef setzten sich in bequeme Sessel in eine Ecke und bestellten zwei Cognac. Olga wartete, bis der Kellner die Getränke serviert und sich wieder entfernt hatte.
«Detlef. Was ich dir jetzt sage, wird dir vielleicht nicht gefallen. Aber es muss sein. Ich werde bald nach Berlin fahren. Alleine. Ich muss dort etwas erledigen. Das ist von grosser Wichtigkeit für unsere gemeinsame Zukunft. Du wirst hier auf mich warten, bis ich wiederkomme. Es wird bloss ein paar Tage dauern.»
Einen Augenblick lang überlegte Detlef, ob er Olga wirklich zu unrecht vertraut hatte, als er ihr das Geheimnis des MRB14 verraten hatte. Würde sie ihn nun im Stich lassen und mit dem Geheimnis abhauen? Doch diese treuen Augen konnten ihn doch nicht die ganze Zeit belogen haben?
«Ich lasse dich nicht alleine gehen», sagte Detlef trotzig, «du wirst in Berlin bestimmt gesucht. Du bist genauso in Gefahr wie ich. Zu zweit können wir besser aufeinander aufpassen.»
«Vergiss es, Detlef. Bei meinem Plan kannst du mir nicht helfen. Ich finde es unklug, wenn wir uns beide in Gefahr begeben.»

«Was haben wir uns in dieser Sternennacht damals in der Ukraine versprochen? Hast du das vergessen? Wir schaffen das gemeinsam. Beide oder keiner.»
Olga war über die Entschlossenheit von Detlef überrascht. So hatte sie ihn noch nie erlebt. Und es gefiel ihr. Sie musste also ihren Plan ändern.
«Na gut, wenn du unbedingt willst. Aber eines muss dir klar sein. Es wird sehr gefährlich werden», sagte Olga sichtlich besorgt.
«Ich habe mich in den letzten Wochen an eine härtere Gangart gewöhnt», lächelte Detlef.
Olga erzählte ihm, was sie in Berlin vorhatte. Detlef war gar nicht begeistert. Olgas Plan war gefährlich. Sehr gefährlich sogar. Aber falls der Plan klappen würde, so wären sie frei, für den Rest ihres Lebens!

Berlin – 8. August – Neukölln – 06.31 h

Kuss und Meischner fuhren Streife durch die Strassen von Neukölln. Sie beobachteten die Menschen, die an diesem Morgen zur Arbeit fuhren. Alles war wieder wie früher. Die friedlichen Menschenmengen waren längst verschwunden und Hektik war wieder an der Tagesordnung.
Kuss und Meischner wollten gerade mit ihrem Streifenwagen um eine Ecke biegen, als Kuss seinen Ellbogen in Meischners Seite stiess und sagte: «Du, schau mal! Der Typ da drüben im dunklen Anzug. Der mit dem Bart.»
«Was ist mit dem?»
«Irgendwie kommt er mir bekannt vor. Und was macht ein Typ frühmorgens in einem teuren Anzug in dieser Gegend?»
Meischner zuckte mit den Schultern.
Kuss überlegte: «Wenn ich bloss wüsste, wo ich den schon einmal gesehen habe!»

«Dann fahr ihm nach und schau ihn dir genauer an. Ich kenne ihn nicht.»
«Das mach ich auch.» Kuss fuhr langsam dem Mann hinterher. Immer wieder drehte sich der Verdächtige um. Als er den Streifenwagen entdeckte, fing er an zu laufen. Dann entdeckte Meischner einen zweiten gut gekleideten Mann, der dem ersten auf derselben Strassenseite in etwa 50 Metern Abstand folgte. Nun war auch Meischners Neugier geweckt.
«Da hinten ist noch einer. Er scheint dem da vorne zu folgen. Halt an, ich will den Typen überprüfen.»
Kuss parkte das Fahrzeug in der nächsten Querstrasse. Als sie ausstiegen, war der vordere der beiden Männer nur wenige Meter von ihnen entfernt. Als er sich ein weiteres Mal ängstlich umdrehte, erkannte ihn Kuss.
«Stoll! Himmel noch mal, das ist Stoll!», rief Kuss wie von der Tarantel gestochen.
«Niemals», sagte Meischner. «Stoll hat keinen Bart. Du täuschst dich.»
«Nein. Ich bin sicher. Das will ich jetzt genauer wissen.»
Kuss lief dem Mann im Anzug nach.
«Stoll, bleiben Sie stehen!» Augenblicklich drehte der Mann sich um. Als er Kuss erkannte, begann er noch schneller zu laufen. Kuss blieb ihm dicht auf den Fersen. Auch Meischner rannte den beiden nach. Stoll hatte einen Vorsprung von 30 Metern und war erstaunlich fit. Er bog um die nächste Häuserecke und beschleunigte sein Tempo. Sein Vorsprung wurde grösser. Kuss und Meischner hatten Mühe, ihm zu folgen. Sie sahen noch, wie der Verdächtige zwischen zwei Häusern verschwand. Sie hatten ihn verloren. Schnell gingen sie zum Streifenwagen zurück und meldeten den Vorfall Kowalski. Der fiel aus allen Wolken. Mit vielem hatte er gerechnet, aber nicht, dass Stoll hier in Neukölln auftauchte. Sofort leitete er eine Fahndung ein. Alle verfügbaren Kräfte waren wieder einmal auf der Suche nach Stoll. Und natürlich sorgte die erneut eingeleitete Fahndung auch beim russischen und amerikanischen Geheimdienst für helle Aufregung.

Berlin – 8. August – Flughafenstrasse – 06.41 h

Stoll war zu Tode erschrocken, als er in die Augen von Kuss geschaut hatte. Aber zum Glück hatte er blitzschnell reagiert. Er konnte entkommen. Aber in seine Wohnung in der Flughafenstrasse konnte er nun sicher nicht mehr zurück. Die wurde bestimmt überwacht. Verdammt, wieso mussten genau diese beiden Polizisten hier auftauchen? Aber andererseits war er auch froh, dass die Polizei ihn verfolgte. So konnte er seinen anderen Verfolger abschütteln. Dieser Mann war ihm schon eine ganze Weile auf den Fersen. Doch als die Polizei aufgetaucht war, hatte er die Verfolgung aufgegeben.
Detlef rannte weiter Richtung Westen, vorbei am Flugplatz Tempelhof bis nach Kreuzberg. Dort war der Treffpunkt, den er mit Olga vereinbart hatte. Seinen Plan, in seinem Garten noch Hinweise zu suchen, die seine Vermutung bestätigen könnten, musste er aufgeben.
Unbeschadet erreichte er die Wohnung. Sichtlich erleichtert öffnete Stoll die Wohnungstür und schloss sofort hinter sich ab. Sein Herz klopfte heftig und sein Puls raste. Solche Aktionen waren nichts für ihn. Aber wo war Olga?

Berlin – 8. August – Potsdamer Platz – 07.12 h

Olga hatte sich bei einem alten Freund von Makarow einige wichtige Dokumente besorgt. Diese Dokumente waren ihre Lebensversicherung. Olga war entschlossen, ihren Plan durchzuführen, auch wenn dafür Menschenleben geopfert werden mussten. Sie hatte keine andere Wahl, wenn sie entkommen und ein freies Leben führen wollte.
Nachdem sie diese Dokumente erhalten hatte, ging sie zum Potsdamer Platz. Ihr Ziel war das Ritz Carlton Hotel.
In der Lobby erkundigte sie sich nach dem Zimmer von William Shatner. Sie wusste, dass Shatner hier residierte.

«Mr. Shatner ist auf seinem Zimmer, Nr. 511», sagte der Portier mit einem strahlenden Lächeln. Olga fuhr mit dem Lift in die fünfte Etage. Oben angekommen, stieg sie aus und sah nach links und nach rechts. Es war niemand auf dem Flur. Vor dem Zimmer 511 blieb sie stehen und atmete tief durch. In der einen Hand hielt sie ihre Pistole mit aufgesetztem Schalldämpfer. Olga klopfte. Als Shatner öffnete, hielt Olga die Pistole direkt an Shatners Kopf und stiess ihn zurück ins Zimmer. Schnell schloss sie hinter sich ab. Shatner war so überrascht, dass er zu keiner Reaktion fähig war. Im Zimmer lag ein leichter Hauch von Limette in der Luft.

«Setz dich da aufs Sofa», befahl Olga, «du tust jetzt genau das, was ich dir sage. Und zwar schnell! Und solltest du irgendwelche Tricks versuchen, schiesse ich dir beim ersten Mal ins Knie, dann in den Oberschenkel und immer weiter nach oben, bis ich beim wunden Punkt zwischen deinen beiden grossen Zehen angekommen bin. Ich habe genügend Zeit und genügend Munition. Und hören wird dich hier niemand. Hast du mich verstanden?»

Shatner konnte nicht glauben, was da passierte. Diesen entschlossenen Blick hat er noch nie in Olgas Augen gesehen. Er sass wie angewurzelt auf dem Sofa und starrte Olga an. Nachdem er die Fassung wiedergefunden hatte, stammelte er: «Wie zum Teufel kommst du hierher? Was willst du von mir? Dir ist schon klar, dass dein Auftritt hier ernsthafte Konsequenzen haben wird?»

«Ernsthafte Konsequenzen? Ich zeig dir gleich, was ernsthafte Konsequenzen bedeuten.»

Sie nahm die Aktenmappe mit den Dokumenten aus ihrer Tasche und warf sie Shatner hin.

«Was ist das?»

«Schau dir die Papiere genau an!» Olga stand etwa zwei Meter von Shatner entfernt. Weit genug, damit er sie nicht mit einem Sprung überwältigen konnte, und nah genug, um mit ihrer Pistole sicher zu treffen. Sie war entschlossen, die Waffe zu gebrauchen, falls es notwendig sein sollte.

Shatner blätterte die Papiere durch. Es waren geheime Dokumente über militärische Aktionen der Amerikaner sowie einige brisante politische Unterlagen, die unter keinen Umständen in fremde Hände geraten durften.

«Verdammt noch mal, wo hast du das her? Und was willst du damit?»

«Das ist meine Lebensversicherung. Solltest du mich ein zweites Mal übers Ohr hauen, gehen diese Papiere an Presseagenturen und an diverse Botschaften. Die werden sich bestimmt über diese Informationen freuen.»

Shatner war entsetzt. Das wäre eine Katastrophe, sollte Olga ihre Drohung wahr machen.

Olga war ausser sich vor Wut: «Ausschalten wolltest du mich. Du Schwein! Und auch Stoll wäre tot, wenn euer Plan aufgegangen wäre. Aber das ist euch ja Gott sei Dank gründlich misslungen. Ich habe euch belauscht, als ihr vor meiner Wohnung in Moskau euren heimtückischen Plan geschmiedet habt. Ich wusste, dass ihr mich eliminieren wolltet.» Sie nahm ein weiteres Papier aus der Tasche und gab es Shatner.

«Hier steht alles drauf, was du jetzt zu tun hast. Ich will zwei amerikanische Pässe und Geld. Und zwar sofort. Das ist möglich. Ich weiss, dass es möglich ist.» Um ihren Worten Nachdruck zu verleihen, zielte sie mit ihrer Waffe direkt auf Shatners Kopf. «Los jetzt! Ich habe nicht viel Zeit.»

«Einen Dreck werde ich tun. Sag mir bloss einen Grund, weshalb ich dir helfen sollte.» Olga zielte auf sein rechtes Knie und drückte ab. Es machte «Plopp» und die Kugel verfehlte ihr Ziel nur knapp und blieb in einem Tischbein stecken.

«Beim nächsten Mal treffe ich», sagte Olga.

Shatner griff hastig zum Telefon und rief die Botschaft an. Er verlangte Broderick und erklärte ihm die Situation. Broderick überlegte kurz und flüsterte ins Telefon, dass er die Pässe mit Mikrosendern ausrüsten würde, damit sie Olga und Stoll verfolgen könnten. Shatner blieb cool und verzog keine Mine. Nach einigen Minuten hatte Shatner das Gespräch beendet und legte auf.

«Broderick hat eingewilligt. Er will diese Dokumente und ihr kriegt dafür zwei Pässe und genügend Geld. Und wie geht es jetzt weiter?»

«Du wirst mir die Pässe und das Geld heute Mittag um Punkt 12.00 Uhr persönlich überbringen. Den Ort werde ich dir kurz davor bekannt geben. Und ich rate dir, alleine zu kommen. Ich kenne eure Tricks, ihr habt sie mir ja persönlich beigebracht.»
Ein Schmunzeln kräuselte über Olgas Lippen, doch im selben Augenblick erschrak sie, als sich die Badezimmertür öffnete und eine nackte Frau ins Zimmer trat. Die Frau blieb sofort stehen und bedeckte ihren Körper mit einem Badetuch.
«Aha», sagte Olga. «Du scheinst dich hier ja prächtig zu amüsieren. Du musstest dich wohl nach deiner Pleite in Moskau etwas abreagieren? Eine sehr erfolgreiche Strategie, um zum Ziel zu kommen ...»
Olga wandte sich an die halb nackte Frau, die für diese angespannte Situation eigenartig ruhig blieb.
«Hoffentlich bezahlt dich der Kaugummi-Teddybär auch gut, Kleine.»
«Was fällt Ihnen ein», sagte die Frau empört, «ich bin keine Nutte. Wer sind Sie? Was ist hier los, William?»
«Beruhige dich, Marianne. Das muss ich alleine regeln. Geh wieder ins Bad und schliess die Tür.» Die Frau wollte sich umdrehen, als Olga ihr zurief: «Bleib stehen!» Olga zielte mit ihrer Waffe auf die Frau. «Du heisst also Marianne? Irgendwie kommt mir dein Gesicht bekannt vor. Woher kenne ich dich?»
«Sie müssen sich täuschen, wir haben uns noch nie gesehen.»
«Oh doch. Ich vergesse nie ein Gesicht. Gerade fällt mir ein, wo ich dich gesehen habe: Im Hotel Adlon. Dort hast du dich mit Shatner getroffen, als ich mit Sigorowitsch am Tisch gegenüber sass!»
Marianne schaute zu Shatner. Der sagte nichts, er achtete auf jede Bewegung von Olga. Er wartete auf einen geeigneten Moment, um sie zu überwältigen. Doch Olga liess sich nicht ablenken.
«Setz dich zu Shatner aufs Sofa!»
«Glaubst du wirklich, du kommst damit durch? Sie werden euch bis an euer Lebensende jagen. Nirgendwo werdet ihr sicher sein. Da nützen dir zwei amerikanische Pässe und ein bisschen Kohle überhaupt nichts. Überleg dir noch einmal, was du tust», sagte

Shatner mit ruhiger Stimme. «Das ist deine letzte Chance, um zu uns überzulaufen und eine neue Identität zu kriegen!»

«Da gibt es nichts zu überlegen. Und jetzt legt euch auf den Bauch. Die Hände auf den Rücken.» Olga nahm zwei Kabelbinder aus ihrer Tasche und fesselte Shatner und Marianne.

Als Olga das Hotel verliess, lächelte sie. Sie konnte jetzt nur hoffen, dass Shatner auf ihre falsche Fährte hereinfallen würde. Sie brauchte die Pässe gar nicht. Sie hatte sich bereits in Prag, bei einem weiteren Freund von Makarow, zwei amerikanische Pässe besorgt.

Marianne Kaltenbach und William Shatner sassen gefesselt auf dem Sofa.

«Wer zum Teufel war das?», wollte Marianne Kaltenbach wissen.

«Olga Petrowa», brummte Shatner.

«Das war Olga?», sagte Marianne. «Aber wie zum Henker kommt sie hierher? Und wenn sie hier in Berlin ist, ist dann Stoll auch hier?»

«Ja. Stoll ist ebenfalls in Berlin. Ich weiss es erst seit ein paar Stunden. Aber mach dir keine Sorgen. Wir lassen sie nicht mehr aus den Augen. Sie wird nicht weit kommen. Sie wird uns zu Stoll führen.»

Shatner ging ins Bad und versuchte, mit seine Fesseln einer Rasierklinge durchzuschneiden. Doch das war gar nicht so einfach. Er schnitt sich ein paar Mal in die Hände und fluchte wie ein Rohrspatz. Am liebsten hätte er Olga auf der Stelle erwürgt. Als er die Kabelbinder endlich durchgeschnitten hatte, wusch er sich die blutigen Hände und verband sie notdürftig. Anschliessend befreite er Marianne.

«Wenn ich Stoll oder Olga in die Finger kriege, dann werde ich mit ihnen abrechnen. Aber bevor ich sie liquidiere, werden sie mir noch ihr Geheimnis verraten. Und wenn ich ihnen dazu jeden Knochen einzeln brechen muss.»

«Wieso willst du sie töten?», fragte Marianne.

«Nur Tote haben die Angewohnheit, zuverlässig zu schweigen.»

Berlin – 8. August – Russische Botschaft – 11.34 h

Auch Sigorowitsch hatte unterdessen erfahren, dass die Polizei Detlef Stoll in Berlin gesichtet hatte. Und Sigorowitsch hatte soeben noch eine Information erhalten: Ein Agent hatte Olga in der Nähe des Potsdamer Platzes entdeckt, und er war ihr bis nach Kreuzberg gefolgt. Dort war sie in einem Haus verschwunden. Sofort wurden die Ein- und Ausgänge des Hauses überwacht. Sie sass in der Falle. Sigorowitsch machte sich wie die Spinne vor ihrem Festmahl auf den Weg zu diesem Haus.

Berlin – 8. August – 11.42 h

Marianne Kaltenbach suchte Hübner. Nach ihrem Treffen mit Shatner hatte sie neue Informationen. Shatner hatte ihr verraten, dass er von einem Spitzel der Russischen Botschaft erfahren hatte, dass Sigorowitsch anscheinend sehr gut gelaunt das Haus verlassen habe, was sehr aussergewöhnlich sei, und er habe alle verfügbaren Agenten zu einem Haus in Kreuzberg beordert. Also machten sich auch Hübner und Kaltenbach auf, um diese Strasse in Kreuzberg zu finden. Und sie mussten nicht lange suchen. Ein Streifenwagen stand in der Strasse, und die drei Polizisten im Wagen schienen aufgeregt miteinander zu diskutieren. Kaltenbach und Hübner gingen Arm in Arm die Strasse entlang. Als sie sich dem Streifenwagen bis auf ein paar wenige Meter genähert hatten, erkannten sie die drei Polizisten. Es waren Kowalski, Meischner und Kuss. Sie deuteten immer wieder auf ein Haus auf der gegenüberliegenden Strassenseite. Hübner erkannte hinter einem Fenster im Erdgeschoss Detlef Stoll! Er duckte sich und zog Marianne Kaltenbach wieder zurück zu ihrem Wagen. Immer mehr Menschen waren jetzt in dieser Strasse unterwegs. Es gab plötzlich unverhältnismässig viele Männer in dunklen Anzügen, die auf Parkbänken sassen, stehend

Zeitung lasen, oder an einem Kopfhörer im Ohr herumspielten. Die ganze Strasse wimmelte von Agenten. Hübner und Kaltenbach überlegten, wie sie unbemerkt an dieser kleinen Armee vorbei ins Haus gelangen konnten.

Berlin – 8. August – Kreuzberg – 11.48 h

Detlef war sehr erleichtert, als Olga gegen Mittag in der Wohnung eintraf. Sie umarmte ihn zärtlich und atmete sein wunderbares Gardenienparfüm ein. Olga erzählte Detlef von der Begegnung mit Shatner.
«Hoffentlich fallen sie auf den Bluff herein. Shatner wird um Punkt 12 Uhr hierherkommen und uns die Pässe und das Geld bringen. Natürlich wurde ich auf dem Weg hierher verfolgt. Die vielen Männer mit dunklen Sonnenbrillen und der Streifenwagen waren kaum zu übersehen. Aber das ist ja Teil unseres Plans.» Detlef nickte. Alle sollten erfahren, wo sie und Detlef sich verstecken. Dieses Haus war perfekt für ihr Vorhaben. Fast niemand wusste von der Verbindung im Keller zu den Nebenhäusern. Im Stadtarchiv existierten keine Pläne von dieser unterirdischen Verbindung. So konnten Olga und Detlef unerkannt von hier entkommen.
Olga schmiegte sich an Detlef und flüsterte: «Ich glaube, es ist besser, wenn du jetzt verschwindest. Bald wird es brenzlig. Es geht um Leben und Tod, und ich würde mich besser fühlen, wenn du in Sicherheit wärst.»
Stoll schluckte schwer: «Aber ich kann dich doch hier nicht alleine lassen!»
«Du musst!»
Stoll war sich bewusst, dass er dieser Situation nicht gewachsen war. Olga war eine Agentin. Sie kannte sich mit Sprengstoff aus. Er war nur ein Hobbygärtner und kein Soldat. Also gehorchte er ihr. Er umarmte sie: «Wir sehen uns wieder, wenn alles vorbei ist. Versprochen?»

«Bestimmt», antwortete Olga. «Und nimm den hier mit, nur für den Notfall.» Sie reichte Detlef einen Revolver. Unbeholfen nahm er die Schusswaffe in die Hand.

«Und nun geh.» Olga umarmte Detlef und drückte ihm einen letzten, süssen Kuss auf den Mund. Dann verschwand Detlef durch den Keller in eines der Nachbarhäuser und konnte unbemerkt entkommen. Auf seiner Flucht überlegte er, ob er Olga wirklich trauen konnte und ob er richtig entschieden hatte, sie alleine in diesem Haus zurückzulassen. Oder sollte er nicht doch umkehren und ihr helfen?

Olga wartete. Sie hatte alles vorbereitet. Ihr Plan war perfekt. Ab und zu schaute sie vorsichtig aus dem Fenster auf die Strasse. Es schien alles ruhig zu sein. Nur die drei Polizisten im Streifenwagen diskutierten offenbar heftig miteinander.

Gleich war es zwölf Uhr. Shatner musste jeden Augenblick auftauchen. Die Zeit verging sehr langsam und zerrte an ihren Nerven.

Olga schaute erneut aus dem Fenster. Da klingelte es an der Tür.

Berlin – 8. August – Kreuzberg – 12.00 h

Olga öffnete die Tür. Es war Shatner. Sein eigenartiger, süsslicher Kaugummiduft verbreitete sich schnell im ganzen Raum.

Shatner grinste. Er hielt Olga ein kleines Päckchen hin. Olga beachtete das Paket gar nicht, packte Shatner am Arm und zog ihn in die Wohnung. Sie schloss die Tür, drückte Shatner mit einer gekonnten Bewegung an die Wand und hielt ihm die Waffe unter die Nase. «Keinen Ton, sonst schiesse ich dir ein Loch in deinen verdammten Schädel.»

Kaum hatte Olga Shatner unter Kontrolle, klingelte es erneut. Wer konnte das sein? Sie hatte gedacht, ihr bliebe mehr Zeit. Sie musste sich beeilen, wenn sie ihren Plan umsetzen wollte.

«Du öffnest die Tür!», befahl Olga und richtete die Waffe auf Shatner. Shatner tat, wie ihm geheissen. Er ging zur Tür und öffnete sie.
Vor der Tür stand Marianne Kaltenbach.
«Was zum Henker machst du hier?», fragte Shatner erstaunt. Marianne Kaltenbach drückte sich durch den Türspalt und stürmte in den Raum. Ein Hauch von Limette strich um Olgas Nase.
«Wo ist Stoll?», schrie Marianne Kaltenbach immer wieder. Diesen kurzen Augenblick der Unachtsamkeit konnte Shatner ausnutzen. Er packte Olga an den Armen und schlug ihre Hände gegen die Wand, sodass die Waffe aus ihrer Hand glitt. Shatner nahm die Waffe und richtete sie auf Olga.

Berlin – 8. August – Kreuzberg – 12.02 h

Im Streifenwagen auf der anderen Strassenseite war der Teufel los.
«Verdammt noch mal, jetzt gehen wir da rüber und verhaften die Bande!», schrie Polizeichef Kowalski. «Noch einmal lassen wir sie uns nicht durch die Lappen gehen!»
«Aber Chef», warf Meischner ein, «siehst du die vielen Geheimdienstleute, die hier herumlungern? Denkst du ernsthaft, wir drei Dorfpolizisten hätten gegen die eine Chance?»
«Das ist mir egal. Es sind vier höchst verdächtige Personen in dieser Wohnung. Wir lassen uns doch diesen Jahrhundert-Coup nicht entgehen!»
Auch Kuss schüttelte den Kopf und war sich nicht sicher, ob dieser Einsatz nicht ein zu grosses Risiko war.
«Okay Jungs. Wir warten noch 10 Minuten, bis die Verstärkung hier ist. Aber dann stürmen wir die Bude, egal was diese Geheimdienst-Dösel vorhaben.»

Berlin – 8. August – Kreuzberg – 12.12 h

Aus der Ferne hörten Kowalski, Kuss und Meischner herannahende Polizeisirenen. Kowalski zog seine Dienstwaffe aus dem Halfter und feuerte seine Jungs an: «Da kommt die Verstärkung. Los jetzt! Raus aus dem Wagen und rüber zur Wohnung!»
Die drei stiegen aus dem Streifenwagen. Kaum hatten sie den Wagen verlassen, drang aus dem Keller des Hauses ein lauter Knall auf die Strasse, wie wenn etwas explodiert wäre.
Alle Menschen, die in der Strasse unterwegs waren, zuckten zusammen, als sie die Explosion hörten. Doch ihre Reaktionen waren sehr unterschiedlich. Die «echten» Passanten und Anwohner rannten um ihr Leben, während die amerikanischen und russischen Agenten hinter der nächstbesten Möglichkeit in Deckung gingen. Nun waren die Fronten in dieser Strasse plötzlich glasklar. Jeder wusste, wer zu wem gehörte. Doch anscheinend hatte niemand den Befehl erhalten, das Haus zu stürmen.
«Verdammt!», fluchte Kowalski. «Diese Hosenscheisser. Haben die dickste Knarre im Halfter, aber wenn es brenzlig wird, dann müssen wir wieder die Drecksarbeit machen.» Er lief bereits über die Strasse zur Wohnung hinüber. «Los Jungs, wir gehen rein.»
Als sie bei der Wohnungstür angekommen waren, gingen Kuss und Meischner links und rechts neben der Tür in Deckung. Kowalski schoss mit seiner Dienstwaffe auf das Türschloss, nahm Anlauf und trat mit einem gewaltigen Tritt die Türe ein. Mit gezogener Dienstwaffe ging er langsam in die Wohnung. Kuss und Meischner folgten ihm. Schritt für Schritt kamen sie vom Gang ins Wohnzimmer. Doch das Wohnzimmer war leer. «Niemand da. Sie müssen entweder im Obergeschoss oder im Keller sein.»
«Riecht ihr das auch?», fragte Kuss.
Meischner rümpfte die Nase: «Was ist das?» Die drei schnupperten im Wohnzimmer umher wie Hunde, die nach einer Belohnung suchen. «Also ich rieche Blumen», sagte Kowalski.
«Stimmt», sagte Kuss, «aber das ist ein ganz spezieller Blumenduft. Meischner, erinnerst du dich? Das riecht doch wie ...»

DUFTSEITE
HIER REIBEN

«*Chef*!», sagte Meischner beunruhigt, «siehst du die kleinen Plastikkästchen, die hier überall an den Wänden befestigt sind? Die blinken?!»
«Und sie blinken immer schneller», sagte Kuss erstaunt.
«*Raus hier*!» Kowalski packte Kuss und Meischner am Kragen und zerrte sie aus dem Wohnzimmer. Wie von der Tarantel gestochen rannten sie den Gang entlang. Nur noch wenige Meter und sie wären auf der Strasse und vermutlich in Sicherheit. Die Zeit verging wie in Zeitlupe. Kaum waren sie auf der Türschwelle angelangt, erklang ein ohrenbetäubender Knall, ähnlich wie der vorher, einfach um ein Vielfaches lauter. Von einem Feuerball gejagt, rannten die drei Polizisten um ihr Leben. Als sie endlich auf der Strasse angelangt waren, warfen sie sich zu Boden. Im selben Moment donnerte eine riesige Feuerwalze über ihre Köpfe hinweg. Als das Feuer langsam nachliess und sich in dichten Rauch verwandelt hatte, hörten sie ein Ächzen und Knarren.
«Das Haus stürzt zusammen!», schrie Kowalski. «LOS, WEG HIER!»
Kowalski, Kuss und Meischner rannten die Strasse entlang. Und sie waren nicht die Einzigen. Ein ganzes Heer von Männern in dunklen Anzügen rannte zur nächsten Kreuzung, wo sie sich hinter dem nächsten Häuserblock in Sicherheit bringen konnten.
Mit donnerndem Getöse stürzte das ganze Haus ein, in dem die vier Verdächtigen noch vor Minuten verschwunden waren. Eine riesige Staubwolke zog durch die Strasse und hüllte die bunte Schar von Polizisten und Agenten in eine dicke graue Wolke ein.

Es vergingen Minuten, bis sich der Staub langsam legte. Und mit dem Staub waren auch alle Agenten verschwunden.

Unterdessen war die Feuerwehr unter lautem Sirenengeheul eingetroffen. In der Strasse herrschte das nackte Chaos. Das Haus war völlig eingestürzt und die Trümmer brannten lichterloh. Viel konnte die Feuerwehr nicht mehr tun. Sie musste vor allem die Nachbarhäuser schützen. Es dauerte bis tief in die Nacht, bis die letzten Flammen gelöscht waren. Kurz darauf begann bereits die

Spurensicherung mit ihrer Arbeit. Schon bald entdeckten sie unter den Trümmern im Kellergeschoss zwei bis zur Unkenntlichkeit verbrannte Leichen. Obwohl Kowalski, Kuss und Meischner immer wieder betonten, dass zum Zeitpunkt der Explosion *vier* Personen im Haus waren, fand die Spurensicherung keine Hinweise auf eine dritte oder vierte Leiche. Es dauerte einige Tage, bis die ersten Ergebnisse vorlagen. Der forensische Dienst konnte die beiden Leichen nicht eindeutig identifizieren. Er konnte lediglich feststellen, dass es sich bei den Leichen um eine Frau und einen Mann handelte.

Berlin – 28. September – Verteidigungsministerium – 13.30 h

«Herr Verteidigungsminister», sagt Kowalski mit ernster Miene. «Kuss und Meischner können bezeugen, dass vier Personen in der Wohnung waren, bevor das Haus einstürzte. Das stimmt doch Jungs, oder?» Kuss und Meischner nickten.
Kowalski fuhr fort: «Aber wer sind die beiden Leichen, und welche beiden Personen konnten entkommen? Vielleicht handelt es sich bei den Leichen um Stoll und Petrowa, oder um die anderen beiden, die das Haus kurz vor der Explosion betreten hatten. Oder vielleicht konnte Stoll mit einer Person, die das Haus nachher betreten hatte, flüchten. Oder Petrowa ...»
«Genug! Das reicht.»
Verteidigungsminister Per Seidler kratzte sich am Kopf. «Auch die Amis und die Russen rücken nicht mit der Sprache heraus, ob der zweite Mann, der das Haus nachträglich betreten hatte, einer ihrer Agenten war. Das ist einfach nicht zu fassen! Wir waren so knapp vor der Verhaftung und dann – BUMM – gehen all unsere Träume in Rauch auf.»
«Ehrlich gesagt, Herr Seidler, ich weiss nicht, wie die Untersuchungen jetzt weiterlaufen sollen», brummte Kowalski.
Seidler zuckte mit den Schultern: «Meine Herren, im Auftrag des Bundeskanzlers möchte ich Ihnen für Ihren Einsatz danken.

Sie haben gute Arbeit geleistet. Wir werden den Fall ‹Friedensduft› wohl oder übel zu den Akten legen müssen. Alle Bemühungen, die Täter oder die Flüchtigen zu finden, blieben erfolglos. Sollten neue Erkenntnisse auftauchen, gehen wir selbstverständlich der Sache nach.» Kowalski schüttelte enttäuscht den Kopf.
Seidler fuhr fort: «Es war eine schwierige Zeit. Und es hat einmal mehr gezeigt, wie verrückt diese Welt sein kann. Es braucht nur einen seltsamen Duft, der sich über einer Stadt ausbreitet, und schon gerät die Welt aus den Fugen. Dieser Duft hätte uns den Frieden bringen können. Aber wir Menschen waren noch nicht bereit dafür. Vermutlich hat Stoll das Geheimnis des MRB14 mit in sein Grab genommen.»

Ein halbes Jahr später – Irgendwo auf einer Insel – 14.36 h

Das Paar lag sonnengebräunt auf der Terrasse ihrer Villa.
Langsam versank die Sonne im Meer.
«Möchtest du noch ein Glas Wein?», fragte er.
«Ja, das wäre lieb.»
Der Mann rief dem Butler und bestellte einen 1945er Château Mouton-Rothschild. Als der Butler mit der Flasche und zwei Champagnergläsern zurückkehrte, übergab er dem Hausherrn ein kleines Paket.
«Das wurde soeben für Sie abgegeben, Sir.»
«Was ist das, Darling?», fragte sie neugierig und räkelte sich auf der Lounge-Liege.
«Das ist vermutlich meine neuste Kreation. Ich warte schon seit Tagen auf dieses Päckchen. Es kommt von der Parfümfabrik. Willst du probieren?»
Er gab ihr das kleine Paket.
Sie öffnete das Päckchen und nahm ein kleines Flacon heraus. Die fast durchsichtige Flüssigkeit funkelte im Sonnenlicht. Sie öffnete den Verschluss des Fläschchens und roch daran. Sie sank in ihre Liege zurück und schloss die Augen.
«Einfach himmlisch, Darling. Genauso habe ich es mir vorgestellt. Das ist genau mein Duft, den ich schon immer so sehr geliebt habe. Riech mal!»
Sie hielt ihm das Fläschchen unter die Nase.

DUFTSEITE
HIER REIBEN

«Riecht wirklich genauso wunderbar, wie du immer geduftet hast», schmunzelte er.
«Und in diesem Parfüm ist jetzt unser spezieller, du weisst schon was, drin?»
Er nickte.
Ihr Lächeln strahlte mit der Sonne um die Wette.
«Ein kleiner glücklicher Zufall kann das ganze Leben verändern», sagte sie und liess den Duft erneut auf sich einwirken.
Liebevoll strich er mit seiner Hand durch ihr Haar. Sie genoss seine Berührung und dachte über ihre Zukunft nach.
«Und du willst dieses Parfüm tatsächlich auf der ganzen Welt verkaufen?»
«Ja. Wenn jeder auf dieser Welt Zugang zu diesem Duft hat, dann kann niemand mehr etwas Schlechtes damit anstellen.»
«Und wie willst du dieses Friedensparfüm eigentlich nennen?», fragte sie.
«Es gibt nur einen Namen, der ihm gerecht wird.»
«Und der wäre?»
«Na wie wohl: 3 %.»

ENDE

Nun liebe Leserinnen und Leser liegt es an Ihnen herauszufinden, welchen zwei Personen die Flucht auf die Insel gelungen ist. Wer sind die zwei, die das MRB14 als Parfüm weltweit verkaufen wollen? Vielleicht finden/riechen Sie heraus, wer die Täter und wer die Opfer sind.
Ansonsten finden Sie auf der nächsten Seite den Schlüssel des Rätsels. Aber nicht zu früh aufgeben.
Erneutes Riechen ist natürlich erlaubt. ☺

Lösung

Zur Lösungsfindung müssen Sie zunächst wissen, welche Person zu welchem Duft gehört:

Seite 7	Gardenie	Detlef Stoll *Hobbygärtner, Berlin*
Seite 24	Tabakrauch/Asche	Igor Sigorowitsch *ehemaliger General, Russland*
Seite 45	Kaffee	Herbert Hübner *Biochemiker, Freund von Stoll, Berlin*
Seite 52	Frauenparfüm	Ute Stoll *Frau von Detlef Stoll, Berlin*
Seite 61	Orchidee	Olga Petrowa *Doppelagentin, Russland/USA*
Seite 92	Kaugummi	William Shatner *CIA-Top Agent, USA*
Seite 94	Limette	Marianne Kaltenbach *Biochemikerin, Berlin*
Seite 109	Männerparfüm	Viktor Sokolow *Auslandnachrichtendienst, Russland*
Seite 119	Eukalyptus	John Broderick *Pentagon/Weisses Haus, USA*

Wiederholungen der Düfte:

Seite 129	Frauenparfüm	Ute Stoll
Seite 137	Limette	Marianne Kaltenbach
Seite 173	Tabakrauch/Asche	Igor Sigorowitsch
Seite 213	Gardenie	Detlef Stoll
Seite 218	Orchidee	Olga Petrowa

Erklärung

Nach der Pattsituation in der Wohnung in Kreuzberg, bei der sich Shatner, Olga und Kaltenbach gegenüber standen, riechen die Polizisten kurz vor der Explosion einen blumigen Duft. Auf der darauffolgenden Seite riechen Sie den Duft **Gardenie (Detlef Stoll)**. Also muss Stoll als letzter im Haus gewesen sein.

Wenn Stolls Duft als letzter im Haus zurückgeblieben ist, dann muss Stoll einer der Überlebenden sein. Das bedeutet, er muss zurückgekehrt sein, um Olga zu helfen. Stoll konnte also Shatner und Kaltenbach mit Hilfe von Olga überwältigen.

Und die Duftseite am Schluss der Geschichte, beim Paar auf der Insel, riecht nach **Orchidee (Olga Petrowa)**. Olga konnte also mit Stoll entkommen. Somit sind Olga und Stoll die Täter – und William Shatner und Marianne Kaltenbach die Opfer, die bei der Explosion ums Leben gekommen sind.

Besuchen Sie unsere Website

www.duftkrimi.ch

Kurzbiografien der beiden Autoren

Martin C. Mächler	**Roger Rhyner**
* 24. Oktober 1960 in Luzern	* 18. Mai 1971 in Glarus
verheiratet	verheiratet, zwei Kinder
1 Katze	3 Katzen, 1 Hund
Schriftsteller und Autor	Radiojournalist und Schriftsteller
lebt seit 22 Jahren ausserhalb der Schweiz	überquerte mit einem Boot den Atlantik
2-facher äthiopischer Bowling-Meister	durchquerte mit einem Jeep die Sahara
liebt Sushi und Faulenzen	liebt Karottenkuchen und das Klöntal

Weitere Bücher von Martin C. Mächler

«Der Sprung aus der Badewanne und andere Schlamassel»
Lustige Anekdoten aus dem Leben von Martin C. Mächler
www.baeschlinverlag.ch

«Henry J. Russels Gestohlene Freiheit»
Ein Thriller aus Kalifornien
Henry J. Russel, ehemaliger Insasse von St. Quentin, wird von der amerikanischen Regierung als medizinisches Versuchskaninchen missbraucht. Doch etwas geht bei diesem Experiment schief und das Unheil nimmt seinen Lauf.
www.baeschlinverlag.ch

«Das Testament»
Ein waschechter Schweizer Krimi
Alois «Wisi» Stüssi, ein Glarner Polizist, steht kurz vor seiner Pensionierung. Doch ein ungewöhnlicher Mordfall und sein ungetrübter Hang zur Gerechtigkeit bringen sein Leben noch einmal gehörig durcheinander.
www.baeschlinverlag.ch

Weitere Bücher von Roger Rhyner

«**Der stinkende Geissbock**» DUFTBUCH
Kinderbuch-Bestseller mit 12 verschiedenen Düften.
«Der stinkende Geissbock» erreichte Platz 1 der Bestsellerliste und war 60 Wochen lang in den Top 10 der Schweizer Kinder- und Jugendbücher-Charts.
www.duftbuch.ch

«**Geissbock Charly reist um die Welt**» DUFTBUCH
Das zweite Duftabenteuer des Geissbocks.
Auf der Suche nach Glück und Frohmut für den traurigsten Ort der Welt, führt seine Reise durch alle fünf Kontinente der Welt.
www.duftbuch.ch

«**Brand von Glarus – Fotografien der Katastrophe 1861**»
Vom 10. auf den 11. Mai 1861 brannte die halbe Stadt Glarus nieder. Der Bildband enthält die umfangreichste Sammlung mit bisher unveröffentlichten Fotografien, welche nach der schrecklichen Brandkatastrophe entstanden sind.
www.baeschlinverlag.ch

«**Fisiguug – Gesichter in den Glarner Bergen**»
Ein spannender Fantasyroman über drei Gesichter in den Glarner Bergen, der mit sehr viel geologischem Hintergrundwissen und spannenden Bildern aufwartet.
www.baeschlinverlag.ch

«**glarnersagen**» HÖRBUCH
Roger Rhyner erzählt Sagen aus dem Glarnerland.
Die überlieferten Geschichten werden durch Klangbilder der Musiktherapeutin Catherine Fritsche untermalt.
www.baeschlinverlag.ch